Autre ailleurs

Par Raphaël Tayachi

ISBN : 978-2-9557019-0-4
Dépôt légal : juin 2016
(Paris XVIII)

Autre ailleurs

A – L'autre d'ailleurs

Autre ailleurs

Chapitre premier : Putain d'hiver

On aime ou pas. Et lui pas du tout. Aussi loin qu'il s'en souvienne, il en avait toujours été ainsi. Une sale saison, qui le forçait bien malgré lui à rechercher physiquement un peu de chaleur entre les quatre murs d'un foyer qui n'en avait jamais vraiment eu. Et la psychose galopante de sa mère qui lui interdisait plus fréquemment encore qu'à la belle saison les sorties avec les potes en fin d'après-midi. Ben oui, la nuit tombait plus tôt et quoi qu'elle fasse, elle ne parvenait pas à cesser de s'inquiéter pour son petit fiston chéri. Encore des idées à la con que ses gènes féminins ne devaient pas aider à confronter à la raison. Si seulement son père était encore là, avec eux… Il écarta ce souvenir douloureux pour examiner son planning de la nuit.

Heureusement qu'il pouvait à peu près dormir en cours, s'y reposer au moins en dehors des périodes d'examens. Il avait besoin de sa nuit. Les toxicos n'achètent pas au petit matin, en pleine lumière... Pas vraiment plus en milieu de journée, en fait. Ils dorment comme des loques ou bien se traînent lamentablement jusqu'à leurs rares obligations diurnes, exténués par leurs perditions de la veille, par leurs voyages extraordinaires dont ils supposent que Jules Vernes lui-même en pâlirait d'envie ; à compter qu'ils connaissent le personnage... Faut pas avoir de cerveau pour se droguer jusqu'à la déchéance. Pour se shooter tout court, d'ailleurs ; si bien qu'il n'y avait jamais goûté. Alors voilà, c'était comme un deal entre la vie et lui : acceptation de la restriction maternelle des sorties ; peu d'amis. De toute façon, il en avait perdu beaucoup en les fournissant. Ca gâche très vite une relation, de devoir refuser l'aumône au mec qui partageait ta console sur le canapé de ta mère la semaine précédente, pour finir par lui mettre une raclée avant de lui présenter indélicatement le chemin de la sortie. Peu lui importait. A quoi ça lui aurait servi, une collection de compassions ? On est tout seul. On est tous seuls. Une bonne fois pour toutes. C'est encore le meilleur moyen d'avancer. Il le voyait tous les jours : à trop compter sur un extérieur à soi, on se prenait toujours les pieds dans le tapis. Pour y avoir trop cru, parce qu'on n'était plus seul maître de tous les paramètres, parce-que la procrastination suivait le moindre relâchement de la volonté personnelle... Un jour ou l'autre, on trébuchait. Ça ne lui arriverait pas. Il garderait le contrôle. Et puis il y avait la contrepartie : il en chiait avec la surveillance maternelle, donnait l'apparence de se plier à ses quatre volontés, mais profitait de ses petits instants cachés à lui…

« Mike, viens m'aider !
- Ouais ; j'arrive. »

Connasse ! Il finirait par le lâcher. Passe encore qu'elle doive partir travailler ; quel besoin avait-elle d'emmener la moitié de sa garde-robe pour un week-end à Paris avec sa dernière conquête ? Capitale mondiale des amoureux… Capitale des fornicateurs, oui ! Quoi, elle avait honte de se faire culbuter trop près de son fiston ? Ou était-ce l'éloignement géographique de toutes ses connaissances passées qui la rassurait ? Il n'en avait rien à faire, de toute façon. Elle pouvait bien se rassurer comme elle voulait ; personne n'était dupe, depuis que Georges avait passé quelques jours à la maison, débarquant un vendredi soir dans son Audi flambant neuve. Les commérages allaient bon train dans tout le quartier ; il en avait entendu certains, pas des plus délicats. Qu'on ne vienne pas lui dire que cette passion des voyages lui était née comme ça… Et lui se retrouvait à devoir porter ses valises depuis la chambre jusque dans le coffre du tas de boue qui leur servait de véhicule familial. Georges ne venait plus chercher sa mère, banni par les suspicions et les mauvaises langues du voisinage. C'était quand même un comble, que de se sentir plus proche des voisins que de la femme qui vous avait donné le jour ! Eux jugeaient comme lui que la valse amoureuse aurait peut-être dû respecter une période de deuil un peu plus longue, et ne pas être aussi ostentatoire. Enfin, ça lui permettrait de mettre son plan à exécution, en plus de lui donner une bonne excuse pour couvrir sa mère d'opprobre en public : Sandra allait y passer, et personne ne serait là pour l'en empêcher !

Sandra, c'était la fille du bas de la rue. Il la surveillait depuis un petit moment déjà ; depuis qu'il avait commencé à bander au petit matin rien qu'en pensant à son petit cul serré dans un jean certainement choisi une taille en dessous pour attirer le regard des garçons, ou peut-être pour se rassurer quant à la correspondance avec les mensurations de rêve décrites dans les magazines féminins. Paraît qu'elles y prenaient toutes leurs références, ces connes. Toujours est-il que les deux jours à venir promettaient de sacrés moments ! Elle aurait beau minauder, histoire de ne pas passer pour trop facile, il sentait bien qu'elle en avait envie aussi. Son regard ne mentait pas. Il s'était renseigné : pas de petit copain connu en ce moment, une petite réputation de fille un peu portée sur la chose ; à peine trois ans de plus que lui… Juste assez pour lui assurer qu'elle aurait l'expérience qui lui manquait ; juste assez pour qu'il lui trouve des formes un poil trop généreuses, comme ces filles des vidéos dont l'url tournait à la vitesse de l'éclair dans les soirées « entre couilles ». Une expression de son père, entendue peu de temps avant son départ… Une façon de parler à l'ancienne, celle des hommes ; celle qu'il adorait arborer devant les cercles trop jeunes des soirées de garages, sous la lumière blanche des néons fatigués et des vieux fauteuils miteux qui avaient bien trop vécu – sans vieillir aussi impeccablement que les parpaings des murs. Bientôt. Bientôt il dépasserait le stade des manières pour entrer dans les actes ; pour rentrer dans Sandra…

« Mike ! Elles ne vont pas se porter toutes seules, tu sais ? »

Ça serait pourtant bien. Mais bon, il ne pouvait pas tout foutre en l'air sur un coup de tête, même si sa colère était justifiée. Il descendit les marches de l'escalier en courant, prenant tout de même soin de ne pas trébucher. Ce n'était absolument pas le moment de se retrouver infirme !

« Tu en as mis du temps ! Qu'est-ce que tu faisais là-haut, tout seul, dans ta chambre ?

- Je révisais mes cours.

- C'est déjà l'heure des contrôles ? Ils arrivent tôt cette année…

- Oui, je dois réviser ma biologie. Je ne suis pas encore tout à fait au point. J'y passerai peut-être une bonne partie de mon samedi…

- Je suis fière de toi mon fils. Tu es sérieux et appliqué.

- Je fais mon possible… »

Si elle savait…

Il empoigna les trois valises de sa mère et se dirigea vers la porte d'entrée. Dans l'attente, elle les avait déjà descendues dans le hall. C'était toujours ça de gagné. Elle le suivit de près, vérifiant une énième fois la longue liste de ses instructions, laquelle finirait très vite au fond d'un tiroir de la cuisine pour n'en ressortir que quelques instants avant son retour à la maison, donnant le change suffisant pour assurer la pérennité de sa tranquillité nocturne.

« Georges passera me chercher directement à l'hôpital. Tu peux m'y joindre jusqu'à cinq heures demain matin, comme d'habitude.

- Comme d'hab, ouais.

- Arrête de faire ta tête de cochon ! Tu ne sais pas ce qui pourrait arriver, je tiens à ce que tu saches où me joindre.

- Oui maman...

- Je disais donc... Ah oui, le travail ; après quoi nous irons à l'aéroport, et nous prendrons le vol de sept heures pour Paris. Pendant le trajet, tu devras appeler ton oncle en cas de problème, parce-que je serai forcée d'éteindre mon téléphone dans l'avion. Mais je le rallume dès mon arrivée, et je te ferai un coucou quand nous serons installés.

- Tu peux ouvrir le coffre ? »

Elle s'exécuta sans pour autant cesser son bla-bla futile et désagréable. Elle pouvait bien se rassurer sur un prévisionnel rigide ; lui n'était pas forcé d'écouter... Il déposa les trois valises sous la plage arrière en faisant mine de l'écouter, tout en examinant mentalement sa propre liste pour les heures à venir. C'était autrement plaisant que de subir les effets secondaires de l'inquiétude pathologique d'une mère de famille célibataire qui, quoi qu'elle tente, serait toujours dépassée par les événements! Question de karma, ou toute dénomination qu'on voudrait bien y coller ; elle avait perdu. Sans s'en rendre compte, elle était passée dans le clan des loosers, des has-been, de tous ces êtres rendus incohérents au monde et inaptes à sa compréhension par la cristallisation d'une temporalité de l'être structurellement prévue pour rester éphémère.

Il sourit, son corps trahissant l'amusement qui habitait soudainement sa pensée. Voilà typiquement le genre de phrases qu'il se gardait bien de verbaliser. Il aurait pu être un crac, une tête d'ampoule, au-dessus du lot ; il en avait les capacités, celles-là même qu'il avait depuis choisi d'employer autrement. Seulement ça lui aurait inévitablement attiré des moqueries, une exclusion du jeu social sinon l'inscription en la catégorie des laissés pour compte parce-que trop différents, ceux dont on se méfie finalement autant qu'on peut les trouver géniaux, ceux qu'on n'intègre pas sous prétexte d'inaccessibilité et de nécessaire similitude des assemblés. Il y avait bien mieux à faire que de servir la stigmatisation : jouer grosso-modo la cruche et employer la société à ses propres desseins.

« J'ai oublié mon sac ! »

Et ton manteau… Il la suivit dans la maison, l'aida à passer ses bras dans les manches de l'horrible vêtement aux couleurs trop criardes à son goût et lui présenta son meilleur sourire.

« Te voilà fin prête !

- Bon, fais attention à toi hein ?

- Oui maman... »

C'était à chaque fois pareil, comme s'ils n'allaient plus se revoir pour le restant de l'éternité. Il sentait bien sa détresse à l'idée de laisser son fils tout seul, le déchirement qu'elle parvenait difficilement à masquer, au point d'en venir très fréquemment aux larmes en à peu près toutes les circonstances possibles. Y'avait qu'à ne pas partir si souvent se balader ! Pour ne pas déroger à la règle habituelle, il ne montra rien de sa perception et la serra contre lui juste assez fort pour qu'elle ne se mette pas à pleurer et finisse par se décider à embarquer dans le véhicule familial ; qu'elle prenne enfin le chemin du départ... Nul besoin d'une scène d'effusions pleurnichardes pour lui gâcher la fin de semaine.

Ils sortirent tous les deux de la maison et sa mère monta dans la voiture ; elle abaissa la vitre à l'aide de la commande électrique malmenée par l'usure du temps autant que par l'absence d'entretien et l'embrassa une dernière fois avant d'enfin démarrer pour de bon. Il ne manqua pas de suivre le véhicule du regard jusqu'au coin de la rue, comme pour s'assurer qu'elle ne ferait pas demi-tour. Une bonne chose de faite. Bon vent et bonne bourre !

Et en parlant de ça ! Il rentra au pas de course dans la maison et entreprit une sorte de grand nettoyage ; de réaménagement, pour être plus juste… Les grandes photos de famille mêlées aux immanquables petits cadres à sa propre effigie disparurent rapidement du salon, laissant place à quelques bougies trop fleurs bleues à son goût dénichées dans une quelconque enseigne de décoration d'intérieur où il ne remettrait certainement pas les pieds de si tôt ; le canapé se vit recouvrir d'un léger plaid à la couleur aussi chaleureuse qu'un brasero au milieu d'un hiver russe, le faisant hésiter un bref instant sur la nécessité d'un tel travestissement ; la bouteille de vin rouge sortit comme par magie du fond du placard où il l'avait soigneusement cachée depuis son achat la semaine précédente ; les posters immondes qui tapissaient les murs de sa chambre pour mieux conforter l'impression d'une adolescence troublée en quête de nouveaux repères disparurent dans un carton à dessins banalement rangé sous son matelas ; le papier-peint de son bureau changea subtilement de catégorie, remplaçant la trop petite tenue d'une quelconque héroïne de manga par l'étendue sableuse et désertique du Sahara.

Il était fin prêt, n'aurait plus qu'à se changer le moment venu… Prêt, mais fatigué. Ce n'était pas tant la présente préparation en vue de l'accueil nocturne de Sandra que l'accumulation des heures de veille des nuitées précédentes. Il avait dû travailler plus longuement, grappiller quelques heures ici ou là pour aller se fournir un peu plus amplement qu'à l'habitude afin de se dégager suffisamment de temps libre, nécessaire à l'accomplissement de ce qui aurait pu ressembler à un rite de passage à l'âge adulte. Toujours en petites quantités, selon son mode sécurisé qui le forçait à cacher intelligemment son scooter acheté d'occasion chez un ami majeur assez niais pour lui prêter un coin de remise au nez et à la barbe de ses propres parents – et correctement tranquillisé par l'apparent ordinaire d'une amitié partagée. Une économie de petits cailloux qui l'obligeait quand même à multiplier les allées et venues entre son lieu de résidence et l'adresse de son fournisseur, dans une de ces cités dont l'abord sentait presque le danger pour tout afficionado des journaux télévisés. Alors que pour faire rentrer de l'argent, il n'y avait jamais de problème ! N'empêche, il ne pouvait s'empêcher de penser aux ramifications systémiques d'une crise sociale qui laissait proliférer des circuits d'armement en lieu et place identiques à ceux de la drogue et des extrémismes communautaires... La cocotte bouillait sur un feu à bien des égards trop généreux ; les manuels enseignaient à des élèves qui ne savaient pas voir le déroulement de l'histoire devant leurs yeux...

Il délaissa ces considérations, préférant tenter de trouver le sommeil. Il devait se reposer. Etre en pleine forme afin de ne pas manquer l'occasion. Mike se prit, sans bouder son plaisir et tout en somnolant déjà à moitié, à penser aux plages de Miami qu'il s'était juré d'atteindre un jour pour y vivre une existence véritablement heureuse et plus proprement sienne, dans laquelle s'épanouirait peut-être un autre lui qui n'aurait plus à se former relativement à un environnement oppressant et improductif. Morphée l'accueillit à bras grands ouverts ; il ne lui fallut pas bien longtemps pour se mettre à rêver, imprégné comme tout un chacun des processus conscients plus ou moins immédiats…

Cette errance-là commençait bien. Il se trouvait sur une plage délicieuse, entouré de filles tout droit sorties d'un clip de rap ou d'un porno gros budget, aux seins siliconés à outrance et aux bikinis colorés indéniablement trop petits pour respecter même la moitié de l'idée de pudeur. Allongé sur un transat lui-même recouvert d'une serviette excessivement chauffée par un soleil de plomb, il attendait patiemment l'arrivée du champagne servi par une créature pas forcément plus vêtue que les autres, pendant que sa masseuse personnelle se chargeait de lui détendre les orteils avec force d'attention et de délicatesse. Un petit coin de paradis, en somme.

La vasque débordant de glaçons lui fut enfin apportée tandis qu'un éclair violent zébra le ciel pourtant vierge de toute forme de nuage… Une couille dans le potage ; il n'y prêta pas plus d'importance, jusqu'à remarquer l'incongruité de la bouteille présentée dans le seau : c'était le rouge prévu pour sa soirée avec Sandra !

« On n'a pas idée de mettre du rouge au frais !

- Pardon monsieur ?

- Qu'est-ce que c'est que cette bouteille ? J'avais commandé du champagne !

- Oh ! Je vous présente toutes mes excuses. Puis-je vous inviter à vous adresser au responsable ? Le jeune homme à l'air trop sérieux qui se tient derrière le bar dans la pagode… »

Il se leva d'un pas décidé, marchant vers le zinc ombragé tout en cherchant de l'œil cet espèce d'ahuri servant du vin rouge réfrigéré au beau milieu de l'après-midi sous un soleil écrasant. C'est en s'approchant de l'abri sommaire qu'il l'entendit : une musique légère, tristement banale, de celles introduisant les annonces dans les gares ferroviaires…

Le réveil lui fit l'effet d'une douche glacée. Il ouvrit les yeux alors que le carillon de la porte d'entrée sonnait en boucle irrégulière sous les assauts d'un doigt visiblement bien impatient.

« Putain ! Sandra… »

Chapitre deux : Ravagez-moi !

Maïa est une belle fille ; plutôt canon, comme diraient ces messieurs encore un peu réservés, n'assumant pas totalement la vulgarité de leurs congénères. Bonne, pour les plus triviaux. Physiquement, elle a tout pour plaire. D'ailleurs, son corps ne lui déplaît même pas, loin de là. Elle s'aime bien ; sans connaître les régimes et autres bêtises passagères à l'allure redondante et généralement attribuées au beau sexe, comme on l'appelle. Elle l'aime, son corps, suffisamment pour en jouer auprès de la gente masculine sans aucun tabou ni complexe et parvenir toujours à ses fins. Bien sûr, ça peut lui causer quelques problèmes avec ses amies, quand elle décide de tester leurs partenaires sur un coup de tête et que celles-ci viennent à l'apprendre… Mais Maïa s'en moque. Des amies, elle s'en fait aussi vite qu'un homme en rut arrache la petite culotte d'une supposée pucelle ayant accepté par une feinte imprudence de visiter son loft un soir de fin de semaine. Quant aux hommes justement, eh bien, comme le dit si bien sa vieille tante à propos des robots ménagers : « on n'en ramène pas un à la maison sans savoir quoi en faire ! »

Fille d'un banquier et d'une institutrice ayant de concert réussi une belle inscription sociale, Maïa ne manque de rien et fait des rêves de princesse à sa manière. De courtisane, en fait. Pourquoi ? Elle se le demande souvent. Peut-être parce-que aujourd'hui encore, elle regarde ces films en costumes d'époque où l'héroïne se meut dans des tissus toujours plus riches et délicats, ou bien parce-que les lectures tardives de sa mère, au bord du lit de son enfance, lui restent en mémoire après toutes ces années et qu'elle admire l'attention portée aux majestés d'antan… Enfin voilà : elle se voit courtisane, à l'époque des tsars et de la grande Russie ! Tout en ayant parfaitement conscience de l'inaccessibilité de la chose, Maïa s'endort paisiblement chaque soir où elle tient encore sa conscience des deux mains fermes de sa volonté en imaginant l'hypothétique vie de château d'une petite fille qu'elle n'est définitivement plus.

La révolue petite fille s'emploie tant bien que mal à assurer un poste de publiciste dans une grande agence du centre-ville. Non qu'elle en ait réellement besoin, mais ça lui évite toujours de s'entendre inlassablement répéter que l'oisiveté est mère de tous les vices. Un dicton paternel dont elle connait depuis son passage adolescent toutes les intonations d'énonciation possibles ! Du pied-à-terre qu'elle occupe par moments juste à côté du travail, elle s'en sert comme d'un grand dressing : il déborde de fringues de toutes les couleurs et de tous les goûts. Heureusement qu'elle n'y vit pas vraiment, sans quoi il lui manquerait de la place ! Les quelques amis y jouissant d'un droit de visite comparent toujours cet appartement à un parc d'accro-branches, du fait de la multitude de barres métalliques soutenant les cintres trop nombreux et les vêtements qui y pendent par nécessité ; une impression très certainement renforcée par l'essaim monstrueux des boîtes à chaussures en partie éventrées envahissant le parquet vitrifié. « C'est Bagdad », lui lance-t-on tout aussi régulièrement. Fort heureusement, Maïa n'en a que faire et laisse fuser les réflexions à la manière d'un faucon s'accommodant des pucerons lors d'un vol en rase-mottes.

Là, tout de suite, ce qui la préoccupe en ce vendredi soir, c'est la petite ligne blanche serpentant sournoisement de la lampe du chevet jusqu'au réveille-matin qui ne réveille pas exactement le matin à l'heure convenue mais sonne au moins à chaque fois dans un louable effort de sincère acquittement fonctionnel ou programmatique. A la réflexion, c'est même une double-voie. Il n'y a pas de pingrerie qui tienne ! Au diable l'avarice, il faut bien ce qu'il faut et tous les moyens sont bons. Un double chemin sinusoïdal, aussi droit qu'un Z, ça a quand même de la gueule... C'est un peu moins triste qu'une simple poutre. Cette comparaison géométrique lui donne la pêche et l'affuble d'un sourire banane ; une drôle de fraise à laquelle le premier trait courbé, comptant pour zéro dans son esprit malicieusement troublé, contribue certainement de manière aussi généreuse qu'un politique en période électorale.

Maïa emprunte les voies restantes pour s'assurer de ne pas manquer son train et se dirige vers le fixe en subissant la montée. Non sans quelque satisfaction, cela s'entend. Elle en profite pour mettre de la musique, un peu fort de café mais pas trop corsé quand même, histoire de ne pas couvrir sa voix par une surcharge ondulatoire. Surtout, ne pas faire trop de vagues : une approche minimaliste, franche et directe ; le reste de l'océan à découvrir ensuite, comme une promesse émise dans un silence profond. Les abysses imaginatifs s'estompent en impasses logiques à la lumière un peu noire de la praticité subjective et Maïa agrippe enfin le téléphone comme un naufragé sa bouée de sauvetage. Sauvée ! Elle ne risque plus de sombrer : en quelques coups de fils, voilà son capitaine sur le départ et son aiguille pointue qui l'accompagne sûrement très fidèlement, parée à l'abordage, prête à déverser en piqués au milieu des flots déchainés les attaques saccadées de petits moussaillons innocents courant à une mort aussi certaine qu'inutile !

L'aiguille... Maïa regarde l'horloge et note le quart d'heure qui lui reste pour repriser sa toile appréhensive, laquelle souffre il faut le dire d'une légère baisse de forme. Prenant conscience de l'importance d'une bonne présentation des siennes, elle passe une robe noire courte et moulante agrémentée d'un timide gilet jaune pouvant presque passer pour une écharpe un peu large.

Le capitaine arrive. On échange les salutations d'usage et après une discrète mais pointilleuse inspection du navire il s'affirme commandant en sabrant le champagne. Lui ne prend pas le train puisque personne ne propose de monter ; à en croire son expérience, ça ne réussit pas bien aux garçons : alors Maïa se réserve ce privilège, préférant presque prétentieusement préserver les performances postulées de son preux prétendant à la prospection patiente et primordiale de son propre plaisir.

Ils parlent brièvement. Elle découvre un prénom et s'empresse aussitôt de le ranger dans une mémoire à très court terme, une activité professionnelle dont le souvenir promet de s'estomper aussi rapidement, ainsi que la marque, la couleur et le prix ronronnant d'une voiture dont l'éphémère connaissance l'inquiète tant au regard de la qualité discursive présente qu'elle choisit de clore la joute verbale préparatoire par un rapprochement corporel on ne peut plus suggestif.

Il se laisse facilement prendre au jeu. Une faiblesse provoquant plus contentement que surprise chez sa partenaire du moment. Les hommes sont des porcs, dixit tante Simone, faut pas s'étonner de leur inclination pathologique aux cochonneries !

La discussion s'arrête définitivement, puisqu'on ne parle pas la bouche pleine et que leurs mains respectives échangent des points de vue en un langage temporairement incompatible avec une quelconque argumentation en celui des signes. Les vêtements tombent, les corps s'effeuillant lentement avec la grâce délicate des arbres d'automne qui se dénudent. Slip et culotte, tels des retardataires réfractaires à l'hiver, ne se montrent pas si téméraires qu'ils se prétendent fiers et fuient leurs positions à la seconde mêlée des fronts. Seul soutien-gorge résiste vaillamment. Commandant rétrograde à matelot, c'est le pompon du débutant. Maïa ne se sent pas vraiment l'âme d'une éducatrice et démontre son habileté d'un geste précis lui économisant toute futilité explicative. Va pour l'exemple !

La connaissance est une histoire au long cours : un marin ne sait pas prendre la mer pour poser simplement le pied sur un pont… Celui-ci est un jeune conducteur sans grande expérience de la conduite, un apprenti de la navigation un peu trop brusque dans les virages et pour sûr amateur d'une vitesse tendant à la concision égoïste, circoncisant l'altérité jugée en infernal excès et condamnée au néant. Tant mieux, puisque Maïa le désire précisément pour cela. Son état la pousse à de sombres plaisirs, de ceux qu'elle ne partage pas lors des séances shopping en centre-ville. La même pulsion la guide aux échappées poudreuses et à la transcendance charnelle ; à les mêler, fatalement, en un imbroglio existentiel qu'elle peine toujours à décoder.

Autre ailleurs

Là ! Le moment se présente, les raccourcis synaptiques glissent perceptiblement et tout en décadence depuis l'impression de génie vers la certitude d'un doute ontologiquement bancal, celui de l'examen de soi insatisfait d'un manque entêté à ne pas s'exprimer. La toute-puissance s'effondre sans laisser pitance ni dresser potence. Les intuitions se brouillent, les grands desseins s'estompent et le poids du monde commence à écraser tout doucement les épaules de la petite fille perdue, d'une force lente mais extraordinairement patiente et incroyablement déterminée, qui sait bien qu'au final elle atteindra son but. Comme une apocalypse en marche passant au ralenti. Alors la femme serre fortement son jouet contre son propre corps, lui passe une main ferme derrière la nuque et dépose au creux d'une oreille rendue attentive par le cheminement de lèvres humides depuis la base du cou l'ordre quasi-militaire dont il n'a pas vraiment besoin pour correctement s'exécuter.

Le coït se passe et Maïa en profite comme à chaque fois qu'elle se défonce : c'est un ancrage au monde. Assurément pas une partie de plaisir ; pas littéralement, au sens physique du mot. Pas d'image romantique, comme « l'encre de tes yeux » ou autres niaiseries à la con… Non, là c'est l'ancre lourde et métallique du bateau dégueulasse de la vie qui te déniaise soudain en ravageant ton con sous l'effet du ressac, à l'image d'un fantasme de pré-pubère s'astiquant le prépuce en rêvant le planter dans un trou ou dans l'autre sans autre forme de délicatesse ni idée d'attention. C'est l'intention qui compte ; et les coups de boutoir.

C'est glauque. Mais c'est Maïa qui le veut. Ce n'est pas sa faute à elle. C'est sa manière de tenir bon, son abîme revigorant. C'est reculer pour mieux sauter, une mise en abyme depuis un point sur lequel elle sait pouvoir se concentrer à coup sûr. Alors même si ce point c'est sa chatte et qu'elle ne se sent pas beaucoup mieux après, c'est sa limite singulière et c'est ainsi que ça marche. C'est un peu comme on veut, pourvu qu'on gagne, qu'on franchisse la ligne. Même avec « le doigt d'honneur à l'arrivée ! » C'est la vie qui veut ça. C'est sa seule certitude existentielle, quand la dope réduit suffisamment excitation et sensations pour que son sexe la brûle sous les assauts de n'importe quel trou du cul enhardi par son air d'aguicheuse. C'est mieux que Descartes pour s'affirmer : avec force de certitude, c'est exactement là qu'elle est. C'est beaucoup plus direct et ô combien plus sensitif. C'est à l'image du tarot dantesque de la condition humaine et de la misère des moyens : on ne choisit pas ses cartes ni les règles du jeu. C'est tout ce qu'elle a. C'est triste ; c'est injuste ; c'est…

Le matelot mousse et se retire, alors Maïa l'invite poliment à foutre le camp sans éponger son reste. Il prend la porte avec son air penaud de Kleenex froissé sans sincèrement insister. Brave petit pleurnichard.

Autre ailleurs

La grande brûlée se fait couler un bain. L'eau chaude l'apaise, peut-être parce-que le liquide rétablit l'équilibre thermique de son corps tout entier. Elle tente de savoir si elle va mieux sans mieux savoir y répondre. Même ses rêves s'effondrent, dans une parodie d'autoanalyse foireuse, puisqu'à la réflexion elle n'aime pas vraiment la Russie mais plutôt les courtisanes… Lesquelles ont toujours un combat tout personnel, qu'il soit politique ou plus bassement matériel. Maïa a déjà tout et du coup, elle ne sait pas ce qu'elle veut. Rien, puisqu'elle a tout… Besoin de rien, envie de rien. Et chacun sait que depuis le poste dépressif, l'observation n'a aucun goût. La petite fille attrape le bouchon en métal et tire dessus pour vider la baignoire dans une nouvelle itération du manque, quand l'eau se retire progressivement en découvrant son corps qui commence à grelotter. Elle se lève promptement et se sèche vigoureusement, abandonne laconiquement sa serviette aux carreaux inhospitaliers et impassibles du sol blanc, avant de délaisser la salle de bain pour sa chambre où son lit gigantesque conserve les traces de la lutte à la mort qui vient de s'achever quelques instants plus tôt. Maïa se dit qu'elle doit cesser de jouer à saute-moutons d'une bouée à l'autre, mais réalise que pour l'accueillir elle ne dispose d'aucun port propre.

Les draps non plus, d'ailleurs… La femme de chambre ne passe pas avant plusieurs heures, alors tant pis, elle se vautre au milieu du champ de bataille ! Le plafond parfaitement blanc fait un très bon néant sur lequel concentrer son regard ; Maïa l'observe platement tandis qu'elle repose sur le dos, telle une vieille chose abandonnée. Telle une psychose qui s'abandonne...

Réglée comme du papier à musique, la routine inlassable se poursuit et Maïa tergiverse intérieurement sur l'utilité de sa présence au monde. L'extase se paye toujours au prix fort de l'absence qui s'en suit, comme un pic boursier précède par définition une soudaine redescente ; et puisque la nature n'aime pas le vide, le cerveau de la petite fille le comble à la va-vite avec toute la maladresse d'un vide-ordures.

La semaine se termine et si Maïa ne change pas d'habitudes, elle doit encore dénicher deux étalons avant d'arriver à lundi. Bien que l'idée lui paraisse aussi saugrenue qu'un tueur en série s'interrogeant sur la nécessité d'achever sa prochaine victime, elle se propose d'en rester là ; de ne pas s'enfoncer encore dans une éternelle répétition dont, finalement, elle ne tire aucune satisfaction sur le long terme et qui sait même l'enfermer dans une négation du possible. C'est réellement tentant. Mais si elle sort de l'image, la fillette ne sait pas où aller et c'est bien embêtant. Se lancer dans le vide, comme ça, sans filet ? Maïa n'est pas certaine d'être assez courageuse. Pour le moment, elle sait simplement qu'elle ne peut pas continuer ainsi, parce-que cet instant elle le connaît trop bien : c'est celui de l'après-folie, le temps de la décompression, quand l'imagination vient brutalement se raccorder à la réalité, que le bateau fait une escale dont il ne repart plus. L'ancre se fige parce-que la mer reste impassible. Il est des mondes qui s'en trouvent beaucoup trop éloignés, du réel, pour que le retour à la base se passe en douceur, pour que l'idée même de retour soit lors envisageable... Des perditions si intenses qu'on n'en ressort jamais indemne. C'est à chaque fois pareil : l'excitation, la montée, l'oubli ; et puis la chute, comme un empire romain toujours trop conquérant qui se fatigue aussi de s'étaler toujours. Et l'insatisfaction résiduelle des trous dans les gravats, de la perte d'élan.

Alors pourquoi pas ? Changer, embrasser un autre rythme peut-être, même sans savoir lequel. Déjà, ne plus poursuivre cette éternité désabusée dans la répétition à l'identique, au sein d'une boucle temporelle diabolique, de la petite fille devenue femme en laquelle Maïa n'existe pas.

Elle se répète un peu, à quelques formes près. Ce doit être la fatigue. Heureuse d'une décision en laquelle elle fonde sur l'instant beaucoup d'espoir, Maïa admet intérieurement qu'il est grand temps de se coucher, pour dormir cette fois-ci, et tire vers elle son oreiller pour y poser la tête dans l'accomplissement physique d'une position fœtale. La mémoire d'un tissu n'est fondamentalement pas plus mauvaise que celle des hommes. Aussi l'odorat de Maïa lui rappelle-t-il sans plus de délicatesse que nécessaire qu'un corps qui se meut dégage invariablement des effluves en déposant sur toute literie s'y collant les fluides qui s'en échappent.

Comptez-en deux, ça n'est pas beaucoup mieux, puisque la fuite sera quantitativement exponentielle !

Non sans soupirer face à l'obligation que lui commande son nez, elle se relève aussitôt et dénude le matelas dans geste nerveux à la limite du violent, envoyant valser les draps dans un coin de la pièce, à l'image d'une maitresse d'école punissant un récalcitrant agité pour mieux tenir l'ensemble de sa classe turbulente avant de se faire déborder. Les draps restent sagement à leur angle punitif et Maïa réinvestit son lit avec toute l'amplitude que permet un corps d'un mètre quatre-vingt-trois qui s'étale en tombant sans aucune volonté de maîtrise.

Elle s'endort nue, tout en se satisfaisant de ses bonnes résolutions pour la journée, de la disparition des relents de la baise et de celle des amours charnels dans un futur prochain. Elle se couche nue, dans une chambre arborant lointainement les ravages des combats qui s'achèvent. La nudité est totale, depuis son propre corps jusqu'à son appréhension et en passant par son environnement immédiat : sa couche parfaitement vide se fait trampoline à la surface lisse, propre et élastique, sur laquelle rebondir au milieu d'un cadre par essence bien rigide…

Chapitre trois : L'odeur des murs

Un jour, quelqu'un regardera cette chambre avec ses draps de soie et ses rideaux de velours, son atmosphère cotonneuse et ses banquettes capitonnées, et se dira que dans l'ensemble, elle transpire le sexe. Peut-être même ira-t-on jusqu'à imaginer les corps voluptueux qui s'y seront agréablement mélangés, cette frénésie charnelle qui les aura poussés à rechercher l'extase dans un emboîtement physique avec l'altérité au beau milieu d'un décor de lupanar, considérant alors qu'ils dégagent aussi presque malgré eux comme l'indication romanesque et somme toute très naturelle d'une aptitude à la débauche et au plaisir – sans aucune relativisation chevaleresque.

Certains corps en diront ainsi toujours plus long en un regard même bref, en un éclair visuel, que toutes les fictions, tous les récits à vocation érotique, tous les traités collectionnant a posteriori sans réellement démontrer.

Mateo, lui, n'en verra rien. N'allez pas pour autant supposer une cécité quelconque ou un désintérêt profond pour la chose tendant à la répulsion moraliste au vice. De ces deux points de vue, il sera parfaitement normal – à considérer qu'il y ait une normalité hors le phénomène numéraire majoritaire, et que ladite normalité soit un phénomène de classe, de rangement catégorique des genres sexués.

Mateo sera une drôle d'idée, une vision peu commune. Une sorte de superhéros à l'américaine dans son aptitude visuelle particulière à défaut de sa velléité justicière, comme on en croisera encore à coup sûr quelques-uns dans les comics à venir ; un Daredevil phénoménologique ; un aveugle au tristement banal, sondant l'essence d'altérité ; un assoiffé pathologique de la quintessence du partage ; un phobique du vide intersubjectif. Le monde n'en perdra à ses yeux ni ses couleurs ni sa richesse pour autant. Bien au contraire ! Tout juste faudra-t-il ajouter une palette supplémentaire pour admirer encore la nouveauté de la diversité, comme on examine après tout n'importe quelle grille de lecture subjective selon un rapport différentiel.

Ses yeux seront particuliers ; bien plus réellement singuliers que les vôtres ou les miens qui nous appartiennent respectivement en propre... Les siens seront littéralement uniques, dans leur catégorie descriptive même ainsi que dans leur rapport capacitaire à leur proche environnement : de la classe des affutés quasi-mystiques, de celle des illuminés à l'unicité en soi rassurante par l'abord extérieur et en rien socialisante d'ailleurs. Il verra le monde comme vous et moi, avec ce petit plus anecdotique de la conversion des rencontres en mesure lumineuse type surnaturelle. Souvenez-vous des cartes géographiques de vos classes de lycée, à propos des densités de population : des disques plus ou moins larges – en sus de la palette chromatique progressive – pour désigner des amas numéraires plus ou moins importants. Voilà pour une esquisse des yeux dont la providence dotera Mateo, convertissant l'intensité d'une rencontre en une ou plusieurs sphères à volume variable, selon les points d'ancrage de l'altérité pour la multitude ou l'unicité, et selon la correspondance ontologique propre au partage pour l'aspect tridimensionnel. A petite boule décharnée, déception ponctuelle malgré de pieuses intentions ; à myriade de petites boules, atomes crochus sans aucun véritable lendemain ; à grosse boule bien épaisse, belle rencontre ; à multiples grosses boules intensément expressives, orgie des essences d'être ; et ainsi de suite dans les croisements hypothétiques de nuances. Vous aurez suivi, vérifiant le principe de la fumée trahissant le feu et comprenant qu'en matière de boules, la taille cette fois importera.

Devant le spectacle d'une telle chambre, Mateo ne pourra que constater l'absence, mais ne se laissera pas aller à l'incrimination désabusée et partiale de la qualité intrinsèque à l'échange. Il pénètrera l'alcôve et ses yeux resteront comme clos, sa rétine spéciale n'imprimera aucune image ou presque, même en accommodant à outrance à la manière d'un chat dans la nuit. La lumière ne poindra pas, seul le noir persistera. Pas d'illumination, malgré les nombreuses aspirations qui s'y seront croisées et les quelques expirations qui en auront fuité. La pièce perdurera terriblement terne. Des lucioles, parfois, brèves apparitions en un pli retourné, espoirs d'un possible qu'anéantira le choix suivant. Comme souvent. Les feux-follets ne ranimeront aucun incendie et Mateo classera la chambre au rang des déserts du partage comme d'autres enfouiront par ailleurs les partages désertés. Non que tout acte sexuel soit ignoblement détestable ou departi de la notion de partage, non plus que tous ceux qui s'y seront déroulés entrent dans cette catégorie du simple et pauvre échange, mais enfin parmi les plus récents, ceux dont il observera les traces, aucun ne montrera de signe transcendant le rapport charnel. Et après tout, la misère est humaine. Sans vouloir tirer à boulets rouges sur ce type d'échange et son accession illusoire au partage, force sera pour le coup de constater la factualité de l'absence.

Alors il sortira, atteindra le couloir aux multiples ombres sombres et pressées, pour emprunter un escalier attendu en pénombre, en pénultième ombre avant la lumière du dehors. Là se tiendra sa surprise, si belle et si brillante : un gros soleil brûlant, une boule de chaud, un condensé éclatant de ce que peut-être l'altérité ; la trace d'une rencontre – de ce qui s'appellera toujours rencontre. Ce sera là, sur la première marche, que deux jeunes voisins jusque lors étrangers l'un à l'autre auront échangé pendant un moment n'appartenant qu'à eux des confidences intimes, de celles gardées enfermées à double-tour en toute autre circonstance. Là qu'ils auront tenu partage. Ce sera vraiment beau, à tel point qu'il en devinera après coup l'intensité du feu d'artifice phénoménologique qui s'y sera déroulé. Mais ils finissent tous un jour, alors il sortira pour de bon et quittera cet immeuble avec les regrets pragmatiques d'un manque d'efficience de l'idéal, pour s'engager dans la rue commerçante immédiatement adjacente.

Elle sera belle aussi. Forcément, elle pourra l'être pour un observateur lambda et selon ses critères tant communs que subjectifs, mais procurera aussi une certaine satisfaction visuelle à Mateo : alors qu'il remontera ladite rue, il tombera nez-à-nez avec un café très particulier, en ce qu'il abritera des étincelles. Des étincelles si belles qu'elles lui piqueront les yeux, à Mateo, à la manière des papillons qui tourneboulent le ventre en présence ou en supposition de l'être qui dépeuple le monde si jamais il s'en enfuit.

Ça commencera plutôt bien, puisqu'ils arriveront en se tenant la main, sans que cet état de fait ne se trouve imposé ni par l'un ni par l'autre. Deux tourtereaux à l'allure candide et à la naïveté expressive toute mignonne, qui s'assiéront à la table de la terrasse, dans le petit coin taillé juste comme il faudra pour leur paraître offrir le bout d'intimité dont ils sentiront en l'occurrence le besoin.

Elle lui dira sa satisfaction à l'idée d'une entame délicate et progressive tandis que lui tentera de donner tous les gages possibles de son sérieux et de son attention, à la réflexion d'ailleurs un peu comme on remplirait une lettre de motivation... Le début des emmerdes après une belle lancée lisse et nette ; ce sera l'apogée brillante de ce moment trop bref, puisque très vite Mateo n'y verra plus que l'équivalent d'un petit ver luisant fatigué se trainant piteusement, tristement esseulé sur la balançoire rouillée d'un jardin de campagne déserté par le jour et les êtres, lorsque le jeune homme commencera coupablement à imaginer sa partenaire explorée par sa main et à modeler volontairement son discours en fonction de sa bonne réception supposée – sautant sur l'occasion tout juste hypothéquée comme tout bon larron pas vraiment sympathique. Un biais, aussi, de séduction, assumé par n'importe lequel des côtés sans qu'on l'affirme en capital péché s'il n'est pas voie d'exploration exhaustive, mais qui pour le coup posera l'extinction au moins momentanée du possible partage entre eux deux tant l'écoute d'altérité s'envolera comme fond ailleurs la neige sous un soleil de plomb.

Tant pis ; on ne s'éternise pas sur les défaites, encore moins celles des autres. C'est trop chiant, sauf si l'on est par exemple commentateur sportif ou chroniqueur politique et qu'on apprécie particulièrement le foutage de gueule sincèrement sarcastique et un léger brin sadique déguisé en analyse à tendance humanitaire

– entendez le bien social humain des plus petits que nous, ceux dont la pédanterie n'atteindra jamais le rang des avis admissibles mais qui suivent pour autant de manière parfaitement satisfaisante le chemin pas même nouveau qu'on aime à présenter comme génial et singulièrement nôtre. Ce qui produit au final l'esquisse d'une très bonne raison de s'appesantir…

Mateo n'appréciera jamais ces échos moutonnants et passera son chemin en quête d'autres lumières. Traînant des pieds par tendance prospectrice consciencieusement attentive ou simple lassitude de l'espoir d'excellence toujours hors de portée, il poursuivra sa route sans se presser vraiment, tentant l'approche toujours plus au cœur du centre-ville, où la probabilité des croisements harmoniques des chœurs d'humanité se ferait plus importante.

Croisant de nombreux échanges, il observera de plus rares partages en d'autres terrasses de café, aux fenêtres indiscrètes de quelques appartements, le long d'artères encombrées de passants, au fond de caves aux activités rocambolesques, sur les toits épurés des immeubles aux entrailles surchargées, ou même – plus exotique peut-être – dans l'arrière-salle oubliée d'un cabaret salement malfamé. Souvent, d'ailleurs, en des endroits ou des circonstances inattendus, certainement parce-que la surprise et l'étonnement se révèlent d'excellentes ouvertures à l'altérité, des moyens de dépasser instantanément les barrières protectrices de soi-même et de l'autre ; la communauté appréhensive de l'étonnement événementiel soude instantanément les inclusions dynamiques des champs subjectifs dans une similitude tape-à-l'œil. Non qu'il s'avère impossible de les traverser de manière patiente et courageuse, mais enfin voilà le raccourci offert alors pourquoi ne pas l'emprunter ? Le gain de temps ne limite pas intrinsèquement les possibles exploratoires ainsi créés.

Ses pas le porteront ensuite hors de la ville, dans une de ces maisons de retraite placées un peu à l'écart de la communauté. Contre le réflexe habituel d'éloignement des mourants dédouanant par une procrastination de la confrontation les individualités de tout sentiment de culpabilité face à cette mise au rebut, Mateo s'en approchera volontairement, suivant la même logique que celle conduisant à l'établissement des sites d'observation astronomiques en dehors des zones d'habitation, espérant mieux percevoir les lumières sans la chaotique réverbération citadine, prévoyant un meilleur entendement des pulsations d'être hors le champ commun barbouillé de trop nombreux et informes gargouillis paraissant paresseusement.

Il choisira une chambre au presque hasard de son errance et y croisera comme escompté un noble partage à l'intensité éclatante, entre ce vieux pensionnaire grabataire mais pas encore sénile de quatre-vingt-quinze ans et l'infirmière de garde – néanmoins extrêmement plus attentive à la disposition subjective des altérités qu'un ennuyé quotidien de la vie lassé de la répétition scénaristique de ses jeux vidéo préférés ou de ses séries habituelles. Alors il en profitera pour se reposer un instant à leur côté, occupant une chaise temporairement délaissée pour admirer la beauté du spectacle tout en se reposant de ses pérégrinations diurnes précédentes. Il admirera l'écoute et l'ouverture de ces deux morceaux d'altérité, leurs attentions à l'autre dénuées de toute intention indélicate et primaire.

Puis, comme repu, il empruntera le couloir en direction de la salle commune. Peut-être bien lassé par la factualité déroulante de l'événement-partage après le saisissement premier de sa fonctionnalité conceptuelle, considérant un tantinet abusif l'excès casuistique des expositions singulières de tranches de vie subjectives ; peut-être aussi ne souhaitera-t-il pas s'attarder inutilement, rejoignant ainsi le mouvement précédent d'impératif progressiste qui ne cessera pas de le pousser toujours plus avant dans l'exploration systématique des probabilités pratiques du possible.

C'est là, sur le chemin de la salle commune, qu'il remarquera une sorte de phosphorescence latente, imprégnant l'ensemble du bâtiment, qui ne sera pas sans lui remémorer sa subjective compréhension de la notion de fond diffus cosmologique ; comme si ce rayonnement presque imperceptible qu'il captera alors avait gagné les murs et continuait ainsi à s'imposer à sa propre vision, dans quelque direction qu'il regarde... Et puis il comprendra soudainement l'exactitude essentielle du phénomène qu'il n'aura pas su voir au milieu de la brutalité des rapports humains en les cités très peuplées : l'aspiration d'altérité ! Tous ces pensionnaires en auront patiemment dégueulé tous azimuts, peignant les murs de la nausée qui leur aura monté face à l'absence majoritaire d'interaction vivante d'avec un extérieur humain à eux, dégobillant leur mal-être depuis l'os de leur squelette jusqu'à la brique des bâtiments et l'imprégnant finalement de cette volonté d'exister en rapport restée inemployée !

« Merde », se dira-t-il, comprenant autrement que les murs prêtent quelque oreille attentive en l'occasion et savent aussi parler en réitération !

La lueur lui sautera aux yeux, l'interrogeant en retour sur son incapacité précédente à la percevoir, malgré sa conscience en l'instant de la différence spectrale entre celle-ci et la commune mesure habituelle. Le phénomène s'imposera en effet extrêmement blanc, à l'image de ces tunnels optiques proches du trou noir idéalisé en vortex passager et inlassablement décrits à propos des derniers instants de vie – ou des premiers de mort.

Mateo se précipitera au dehors dans une course folle et presque paniquée vers la multitude, s'empressant de rejoindre la banalité présentielle des grandes foules pour y lire le déroulement phénoménologique complet du partage de manière nouvelle, depuis l'attente d'une accroche d'altérité inscrite en chacun comme proposition unilatérale des singularités originelles, jusqu'à la coloration jubilatoire de la sphère albinos par l'éventuelle effectivité des rencontres. Une complétude perceptive dont il ne manquera pas de se repaître, tant elle se fera appréciablement rassurante vis-à-vis de la suffisance capacitaire inhérente à l'humanité entendue en système.

C'est ainsi le cœur serein qu'il poursuivra sa route, l'âme en quelque-sorte délestée du poids de l'incertitude quant au possible devenir d'un monde dont il pourra dès lors encore viser le lendemain la finitude exploratoire sans devoir s'inquiéter au titre de la persistance entropique que de celle d'une globalité universelle.

Vous objecterez peut-être que n'importe quel humain lambda saurait percevoir ce que Mateo verra. Hors le fait que c'est encore à prouver, reste que d'une manière catégorielle ne relevant pas outre mesure les très larges acceptions conceptuelles d'une telle affirmation, on ne pourra qu'approuver, dans un honnête souci de globalité concordante. Pourtant, combien sauront effectivement qualifier le partage comme transcendant l'échange, combien sentiront qu'au-delà d'un mélange, il y a parfois une alchimie – sans réduire la perception de celle-ci à une et une seule singularité incarnée, carnée même uniquement la plupart du temps ?

Autre ailleurs

Combien sauront ne jamais l'oublier, en dépit des circonstances ? Combien savent voir, déjà, que derrière l'historique dérive soviétique se tenait une idée, une belle et grande idée que ne peuvent suffire à condamner en soi les manquements des humaines instanciations ayant tenté plus ou moins consciencieusement d'en construire matériellement le dessein systémique ?

Qui sait encore deviner le possible ? Qui l'ose, ce possible ? Combien encore pour le poursuivre et éviter la chute en un fatalisme déprimant et castrateur ?

Quel monde nous restera-t-il, penauds, sur les bras, quand nous aurons abandonné tous nos contes au nom d'un compte exact ?

Chapitre quatre : La vénitienne

Merde. « Merde, merde, merde ! » Mike ne savait plus du tout quoi faire et jurait un verbe grossier dans une vulgaire et désespérée mascarade de tentative d'oubli par distraction aperceptive immédiate. Ouvrir, ne pas ouvrir ? Il tournait en rond comme un chien dans sa cage ; le niveau de conscience en plus. Il s'en voulait d'un assoupissement peut-être bien si proche de l'acte manqué, ainsi que de sa culpabilité conséquente à coller littéralement de partout : la sueur postérieure à la frayeur du rêve et à la brutalité du réveil, certainement. La sonnette, elle, ne cessait pas ! Sandra semblait tenace…

« Oui, j'arrive ! » Il n'avait pas d'autre porte de sortie, refusant de l'abandonner au dehors et surtout de laisser ainsi passer l'occasion tant attendue d'assoir sa virilité une bonne fois pour toutes. Il pouvait toujours l'accueillir et filer ensuite droit dans la salle de bain se passer un coup d'eau fraîche sur le visage, voire prendre une douche extrêmement rapide, ce qui lui laisserait par ailleurs le temps de remettre un minimum ses idées en ordre. Elle pourrait bien comprendre. Mike ouvrit donc la porte à une Sandra visiblement un poil énervée, a priori passablement remontée suite à sa performance involontaire d'invitée insistante…

« Tu en as mis du temps !

- Euh, oui ; désolé. Je me suis laissé surprendre… »

Sandra esquissa un léger sourire à la limite du rictus qui sut passer inaperçu et entreprit de pénétrer plus avant, non sans lui faire remarquer d'une voix haute et claire entre deux échanges de bises amicales qu'il aurait également pu galamment l'y inviter.

« Tu auras au moins la courtoisie de me débarrasser ?

- Sûr ! J'allais justement te le proposer !

- Merci. »

Il saisit son long vêtement par le col alors qu'elle en extirpait délicatement ses deux bras et l'accrocha au porte-manteau encore à moitié perdu dans ses pensées, manquant presque oublier son écharpe et ses gants. Il ne l'avait jamais abordée en chair et en os, lui découvrant en l'instant une attitude aussi soignée que son expression ; une délicatesse, une élégance surtout, qui le surprirent un peu tant on la décrivait habituellement désinvolte ou relâchée – lorsque l'on pesait encore le poids de ses mots. Il savoura pour autant la hauteur du challenge. Et après tout, il ne pouvait quand même pas s'attendre à ce qu'elle se jette nonchalamment sur le canapé à l'instar de ses potes à l'occasion d'une soirée console, qu'elle s'y installe telle quelle, encore toute habillée pour l'hiver extérieur parce-que obnubilée par le déroulement du jeu vidéo sur l'écran plat du salon... Non plus qu'elle s'y retrouve complètement nue de manière immédiate !

Le moins qu'on puisse dire, c'est que Mike ne faisait plus vraiment le fier ! Il en avait d'ailleurs parfaitement et entièrement conscience : sa présentation laissait à désirer et le stress, lui, commençait à monter. Il devait trouver le moyen de s'éclipser un bref instant, en plus de celui d'aborder Sandra débarrassé de cette anxiété qui raccourcissait ses réponses à l'extrême et promettait de l'enfermer dans une figuration crispée qu'il ne souhaitait pas du tout poursuivre en l'état – puisque trop dissemblable de sa singulière acception d'aperception. Il savait tout cela, sans parvenir efficacement à contrer la léthargie relationnelle dans laquelle il s'embourbait présentement.

« Je te laisse quelques instants, je dois aller chercher un truc à côté...

- Je te fais déjà fuir ?

- Euh, non ; pas du tout... »

On s'éloignait perceptiblement du merveilleux départ dont il avait tant rêvé. Il payait déjà le prix de son erreur, de sa faute programmatique en regard de la planification initiale. C'était décidément moins facile en vrai, lorsque le jeu intersubjectif chronologiquement déroulant prenait le pas sur l'intention première ; Mike se savait gêné et ne pouvait s'empêcher de le démontrer involontairement à chaque nouvelle tentative de prise de parole – dans chacun de ses gestes aussi, pour autant qu'il puisse très maladroitement en juger depuis l'intérieur même de sa propre subjectivité. Il découvrait ainsi les premières notions empiriques du principe de paralysie extatique en immersion réelle, maxime rétrograde en l'idée mais que l'on ne cesse jamais vraiment d'expérimenter et dont personne ne prétendra se défaire aisément lors l'abord entamé. Il apprenait sur le tas la défiance subjective à l'égard de l'action, la terreur du ne-pas-mal-faire se transformant simplement en ne-pas-faire dans un se-lancer éternellement procrastiné.

« En fait, pour tout te dire, je me suis laissé surprendre...

- Je le sais, tu viens de me le dire !

- Euh, oui... Du coup, tu m'as à peu près réveillé, et je n'ai pas eu le temps de me doucher. Je vais être franc : j'irais bien me rincer ! »

Ce pourquoi le mensonge est un art : acculé, l'individu lambda s'échappe préférentiellement par la petite et accueillante porte de la vérité, attendue suffisamment flagrante pour s'en trouver convaincante et défausser le blâme.

Sandra n'objecta pas outre mesure, tout encore éberluée par une tentative aussi rapide et directe d'invitation érotico-aquatique, laquelle émanait qui plus est de ce petit bout d'homme apparemment aussi sûr de lui qu'un poussin aux premières minutes de l'éclosion ; aussi lui servit-il un verre généreusement dosé après avoir démontré son habileté à l'ouverture de la bouteille, tout en lui intimant l'ordre gentil de faire comme chez elle. Puis il fila se rafraîchir, la laissant considérer silencieusement l'hypothèse de la bête prétention à tout oser et sa variabilité positionnelle sur l'échelle des probables.

Mike en sortit aussi propre que rasséréné, mettant silencieusement sa tête en place pendant qu'il se séchait vigoureusement et s'habillait du mieux qu'il avait su trouver, n'ayant résolument pu départager en les magasins visités le charme trop rigide d'un costume soigneusement taillé de la décomplexée tenue streetwear. Le résultat de cette indécision saurait paraître bancal à tout individu extérieur pourvu d'un œil un tant soit peu exercé en matière d'us et coutumes vestimentaires ; c'était pourtant le mieux qu'il ait su faire, un mieux qui l'avait suffisamment contenté pour s'en trouver validé, satisfaisant presque parfaitement les critères nécessairement très maigres de son inconsciente ignorance.

Vêtu à défaut d'habillé, il quitta enfin la salle de bain pour regagner le salon et s'atteler, bien qu'un peu tard, à sa tâche. Sandra était toujours là, ce qu'il jugea en soi pas si mauvais que cela. Elle regardait la télévision, semblant confortablement installée entre deux coussins aussi bien rembourrés que l'image de sa poitrine que Mike avait pu se forger, et ne l'entendit pas arriver immédiatement, attentivement distraite par le documentaire animalier qu'elle suivait ; ce qui laissa au jeune homme l'agréable latitude d'admirer sa nuque gracieusement découverte, comme offerte au regard par de longs cheveux bouclés rabattus du côté gauche. La sensation était bizarre, le charme nouveau, la puissance directement sexuelle momentanément évanouie : l'admiration de l'objet-nuque était contemplation a-subjective, dénuée de toute sujétion. La magie de l'instant fut rompue en même temps que son examen, Sandra s'étant retournée – feignant apercevoir un reflet sur le coin de l'écran.

« Tu en as mis du temps ! J'en suis presque venue à me demander si tu allais réapparaître !

- Et où aurais-je bien pu aller ?

- Je ne sais pas ; t'enfuir encore un peu plus loin, par la fenêtre par exemple...

- Pardon ?

- Rien, je disais ça comme ça. Dis-moi, on peut fumer ici ? »

Il n'osa pas dire non. Tant pis pour l'odorat maternel. Il n'aurait qu'à mettre de l'encens et bien aérer lors de la remise en ordre finale de la maison.

Elle sortit un paquet à moitié vide de ce qui ressemblait fort à un pauvre ersatz de sac à main, porta une cigarette à ses lèvres puis se ravisa aussitôt, ôtant le tube à fumée de sa bouche à l'aide des deux doigts qui venaient juste de l'y présenter et qui, de fait, l'enserraient toujours d'une manière aussi délicate que certaine, à la manière d'une chatte transportant son petit dans sa gueule.

« Tu as du feu ?

- Je peux te trouver ça. »

Il fouilla rapidement les tiroirs de la cuisine et finit par y dégoter un briquet, soigneusement rangé à proximité de l'allume-gaz et des boîtes d'allumettes à la décoration trop kitsch pour avoir même été glanées dans un bar de quartier ou auprès d'un autre représentant de commerce spécialisé dans la boisson ; sa mère et ses goûts de chiotte. Le briquet l'emporta dans un savant mélange de considérations tant esthétiques que pratiques, et Mike put le tendre à Sandra une fois revenu dans le salon.

« Tu m'allumes ?

- Sûr !

- Merci. Tu en veux une ? »

Il ne pouvait pas rater l'occasion, d'autant qu'il venait de trembler légèrement en approchant la flamme du visage de Sandra et que celle-ci n'avait pas dû manquer de le remarquer ; aussi en prit-il une consciencieusement dans le paquet qu'elle lui tendait, sans noter l'écrasante politesse avec laquelle la proposition avait été avancée, pas plus qu'il ne tint compte de sa propre propension principielle à éviter toute introduction de quelque drogue que ce soit au sein de son vierge organisme. Le briquet fit paraître sa lueur alors qu'il en frottait la pierre d'un mouvement du pouce à la vérité un peu craintif ; Mike inspira... Et recracha presque immédiatement. C'était ignoble ! Il toussait sans plus pouvoir se contrôler ; c'était même pire en essayant. Comment pouvait-on prendre plaisir à fumer ?

Sandra se prit d'un rire écrasant pendant que sa fierté à lui éclatait littéralement en morceaux, qu'elle se retrouvait crachée hors de lui dans un élan identique à celui de ses poumons expulsant l'air vicié, comme si corps et âme d'unisson avaient été sincèrement désireux de se défaire d'absolument toutes les choses inutiles en l'instant. Et puis ça finit par se calmer, tout comme la moquerie somme toute involontaire puisque à l'évidence nerveuse de sa compagnie féminine du moment.

« Tu n'as jamais fumé, hein ?

- En tout cas, je ne recommencerai jamais !

- On y passe tous un jour... »

Elle tira une latte supplémentaire, non sans insister sur sa supériorité capacitaire présente en prenant exactement tout son temps, à l'inspiration comme à l'expiration ; elle savourait visiblement autant son tabac que son plaisir à le dominer dans la perfection pratique de l'exercice. Lui n'aspirait qu'à pouvoir se terrer quelque-part. Il se débarrassa de l'instrument de torture encore fumant en l'abandonnant dans le cendrier, accompagnant son geste d'écrasement d'une vilaine grimace qui aurait pu noter tant son dégoût pour l'objet lui-même que son mépris à l'égard de sa propre vanité, mais qui tentait surtout en son excès démonstratif de convaincre Sandra de la validité de son affirmation précédente.

« Bon, quand est-ce qu'on baise ? »

Mike manqua s'étrangler à nouveau.

« Quoi ?

- J'ai dit : quand est-ce qu'on baise ? »

Il avait donc très bien entendu. Il déglutit avec peine, comme si sa gorge n'avait pas senti d'eau depuis à peu près la moitié d'une éternité. Pourtant, rien à faire, ça restait sec. L'inspiration ne remontait pas ; les mots non plus d'ailleurs. Il se servit un verre et le vida d'un seul trait. Ce qui ne l'aida pas vraiment.

« C'est pour ça que je suis là, non ? C'est bien pour te faire la petite voisine que tu l'as invitée à passer une soirée chez toi ?

- Comment ?

- Cigarette et documentaire !

- Hein ? »

Une tarée ; il était tombé sur une tarée ! Sa cigarette étant terminée, elle put cesser son manège de fumée, s'en défaire à côté de celle tout juste entamée de Mike et se tourner à nouveau vers lui en arborant un énorme sourire.

« J'ai pas raison ?

- Ben, sur le fond, je crois bien que si. Mais je n'aurais pas choisi ces mots-là !

- Bien sûr que non, tout comme tu n'aurais pas choisi de me présenter les choses de cette manière, ni même d'en parler avec moi pour ce qui touche au fond de l'affaire. Tu aurais préféré terminer ta parade prénuptiale et user encore de ce que tu te figures être tes charmes ! Tu aurais bien entendu préféré te donner encore quelques grands airs, dans l'espoir de me plaire, tout imbu de ta certitude à m'impressionner... Seulement voilà, tu t'es trahi. Depuis bien plus longtemps que ce que tu comprends en l'instant ; tu as trahi ta démonstration. Ne serait-ce qu'en faisant mine de fumer et en essayant de maîtriser la chose, tu t'es trahi. Par le soin apporté à la décoration de ce moment, je veux dire sur sa préparation globale en tant que moment, tu t'es encore trahi en tant que non dénué de certaines intentions. C'est pourquoi je te parlais aussi du documentaire : les animaux ne font pas mieux d'une espèce à l'autre dans la justification ou le déguisement des marques d'attention ! Et moi, j'ai vu clair dans ton petit jeu ! »

Un autre verre de vin ; pas plus salvateur mais tout aussi rapidement ingurgité.

« Tu veux dire que le chasseur est tombé dans un piège ?

- Je veux dire que la proie a berné le chasseur, que la biche s'est faite araignée... Tu es tombé dans mes filets. Je vais même te dire mieux que ça : le seul à se faire baiser ce soir, ce sera toi ; moi, je suis vierge et je le serai encore demain matin ! »

Autant pour ses prétentions et ses projets ! Il regarda la bouteille de rouge et constata désespérément son état : vide. Autant pour son ivresse ; il avait bu trop vite, elle ne tiendrait pas longtemps. Il devait être écrit quelque-part, comme sur des tables de la loi présidant à la destinée du présent rendez-vous : « tu foireras tout ce soir »... Un commandement à coup sûr édicté par Sandra, puisqu'elle semblait avoir manigancé son petit tour de passe-passe avec la plus grande dextérité et la plus haute fourberie ! Pour autant bien sûr que le vil machiavélisme puisse s'énoncer en termes de hauteur, au lieu de la bassesse habituellement connotée au concept de complot...

« Pourquoi ce masque ? Pourquoi jouer le jeu si tu savais tout ?

- Et alors, je n'ai plus le droit de m'amuser, moi ? Et puis, des masques, on en met tous quelques-uns, non ? Toi, déjà, tu en as mis en vue de me sauter. Alors tu n'es pas le premier à pouvoir m'interroger sur leur validité ni sur leur justification ! Tu as joué, comme moi, comme nous tous ; c'est juste que tu as perdu et que du coup, tu l'as un peu mauvaise...

- C'est vrai ; je l'ai mauvaise, comme tu dis. »

En fait, il se sentait surtout très con et un rien honteux aussi. Pas besoin de le lui expliquer ; pas besoin de mettre cette dévalorisation de soi en avant, elle avait sûrement déjà parfaitement tout saisi. Mike entrait d'un pied exactement gauche dans ses relations avec les femmes ! Si la première impression importait tant que cela, alors de manière purement catégorielle, il était dorénavant foutu, condamné à patauger pour le restant de ses aventures !

Sandra ne perdait pas son sourire.

« Qui sait, peut-être que je te voulais ainsi…

- A ta merci ?

- C'est ça ! »

Pour quoi faire ? Voulait-elle lui démontrer qu'elle menait la danse ? Avait-elle besoin de cette sorte de protection avant d'interagir, comme ces fanatiques du contrôle rassurés par une illusion d'omniscience ou d'omnipotence ? Et après tout, en dehors de cette soirée, il connaissait lui-même très bien tant la volonté de contrôle que la satisfaction subséquente à son exercice ; du point de vue du gagnant, en tout cas. Là, d'un coup, de l'autre côté, c'était beaucoup moins bien…

« Tu as dû travailler longtemps, pour en arriver là… Je veux dire, oui, d'accord, je te regardais depuis un moment d'un œil bien particulier. Mais ta réputation, elle ne date pas d'hier !

- C'est vrai. Tu n'es pourtant pas le centre du monde.

- Je n'ai pas dit cela.

- Non, mais tu auscultes le temps depuis ton propre centre, en quelque-sorte, depuis le point unique de ta singularité. Comment crois-tu qu'une réputation se construise ? N'aurais-je pas pu sciemment y contribuer, pour quelque raison que ce soit ? »

Il ne l'avait pas remarqué jusque-là, mais Sandra lui plaisait de plus en plus. Réellement ; en tant qu'elle était Sandra. Au-delà de la résignation propre à toute chèvre sur le point de se faire dévorer, au-delà de ce mouvement assimilable en la situation au syndrome de

Stockholm, Mike notait avec une certaine délectation la finesse verbale de ce morceau de femme. Plus, son aisance à la navigation conceptuelle aussi. Normal, après tout, qu'elle ait gagné. Drapé dans son complexe de supériorité, enfermé dans la production d'une image qu'il savait ne pas être lui mais dont il ne pouvait se défaire, il n'avait jamais tenu l'once d'un espoir de l'emporter. Tandis qu'elle, décomplexée en un sens qu'elle ne laissait pas paraître, avait au contraire toujours conservé toutes ses chances ! Elle était depuis le début le véritable maître du jeu.

« Allez viens, on sort d'ici !

- Hein ? Tu veux aller où?

- Peu importe. Dehors, ailleurs. Autre part. Cette maison ne convient pas... L'intérieur est mauvais. Il y fait trop rigide. Tu ne veux pas prendre l'air ? Et puis merde ; sortons, c'est tout ! »

Sandra le saisit par le bras et le traîna dans l'entrée. Là, elle revêtit son long manteau, son écharpe et ses gants, puis l'invita à se couvrir à son tour. Comme Mike rechignait à l'exercice, elle l'habilla elle-même, un peu à la manière d'une poupée. En fait de récalcitrant, il était plutôt sonné et suivait le mouvement sans savoir objecter, vaincu par le dernier caprice de cette folle qui détruisait volontairement jusqu'au dernier de ses desseins et se maintenait inaccessible en son improbabilité constante. Sa soirée partait en vrille ; ses prévisions n'étaient plus que de lointaines illusions fantasmées par un jeune garçon finalement révélé trop naïf. Mieux qu'une couille dans le potage. Pire. Le potage avait giclé en dehors de l'assiette, la météorite événementielle tenant trop de l'énormité fracassante pour que subsiste encore quoi que ce soit après sa chute. Sandra lui avait coupé l'herbe sous le pied ; un peu trop court. De fait, Mike ne reconnaissait rien de ce nouveau terrain sur lequel il avançait maintenant, peinant déjà à la simple atteinte de la conscience de son état de jouet entre les mains d'une femme qu'il pensait encore avoir correctement évaluée il y a de cela quelques heures à peine.

« Où sont tes clés ?

- Euh, dans ma poche ; je crois. »

Sandra fouilla d'abord la droite, pour ne les trouver que dans la gauche. Elle s'en saisit prestement, ouvrit la porte et les inséra dans la serrure depuis son extérieur, avant de le pousser dehors et de lui emboîter le pas.

L'effet du vin, finalement, ou bien celui de l'étonnement situationnel résonnant par trop de bouleversements phénoménologiques, mais Mike flottait dans une ivresse dont il ne parvint pas immédiatement à se dégoûter…

Chapitre cinq : Chasse à court

Samedi. Maïa se lève et craque déjà. Oubliant d'emblée sa mauvaise bonne résolution de la veille, elle s'extirpe difficilement du lit pour entamer une nouvelle journée de perdition, accomplir encore une de ces parfaites révolutions dont elle a le secret et qui la font irrémédiablement tourner en rond jusqu'à rejoindre son triste point de départ. Non sans inspiration, cependant – du fait peut-être de sa nudité, allez savoir ; voilà la décision arrêtée : aujourd'hui est la journée de la biche ! Il est dix heures et la jeune femme scrute les passants par la fenêtre, observe d'un œil lointain et d'un esprit songeur les éventuels heureux possesseurs du permis de chasse. Il lui faut descendre dans l'arène pour juger au mieux de la qualité réelle de leur armement. Estimer de visu, juger plus directement de la valeur des traits ; et puis se donner en pâture, aussi. Le goût du contact… Le combat rapproché s'avère le plus passionnant de tous, la chasse à l'homme la plus exquise et la plus productrice d'adrénaline de toutes les chasses – comme le dit un psychopathe notoire dans elle ne sait plus bien quel film et comme de toute façon elle se moque bien de le savoir, au fond. Rassemblant une petite dose de courage, elle l'aspire aussitôt pour ne surtout pas la perdre, avant de flotter ainsi un peu moins lourdement vers la salle d'eau puis, plus tard, jusque dans le dressing où elle refuse finalement temporairement l'obstacle du choix vestimentaire. Un peu, parce-que le courage s'émousse avec le temps et que les petites doses de bonne volonté suffisent de moins en moins. C'est comme l'élévation du coût de la vie, pour ce que Maïa en connaît : l'inflation gagne même le prix du billet. L'aller-retour pour le paradis demande de plus en plus d'efforts…

Père et mère sont en vacances. Tant mieux ; le gigantesque appartement lui appartient ainsi pour quelques jours encore de manière quasiment exclusive ; ça dépend comment on compte. Depuis la retraite maternelle, ces deux-là n'arrêtent plus de voyager, comme s'ils projetaient de visiter précisément chaque point du globe terrestre peu ou prou accessible en avion. De toute façon, qu'ils soient présents ou pas, Maïa ne traverse pas vraiment les pièces réservées à leur vie de couple. Aucun intérêt. Mais au moins ne les croise-t-elle pas sur le chemin de la cuisine à l'heure du petit-déjeuner. La bonne, parfois, pourtant ce n'est pas une excuse suffisante pour s'habiller. Le café est prêt, la tasse servie ; foncièrement peut-être plus utile qu'un mec, au final. Le coût de la vie en sus.

Maïa se saisit de la tasse, se rapproche de la télévision avant d'en commander l'allumage, puis se love confortablement dans un fauteuil assurément beaucoup trop grand pour elle. Distraite par la sensation agréable du tissu dru contre sa peau nue, elle ne prête pas une sincère attention aux nouvelles du jour ni à la météo. La rengaine ne change pas, a priori. Une autre lichette de courage ; elle avale aussi son café. Ca fait toujours du bien par où ça passe ; et puis elle peut remonter dans sa chambre puisqu'à nouveau armée de toute sa bravoure, dont une partie doit lui servir à l'adoption d'un code vestimentaire adéquat à la journée qui s'annonce. Le lit est fait.

Le choix se fait plutôt vite, lui aussi : biche, biche, biche, pique et pique et colégram, peu importe le jupon et pourvu que l'on devine la fesse ! Maïa est prête, à présent. Un dernier pour la route ; sait-on jamais. Revigorée, emplie de bonne volonté au point d'en déborder légèrement de joie et d'enthousiasme ! Il n'y en a jamais trop pour appâter le mâle…

L'animale déguisée monte en carrosse avec la tête évidée d'une citrouille à la veille d'halloween pour rejoindre l'établissement à la terrasse duquel elle aime passer ses fins de matinées, se rendant soudainement compte, sur le trajet, de la générosité avec laquelle elle s'est servie dans la réserve de courage ; ce pourrait être le traîneau du Père-Noël, ce taxi, tant il lui semble flotter sans substance le long des rues qui défilent maintenant tel un éther coincé entre un psychédélisme léger et une géométrie trop lourdement désordonnée. Heureusement qu'elle parvient rapidement à destination, ce qui ne lui laisse pas le temps de développer plus avant ce mal de l'air menaçant.

Le coup de feu de midi se dessine peu à peu, mais de nombreuses places restent encore disponibles en extérieur. Maïa peut profiter du soleil. Avec ses deux ou trois pauvres cigarettes par jour, on ne peut pas dire qu'elle tienne la chronique de manière suffisamment assidue pour prétendre à la dénomination de fumeuse pathologique ; pourtant, ce petit péché matinal la condamne à l'exclusion hors les murs du café, loin du comptoir où elle pourrait si facilement, si ostensiblement s'offrir en spectacle. Tant pis. Il faut faire avec ce que l'on a. Et puis encore tant pis, l'observation n'est pas si mauvaise que cela, après tout, depuis cette terrasse...

Maïa commande du champagne. Brut, forcément. Rosé, délicieusement. Pas pour l'ivresse, qui ne se marie pas bien avec ce genre de voyage, mais pour les bulles et pour la gueule du tableau ; c'est quand même plus charmant qu'un Perrier, même avec une rondelle de citron décorative en bordure de verre...

La biche vérifie son pelage ; il ne faut surtout pas manquer le chasseur ! Tout va bien ; pas de faux plis. La jeune femme se trouve exactement telle qu'elle se veut, du moins s'imagine-t-elle ainsi en se figurant les observateurs extérieurs : une petite proie fragile abandonnée au milieu de cette grande place hébergeant ces si nombreux cafés. Une petite proie fragile au point de ne pas sembler pouvoir se débattre. Maïa en a assez du combat et ne consent à un quelconque effort supplémentaire qu'en la faible mesure de ce dernier, bien léger au demeurant, de la mise en scène de sa présente collation. Une petite proie fragile qui se conforte au champagne, au point d'alpaguer vivement par le bras le vieux serveur rendu dur de la feuille par des années passées à tendre l'oreille aux mille et une réclamations de la clientèle, afin d'en réclamer plus expressément une seconde coupe ; bien frais et toujours rosé. Voilà pour l'esquisse. Faut avouer qu'elle fait quand même bien les choses, sans rechigner à la tâche autrement que par innocente paresse passagèrement récurrente...

La petite proie fragile n'a pas le temps de prendre froid, puisqu'un chasseur à l'allure probablement suffisamment correcte pour savoir tirer droit s'approche de la terrasse. Biche l'observe silencieusement, d'un air craintif à l'expressivité en vérité un rien forcée sur la bordure des traits. Tout va bien, il ne l'a pas encore remarquée. Biche tripote bêtement le pied de sa coupe, boit une gorgée qui n'achève pas de la vider ni ne l'emporte déjà, et commence à la pousser malicieusement vers le bord de la table. Biche sourit, tandis que le verre atteint son but et tombe sans légèreté aucune, se fracassant au sol dans un semblant d'éclat sonore assez violent pour attirer l'attention du jeune homme avant que de faire rappliquer le garçon. Première pique attentionnelle, donc, s'agrémentant d'une distraction permettant de feindre l'honnête inattention. Sans paradoxe apparent, risquant la douteuse suspicion et invalidant alors l'accidentelle hypothèse.

Biche sourit toujours, satisfaite. Puis expédie l'affaire relativement vite, dans le classicisme exemplaire d'un parfait cas d'école : chasseur prend ses marques, jauge l'animale par le généreux mais néanmoins attendu cadeau d'une coupe de remplacement et dans l'espoir – aussi secret que l'état d'excitation supposé de son Polichinelle – de pouvoir sous peu soupeser l'agréable d'un tâté de terrain. Les yeux de biche frétillent alors, levant le faux secret de son approbation coupable à la chasse qui s'engage. Biche se meurt enfin, brutalement, lorsque Maïa décide d'enfoncer la ligne de front et d'avancer droit sur le chasseur pour forcer l'abattage, de jouer carte sur table en lui signifiant, sans qu'aucune forme de doute ne soit plus permise, la disponibilité immédiate du tiroir et la nécessité non moins certaine d'aller sonner l'hallali, ou n'importe quel autre cri d'ailleurs, sur le lit de la petite mort. Ce qu'il accepte étonnamment sans broncher.

Sur le chemin du retour, la radio du taxi diffuse la chevauchée des Walkyries. Maïa trouve que ça sonne très bien et s'empresse, une fois parvenue à destination, de reproduire la scène de la mise en abîme musicale a minima nominale. Un autre joli tableau. C'est important, l'image, en termes de fantasmagorie ; c'est pour l'anecdote et en essence pourquoi Maïa choisit toujours des chasseurs d'une taille même seulement à peine plus élevée que la sienne, ne pouvant s'accoutumer en conscience à la vision du nain jouisseur affairé en son jardin.

A toute monture sa carotte ou son bâton. Question soutien pour la marche, la jeune femme escompte bien découvrir sous peu le pied qui sied en l'occasion à sa chaussure, aussi rassemble-t-elle à nouveau quelques soupçons de courage par peur de se faner sur le chemin des flâneries de bagatelle ; il s'agit de ne pas de les cuire avant l'heure. Puisqu'à courage, courage et demi, et que de fil en aiguille, l'un ne va pas sans l'autre, elle n'y va pas avec le dos de la cuillère et confond allègrement vitesse et précipitation en s'abandonnant téméraire sans considération pour le premier stade simplement courageux.

Voici l'heure de la cartouche. Biche s'agrippe sensuellement à chasseur, entreprend de le débarrasser de son déguisement pour mieux accéder au fusil et par suite en admirer toute l'étendue de la portée, pendant que son propre accoutrement s'évanouit lui aussi simultanément, emporté à son tour par les mains inquisitrices du bonhomme comme les aigrettes d'un pissenlit gagnent le lointain sous l'effet délicat de la timide brise du souffle de l'enfant oscillant lui-même bêtement entre amusement et émerveillement.

Les gamineries préalables s'achevant, biche quémande la juste monnaie de sa pièce, celle pour laquelle elle paye depuis le matin sa dîme carnavalesque, et entraîne chasseur vers sa couche, lui exprimant crûment l'impératif de dûment ponctuer chaque phrase d'un signe fort et fier pour qu'elle-même se sache formellement exister. L'art de la grammaire n'est rien sans le souci du point-virgule. Maïa connaît bien sa leçon, et s'applique consciencieusement, humble et pieuse, à implorer la notation du correcteur, ou toute autre forme de colère transcendante.

Quand soudain, le bête accident de parcours, le coup de la panne en milieu de ligne droite, la fin précipitée du circuit et de la course, le choix forcé de la vie par défaut mécanique de bourse, l'effondrement des cours, le krach, la faille, la panique : Simon se relève brusquement et s'excuse, expliquant que la messe est dite et que le petit Jésus décline impoliment l'invitation à la crèche, qu'il s'en désole lui-même mais qu'il s'en va présentement, sans exprimer plus de verbe qu'il ne démontre par ailleurs de fierté combative. Il lui présente vaguement ses hommages et tourne les talons, Maïa en restant coi de ne point pouvoir recevoir ses outrages en un coït rondement mené.

Journée de merde. Le départ prématuré de son compagnon de fortune empêche la biche de raire et Maïa de se complaire en son usuelle boucle phénoménologique malgré tout rassurante, alors la femme gémit de sa misère et geint son manque de chance, bafouée d'une insatisfaction qu'elle prête aux circonstances, outrée de son mauvais pari sur un si mauvais canasson qu'il se refuse polisson, déjà, à la première entame de chanson...

Ce n'est pas facile tous les jours, et encore moins quand du haut de son perchoir artificiel il faut brutalement saisir le vide sans même avoir l'envie ni même l'idée, déjà, de l'embrasser. Pouf ; ça fait comme une grande claque, de celles qui se retiennent un bon demi millénaire mais tombent inexorablement sur le coin de ta gueule sans autre forme de délicatesse que leur immédiate soudaineté, sans autre forme de finesse que la politesse incongrue et du reste insoupçonnée de leur séculaire attente. Et puis la vrille...

Maïa s'en échappe comme elle peut en n'osant pas sombrer, comme d'habitude et comme tout un chacun en la situation. Elle veut comprendre, pour ne pas trop sentir. Comprendre, pour ne pas s'appesantir ; aussi bizarre que cela paraisse, voilà bien sa paresse... Tout, sauf son esprit lui-même. Tout, sauf ses propres rouages structurels. Pourquoi ? Comment ? Qu'est-ce qui peut bien passer par la tête du mâle pour qu'il refuse de lui passer dedans ? Le pourquoi et le comment qui ne comptent plus, ceux postérieurs à son événement à elle, ceux qui n'expliquent rien de ses attentes profondes et la posent déjà en dehors d'une digestion ingrate et promise aux plus mauvais tourments de l'insatisfaction singulière. Le pourquoi et le comment de l'autre, magnifiés tant qu'ils détournent encore du vertige existentiel examinant la profondeur de son vide...

Considérant salutairement qu'aucune supposition même claire et cohérente n'égale une vraie réponse franchement inscrite en fait indubitable, Maïa se relève aussi vite qu'elle le peut et quitte l'appartement à toute vitesse, s'épargnant l'attente d'un taxi et lui préférant une course irréfléchie vers feu sa zone de chasse, sous le coup d'une impulsivité valorisée en unique et dernière chance de pouvoir saisir son ancre.

Elle ne sait rien de Simon, sinon leur mésaventure toute fraîche et, nécessairement, l'endroit d'où il vient en cette phénoménologie interrompue au plus triste moment, c'est-à-dire l'origine spatiale trop bien ciblée de leur brève et courte histoire. Alors elle court, sans perdre plus de temps qu'il n'en faut pour mettre un pied devant l'autre, aussi loin que possible du précédent, vers la réponse dont elle ne sait pas ne rien pouvoir attendre de bon, dans un mouvement qu'elle se figure à même de l'éclairer. Seulement voilà, Maïa souffre son excès de courage et doit bien ralentir lorsque le lâche et pesant boulet que constitue désormais son corps refuse de la porter plus avant à un rythme aussi élevé. On paye toujours ses excès.

Deux fois. Journée doublement merdique : sans nique ; et ironique, encore, par-dessus le marché – et rien que le marché. Deux corps qui l'abandonnent... Maudissant son courage passé et son immodérée passion pour celui-ci, Maïa agrippe sa volonté aussi fort qu'elle le croit. Aussi sûrement que lentement, elle poursuit sa route sous le regard doucement inquiet de ces quelques gens qui n'existent pas. C'est bizarre, une volonté. Comme une partie de vous qui vous entraîne au-delà de vous, vers un vous qui n'est pas vous mais où il fait bon vous quand même, et où le nouveau vous pas encore accompli ni même vraiment encore vous sent bien qu'il n'aime plus, déjà, l'ancien vous qui se meurt où l'autre vous se naît...

Tant bien que mal, voilà le café, sur une ligne d'arrivée à l'horizon quelque-peu flouté par des pulsations cardiaques indubitablement supérieures à la moyenne journalière recommandée ! Peu importe. C'est le café et c'est sacré, bon ou mauvais.

Maïa s'assied – ou tombe le cul par terre, selon qui l'observe et raconte. Elle ne tarde pas à reprendre du poil de la bête, malgré la disparition antérieure de la biche : le malaise s'évanouit dans une similarité exemplaire bien que non simultanée, et la jeune femme, toute à son impatience, peut à nouveau examiner les clients à la recherche du seul qui la préoccupe. Celui qui n'est pas là, celui qui se cache, celui qui conserve, intacte, ignominieusement préservée de toute emprise la réponse qui l'obsède depuis qu'elle sait qu'il l'a.

Voilà, même cela elle le perd. Il n'est pas là. Elle a beau chercher, encore, avec insistance, la terrasse s'obstine définitivement dépeuplée. L'évidence s'impose : il n'est pas là... Sauf que Maïa n'aime pas plus cette conclusion que ses implications psychiques. Alors elle cherche encore, aux aguets, à l'affût de la moindre possibilité d'une infime parcelle de Simon. Comparant vainement les coupes de cheveux, les plis et les couleurs des pantalons, les démarches même, elle commence à réaliser pour de bon qu'il n'est pas là et qu'elle ne le trouvera plus.

Alors, face à l'injuste âpreté d'un quotidien irrémédiablement inapte à satisfaire tout désir humain non raisonné, Maïa applique la meilleure de ses maximes personnelles : elle prend une bonne résolution pour demain…

Chapitre six : Voyages d'essence

Mateo aura commencé tout petit, avec ses yeux si bizarres. Il n'ira d'ailleurs pas beaucoup plus loin tout de suite ; et qui l'en blâmera ? On n'avancera jamais que par étapes – et cette assertion ressemblera éternellement à une pauvre tautologie...

Mateo aura commencé tout petit, tout en s'amusant beaucoup de sa singularité, tout comme de la particularité de chacune de ses rencontres. Pourtant, très vite, le hasard trouble des circonstances lui coupera cette voie, le condamnera en la matière à la triste finitude de l'autre. Finis les yeux magiques, les boules lumineuses par moments si énormes et la douce certitude des jonctions. Il lui faudra alors, à nouveau, interroger l'altérité sur un mode probabiliste et douteux.

On se rassurera, malgré tout, puisque les héros ne sauront pas plus mourir demain que la veille. Un pouvoir sera perdu, pour dix de retrouvés ; et Mateo d'en expérimenter la vacuité du nombre en quelques chiffres, dans une friche en rang d'Oignon des incongruités extravagantes…

Ainsi du jour qui le verra perdre ses yeux : un rien peiné, profondément attristé, sincèrement en manque, il errera sans vie dans un dédale de rues sans âme à la recherche de plaisirs sans joie. Il boira trop, comme souvent les Hommes boivent trop : sans chercher à oublier quoi que ce soit, mais par bête et inutile ennui. A cause des amours platoniques, parce qu'il aura trop aimé son ancien vrai monde et ne pourra que se morfondre devant le banal classicisme du présent.

Par suite, rond comme pas deux et entre trois pas d'une hasardeuse bourrée, il investira quelques pièces dans un bandit manchot, anachronisme vieillot perdu au coin d'un antique bistrot lui-même hors d'âge et de fait réservé aux types de son exceptionnel acabit, et alignera suffisamment de cases identiques pour gagner ce drôle de lot : la super-chance, premier mais non des moindres de ses nouveaux superpouvoirs. Pas le dernier des cadeaux providentiels, car le drôle de lot marquera le début d'une drôle de suite à l'allure aussi rapide que rocambolesque. Pourtant Mateo n'en verra rien, puisqu'il faudra éternellement éprouver la fortune en situation pour espérer l'apprécier. Alors il rejouera, aussi superbement innocent que présentement pété.

Deuxième chance, teintée de super-chance ! Le cocktail qui tue : bonne pioche, Mateo saura voler, tombant avec surprise sur la super-lévitation. Ni une ni deux, il partira l'essayer depuis le toit de l'immeuble voisin, délaissant momentanément sa machine à cadeaux improbables.

Un pied craintif par-dessus le garde-fou, Mateo oscillera le corps plein d'affreux doutes et chutera la tête alcoolisée en avant plus qu'il ne décidera réellement d'un saut courageux et volontaire. Drôle de sensation : il s'arrêtera rien qu'en y pensant ; à la hauteur de sa pensée, c'est-à-dire au moment précis où lui viendra l'idée de s'immobiliser. Un petit tour à droite, suivi d'un autre à gauche et de quelques-uns au milieu de nulle-part, juste le temps nécessaire pour réaliser qu'il ne choisira pas si efficacement que cela, puisqu'il restera dépendant de sa capacité à penser vouloir voler sur l'instant. Mateo observera avec dépit l'immédiat arrêt du vol à la seconde de la cessation de paiement conscient. Je pense, donc je vole. J'y pense et puis j'oublie. Je n'y pense plus, donc je ne vole plus...

Pas cool, pas assez cool et bien trop contraignant, alors le héros blasé et paresseux s'en reviendra au bar pour un tour supplémentaire de loterie magique, bercé d'une foi candide en ces lendemains qui chantent.

Chacun sait, et tous sauront, que la foi n'est qu'une histoire de paradis. Mateo comme les autres, et le temporaire alcoolique anonymement déjà fort bien cuité préservera son artifice par l'ingurgitation additionnelle d'un trop plein verre de whisky, avant de se saisir du manche pour un nouveau tour de roulette.

Bim-bam-boum ! Aussi brusquement que gratuitement, super-lévitation s'envolera sans comique, laissant brutalement place nette au dernier arrivant : super-kinésie ! Mateo maugréera, forcément, incapable de cerner l'usage d'une telle dénomination... A défaut de connaître d'emblée sa propre fonction du moment, il se rabattra vilement sur le rôle du reste assez simple de sage et quiet pilier de comptoir. Un temps pour tout ; celui des abus de boisson se prêtera en l'occurrence et sans véritable surprise plutôt bien au débit généreux de mémoire, ce qui fera toujours une pause pour la furieuse tombola mécanique.

Mateo fermera les yeux un instant, plongeant ainsi plus aisément en ces souvenirs de ce qui aura été sa jeunesse et son seul et unique insouciant bonheur. Très cliché : les vacances dans le sud, les apéros avec les copains et les quelques voisins passant à l'occasion par-là, les filles paradant au loin et le goût salé des cacahuètes entre deux épais tubes de pastis.

Et puis la surprise, de sentir des arachides sous ses doigts tandis qu'ils auront jusque lors tout juste aléatoirement et vainement vaqué autour du dessous de verre, à l'image d'un arachnide se séchant au soleil sans réelle occupation fonctionnelle de ses pattes ! Alors il comprendra l'exacte et dérangeante teneur de la super-kinésie, la possibilité ainsi faite sienne de modifier la matérialité de certains objets de sa pensée ! Dérangeant, parce qu'il lui faudra prendre garde à surtout ne pas se focaliser sur, par exemple, la poignée du bandit… Trop tard, le temps d'y penser, sans parvenir à panser l'épanchée de sa pensée, Mateo entendra l'engin diabolique s'enclencher au loin dans un jovial et entraînant cliquetis ! Voilà pour ses précautions et les prétentions de bonne tenue de sa volonté ! Fi de la super-kinésie, défi du prochain superpouvoir…

Entre deux drôles de bruits accidentellement entraînants, la dantesque bestiole infernale affichera son verdict : super-position ! Fort de sa veine initiale, Mateo croisera pour le coup un autre héros en mal d'agir qui saura fort aisément le renseigner sur les plus usuelles des attributions du lieu ; sur celle-ci, surtout. Le courtois monsieur lui expliquera ainsi le possible fait sien de se projeter mentalement à peu près où bon lui semblera.

Curieux, Mateo ne manquera pas de tester ledit pouvoir de manière immédiate et involontairement irrémédiablement maladroite, dérivant aléatoirement en de multiples lieux en l'essence inutiles et déserts. Il en sera plutôt rapidement lassé, comme on aura pu s'y attendre. Même en des places fréquentées, telle la San Marco de Venise, et malgré les nombreux pigeons aux allures de moutons dont l'observation sociale ne lasse jamais, il lui faudra bien reconnaître la futilité d'un déplacement non physique – hors la première période de découverte capacitaire. C'est que la sensation compte, malgré tout…

Alors voilà, retour à la case départ, où Mateo tentera toujours d'espérer se trouver un chemin. Il exécutera une énième fois le geste joueur, pour gagner la super-temporisation. Pas besoin de l'autre pignouf désœuvré, puisqu'ayant vu Max Payne, il saisira d'emblée l'opportunité s'offrant à lui de ralentir le cours du temps pour en apprécier certains petits recoins.

Celui de la gorgée suivante, pour commencer. Ce qui lui piquera le palais et la gorge un peu plus longuement qu'auparavant. Celui, aussi, salé, des cacahuètes ; pour changer. C'est que l'on aura beau essayer…

Vous aurez bien deviné : allongement du temps, peut-être ; maîtrise, pas du tout. De fait, Mateo souffrira – comme nombre de ces théories joyeusement magnifiques à l'instant même de leur création et à cet instant seulement – d'un déficit du jouir en cours d'exécution. Un instant de bête lassitude à l'exercice redondant du paranormal lui paraîtra infini, tandis qu'il s'affligera par suite aussi interminablement de son manque capacitaire de contrôle de soi. Et puis cet autre inconvénient, non négligeable au demeurant : la dissociation relationnelle ! Prendre son temps, c'est bien ; mais à l'instar d'un voyageur temporel prenant son envol depuis une époque donnée vers un futur plus lointain, chaque appréciation temporelle désolidarisera Mateo de ses semblables restés en phase de normalité moribonde. Il lui sera en effet impossible de revenir en arrière ou d'entraîner quelqu'un avec lui, donc de partager le moment avec d'autres ne bénéficiant pas de son superpouvoir, donc de le leur décrire parfaitement, aussi, puisque leurs conditions d'expérimentation auront été trop dissemblables. Et quand bien même, se dira-t-il, raconter n'est pas vivre et vivre sans compagnie adéquate ce n'est toujours qu'à moitié...

Entre deux creux insondables de ces vagues incontrôlables au parfum pas très stable ni toujours très agréable, il traversera la salle pleine de trop nombreuses âmes en peine, espérant se défaire au plus vite d'une si vilaine habileté qu'elle l'angoissera en le lieu même où il aura pu attendre qu'elle le serve, ou le soulage au moins. Espérant, toujours...

Se ramassant, souvent. Le lot quotidien d'une ouverture à l'aventure qui ne nous laisse rien obtenir sans en payer le prix proprement astronomique du point de vue singulier. Se ramassant peut-être bien une fois de trop, aussi. Il en existera toujours, de ces événements incongrus dont le déroulement par trop intense ou délicat nous laissera en son aval perceptivement diminués, comme en état de choc, et à la suite desquels nous ne saurons plus apprécier comme avant le désormais affligeant quotidien de la vie. Qu'ils soient parfaitement trop intenses ou tout simplement trop récurrents dans leurs délicates instanciations.

Mateo ne passera pas à côté de la règle, et souffrira la douce mélancolie du déterminisme consécutive à la pauvre répétition structurelle des échecs de potentiel. Pour autant, il actionnera derechef le rigide levier de l'improbable mécanisme. Payer pour voir, sans bien pourvoir le manque…

Super ! La super-vision ! Interrogeant le quidam étonnamment irrémédiablement secourable, notre humanoïde bizarroïde apprendra la délimitation fonctionnelle de son actualité précédemment dénommée, c'est-à-dire son aptitude à percevoir n'importe-quel état du monde à n'importe-quel moment du temps.

Pourtant, refroidi comme il l'aura été par ses expériences précédentes, Mateo ne s'engagera que mollement dans celle-ci, n'apercevant pas par ailleurs la probabilité d'un quelconque bénéfice propre relatif à ce pouvoir. Le fil de ses pensées vagabondes s'étiolera comme celui de tant de marionnettes démodées : trois petits tours et puis s'en vont. L'amère saveur douteuse de la triste lassitude… Le désœuvré solitaire ne la comblera très momentanément qu'en actionnant une fois de plus le bas manche du manchot.

Mateo fera alors face à une étrangeté toute nominale : la super-sensibilité désignera en effet l'exact opposé de l'extraordinaire puissance annoncée, puisque pourvu de ladite capacité, l'homme se retrouvera en réalité totalement insensible à toute forme d'émotivité ! Et sans aucun machisme d'Epinal, encore ! Une surprise inattendue qui lui offrira cependant un bref regain de motivation à la poursuite chronologique de sa désormais maussade journée. On n'a jamais tout perdu. Notre héros, en manque d'amour propre autant que d'aventure, remerciera la providence pour l'improbable cadeau lui permettant un tel sursaut narcissique par emballement de l'intérêt attentif, lui évitant en sus le désintérêt attentiste.

Une attention tombant malgré tout bien vite à plat : dès la première seconde de son activation, son insensibilité miraculeuse remettra en quelque-sorte tous les compteurs émotionnels à zéro, gommant d'un seul trait tant ses douloureuses errances qualifiant l'utilité de son chemin que ses timides tentatives à positiver sur, au moins, l'existence dudit chemin. Mais le plat répit sera de courte durée ; Mateo apprendra que les brelles émotives ne voyagent en le froid pays qui est le leur qu'au prix d'un ennui infini et qu'à défaut de pouvoir le sentir – de par leur nature insensible – elles s'en vont voir l'horizon qu'elles n'ont jamais voulu quitter pour n'avoir pas pu ou su se rassasier en route. Il connaîtra vite la leçon : ne rien souffrir sera aussi ne rien apprécier, ne rien ressentir sera aussi et surtout… ne rien ressentir !

Le paradoxe lui suffira.

Alors une autre chance : pourquoi pas la super-empathie ? On équilibre généralement assez bien les excès, d'autant plus si l'on parvient en l'occurrence à se décharger de quelque malheur, de quelque douleur ou de quelque labeur sur autrui… Les héros comme les autres, la bassesse n'attendant pas le nombre des faits d'armes !

Premier qui passe, premier servi ; Mateo appliquera la maxime à la lettre de son approximation, s'essayant si peu seyant sur le pauvre scribe de fortune qui l'aura jusque lors si aimablement renseigné – et cette fois-ci encore, tout juste avant de lui servir de jouet ! Hochant la tête dans un mouvement marquant inconsciemment son approbation à sa propre compréhension de son nouveau pouvoir, le vil poivrot concentrera ses morceaux d'esprit sur la douleur de son état présent, puis projettera sa mélancolie retrouvée sur l'autre malheureux, lequel s'en tordra bien évidemment de brutal déplaisir. L'ivrogne patibulaire se délectera de son mauvais effet, jugeant avec toute la suffisance afférente à sa méchanceté que, pour une fois, le superpouvoir n'aura pas été superfétatoire.

Mais le colosse monstrueux, comme tant d'autres, conservera de doux pieds faits d'argile : le degré d'alcool diminuant, le faîte débile s'effondrera à son tour. S'en suivront de profonds et sincères remords, que le repentant transmettra involontairement à son cobaye du moment dans une réitération maladroite valant mise en abyme – a minima verbale – de la morsure.

Deux soupirants pour une seule cause seront éternellement trop nombreux. Notant l'abus de gouttes et le trop plein du vase, Mateo renoncera à l'expérience tout en se prétextant brillamment honteux de son malheur de l'autre. Et puis, très vite, une autre manche de manche pour oublier la malencontreuse paire émotive ; passer l'éponge sous couvert de nouveauté, sans quitter la triste répétition ni la rendre moins vaine.

Jackpot circonstanciel : la super-communication, ou capacité à se faire comprendre immédiatement et en totalité. Une occasion pour Mateo de tenter le gain du pardon auprès de son acolyte obligé. Comment mieux le convaincre de ses plus sincères regrets sinon en les lui communiquant directement, sans le biais langagier ni ses turpitudes hasardeuses ? Avec l'amplitude de la blessure narcissique, le doute relatif au bien-fondé des remords du coupable reste un élément essentiel du refus à l'excuse…

Coup de bol pour Mateo, peut-être encore marqué de quelques relents de super-chance en supplément de ceux d'alcool, cette aptitude tombera véritablement à pic, effaçant en cela le bête aplat d'indélicatesse précédent. Se concentrant au possible, il ouvrira sa sensitivité à cette altérité précédemment torturée, empli d'un espoir vrai de la convaincre d'une parfaite honnêteté sienne, gonflé à bloc par la certitude événementielle d'un pari gagné d'avance quant à la bonne réceptivité du message. Et l'informe message passera, tandis que Mateo bloquera, doutant soudainement de l'éventuelle perte structurelle d'un monde sans fioritures relationnelles ; après tout, c'est comme un mauvais trait de crayon : même sans correspondre à l'intention première, il naît parfois des errements d'altérité une émergence accidentelle propre au jaillissement d'un futur construit et cohérent… Si l'on gomme les mésententes, étant considéré l'équilibre induit par le proche pendant conceptuel constitué par les tentatives parfois consécutives de rattrapage ou d'éclaircissement, peut-être supprime-t-on aussi la saveur de ces volontés en lutte autant qu'un énorme pan du possible des événements...

L'interrogation en question transitera sans attendre par l'esprit du jumeau de circonstance, et tous deux conviendront sans regrets de cesser là l'expérience, d'annihiler ce pouvoir presque déjà défaillant par la génération d'un suivant.

La machine jusque-lors bien huilée n'y mettra pourtant pas vraiment du sien, du moins pas selon la sensibilité du bonhomme, puisqu'elle lui proposera encore un énoncé sans support descriptif, lui octroyant une super-référence si mystérieuse en l'instant qu'elle annoncera déjà pour sûr sa difficile problématique à venir... N'osant plus perturber la quiétude apparemment retrouvée de celui qui aura été son fidèle assistant et sentant bien qu'il approchera lui-même de la fin d'un chapitre pour ce qui concerne ce foutu bandit mal fichu, Mateo se permettra un dernier verre avant de quitter le bar d'un pas ferme et presque décidé, tout entièrement comblé de son insouciance momentanée à résoudre l'énigme de la dernière attribution fonctionnelle.

Laquelle pourtant ne cessera pas son exécution. Allumant une cigarette à la porte de l'étrange établissement, notre désœuvré rendu patibulaire – par son excès d'alcool autant que par son absence de scrupules à l'exercice du pouvoir – jettera un œil sans choix sur les murs environnants, quittant finalement le lieu comme il y sera venu ; sans grande ni profonde conviction, plein d'un ennui sans nom. On ne se refait pas. Le pressera alors tout aussi pleinement une urgente envie d'uriner, qui au vu de son état en vérité nettement moins net qu'à l'arrivée le forcera à se délester au plus vite du surplus digestif refusé par son corps. Une tâche ingrate mais soulageante, dont il s'acquittera au détour angulaire du premier croisement à l'allure sympathique qu'il lui sera donné de rencontrer.

En de telles circonstances, les yeux s'égarent souvent. Les siens comme les autres, aussi facilement qu'à l'occasion d'une courbe bien dessinée, puisqu'ils auront depuis un moment déjà été rendus à leur affligeante normalité. Alors qu'il se videra sans retenue ni mesure de son absence d'élégance, Mateo ne manquera pas de remarquer le cheminement d'une araignée sur les briques lui faisant face, tranquillement affairée à son obscur et indéterminé objectif. Une petite bestiole qui ne sera pas sans l'intriguer, sans lui faire se dire qu'il aurait bien été un Spiderman en lieu et place de tous ces héros anonymes tout juste auparavant éprouvés, histoire de pouvoir se balader sur les façades des immeubles comme s'il s'agissait de simples trottoirs... Et paf, à l'instant même de sa réflexion, Mateo se retrouvera projeté contre le mur en question, s'y écrasera maladroitement de tout son poids comme s'il venait de s'écrouler à terre ! Saisissant la nouvelle donne de son plan de gravité, il se relèvera timidement et se retrouvera, à sa surprise et à celle d'éventuels passants, les pieds contre la paroi verticale devenue son horizon et le corps parallèle à ce qui ne constituera plus lors son sol ! Rien que son propre sol, d'ailleurs, puisque rien d'autre ne changera : ni les ordures et autres immondices encombrant habituellement l'espace public, ni les objets le décorant dans une figuration plus ou moins utile, ni encore aucun autre que lui ne subiront l'effet de cette nouvelle référence gravitationnelle… Bien que trouvant la surprise dommageable en sa brutalité, Mateo profitera joyeusement de sa liberté de mouvement jusqu'à soudain songer à marcher au plafond. Sauf qu'évidemment, la rue de sa découverte, celle de son soulagement urinaire aussi, ne comportera pas plus de toit, ni donc de plafond, que la plupart des autres rues de son époque !

Ivre aussi de ses échecs répétés à la transcendance de son état perdu, Mateo s'envolera sans grâce dans un ciel sans limite, à la manière chaotique d'un ballon d'hélium mal fermé ou percé, non sans se maudire sur le tard de son incapacité prévisionnelle, de cette insuffisante maîtrise de soi qui lui aura coûté tant de merveilleux possibles. Et tandis qu'il s'élèvera, se regrettant quelque-part lui-même comme le petit garçon regrette le ballon qu'il vient de laisser filer pour n'avoir pas été suffisamment attentif à bien en tenir la cordelette, Mateo se dira que non, l'Homme n'est pas prêt pour ses grands rêves, et qu'il aurait dû savoir se satisfaire de petites étapes assurément certaines…

Chapitre sept : Le manège aux moutons

Sandra courrait. Vite. Tant et si bien que Mike peinait presque à la suivre ! Mais comme elle le tenait très fermement par la main, il n'avait d'autre choix que de se presser un peu plus à chaque pas. Elle le tenait par la main, bordel !

« Dépêche-toi un peu, mollasson !

- Mollasson ?

- Quoi, tu préférais mou du genou ? »

Il stoppa sa propre course tout en continuant de lui serrer la main, l'arrêtant brutalement, et en profita aussi pour essayer de reprendre une respiration rendue difficile par ladite course et l'action combinée du vin précédemment ingurgité.

« Non, c'est juste que ça fait... vieux.

- Bah tiens ! Allez, viens, on va être en retard ! Bouge ton cul, mollasson ! »

Un baiser trop rapide et très inattendu sur ses lèvres et la bouche visiteuse s'en alla aussitôt en arborant un sourire fuyant mais appuyé, entraînant tout le corps de Sandra avec elle dans cette folle équipée vers l'inconnu ; Mike suivait, d'une nécessité manuelle que l'étourdissement de ce contact labial imprévu renforçait parfaitement.

« Parfait ; nous voilà arrivés. »

Le jeune homme haleta, plié par l'effort consenti, ses mains subitement toutes deux libérées enserrant nerveusement ses genoux, un peu comme on se cramponne à la vie.

« Arrivés où ?

- Ben, ici ! On mange un morceau ? »

Il se redressa. De fait, ils se trouvaient à présent devant un énorme fast-food, au demeurant bondé, débordant de ces foules dont Mike supportait difficilement l'abord en temps normal et dont il se passait habituellement encore plus volontiers au moment des repas. Mais pas là ; là, il s'en serait presque royalement fichu.

« Ok, on va vous prendre un Royal Deluxe, grande frite, grand coca ; et un Filet-O-Fish, petite frite et jus d'orange. Dis, tu veux un dessert ? »

Sandra faisait tout toute seule, à l'instar d'un train lancé à grande vitesse ou d'un bateau au milieu de son élan de croisière : il sentait bien qu'il valait mieux ne pas tenter de l'arrêter, sous peine d'une déconvenue certaine et fracassante. Et puis il appréciait ce fait, délicieux d'ailleurs, de se laisser porter par le cours des choses. Son cours des choses à elle, où lui n'avait plus désormais qu'à payer l'addition pour signifier son existence et sa modeste participation à l'affaire. Un acte suffisamment anodin pour ne pas lui peser outre mesure...

Il régla donc la commande tandis que Sandra leur cherchait une table à l'extérieur du restaurant. Elle n'avait pas peur d'avoir froid ! Il la rejoignit rapidement ; la jeune femme avait dégoté une place et lui indiquait d'un geste chaleureux la position à prendre.

« On va se les geler !

- Peut-être. Mais c'est pas grave, on n'est pas là pour se chauffer. Tiens, mets-toi à côté de moi. »

Ils faisaient ainsi face à la vitre et bénéficiaient tous deux d'une vue imprenable sur la salle du restaurant ; tout comme la salle sur eux. Mike aurait préféré être de dos, ce qui lui aurait alors moins fait sentir les regards des gens sur lui et sur sa nourriture, sur lui et sur sa façon de manger ; sentir, ou imaginer. Pourtant, il s'exécuta sans broncher, ne souhaitant surtout pas paraître désobligeant ni même simplement désobéissant. Brosser dans le sens du poil, parfois par simple politesse...

« Bon appétit ! Tu vois, c'est parfait ici.

- Le restaurant ?

- Non, cette place ; idiot !

- Pourquoi parfait ?

- Pour observer. »

Elle était quand même bizarre, cette Sandra. De plus en plus bizarre. Et lui, du coup, de plus en plus intrigué et curieux.

« Observer quoi ?

- Les gens, pardi ! »

Les gens ! C'est toujours un autre là-bas bien suffisamment à distance. Ceux qui ne sont surtout pas nous. Ceux que nous ne sommes surtout pas. Ceux qui ne sont déjà plus vraiment des gens dès lors qu'ils tombent sous le coup de notre observation et en payent le coût par trop objectivant.

« On va les regarder bouffer ?

- On pourrait. Mais non. On va les regarder être ! »

Sandra avait déjà fini de manger.

« Les regarder être ? Tu te fous de ma gueule ? Comme un musée du vivant encore vivant ? Les regarder être ! Tu veux qu'on passe combien de temps ici ?

- Le temps qu'il faudra. On s'en fout. Tiens, regarde là-bas, ce couple qui s'embrasse...

- Eh bien ?

- Eh bien nous, on ne sera jamais ainsi.

- Nous ? »

Un second baiser volé s'immisça entre deux frites.

« Oui. »

Nous. Sandra fonçait toujours. Si Mike avait été un chien, il aurait remué la queue en regardant la caravane passer. Il préféra temporiser et aboyer timidement.

« Qu'est-ce que ça veut dire ?

- Mais regarde-les ! Ils se font des bisous figés ! Ça fait comme une mascarade, on dirait deux petits vieux dont les muscles faciaux ne répondraient plus correctement et les condamneraient à la platitude buccale, deux acteurs de cinéma qui ne demandent qu'à donner le change ; et un mauvais change de mauvais cinéma encore !

- Ils peuvent tout de même s'embrasser comme ils le veulent, non ?

- Non. Enfin, si. Mais pas toi et moi. Jamais. Je veux de la passion ; je veux de l'investissement à l'autre, de l'ouverture des êtres en même temps que celle des bouches ; je veux qu'une langue soit une offrande parfaitement volontaire et inquisitrice ; je veux des fluides d'essences entre les corps et non un pauvre contact plat entre deux épidermes frileux, au nom parfois d'une idée du corps qui vieillit. Je ne veux pas d'une stérilité relationnelle traduite en poses obligées pour un portrait social bien tiré mais tout aussi parfaitement ennuyeux !

- On a qu'à ne pas faire comme eux. »

Ils échangèrent encore, pendant un court moment, quelques points de vue sur le couple derrière la vitre, puis focalisèrent leur attention sur une autre partie du zoo. Sandra ne manquait pas d'avis. Elle repéra rapidement un autre objet de critique : une petite famille constituée d'un père, d'une mère et de trois enfants pas très âgés.

« Tu vois, comme ils n'existent pas ?

- Je meurs d'envie de te répondre oui ; mais non...

- Mais si, regarde les mômes.

- Ce sont des mômes…

- Ben oui, patate ! Mais pour leurs parents, ils n'existent pas ; il ne faut surtout pas qu'ils existent. Tiens, là : les pauvres petits ont le droit de manger, mais surtout pas de sortir du cadre ! Non, ne vous chamaillez pas les enfants ! Ne vous excitez pas ! Mangez tête baissée et bien sagement votre douce avoine ! Et pendant ce temps-là, papa et maman discutent tranquillement, sans vous laisser être des enfants, sauf à tenir le rôle de petits bien dressés qui ne font pas de vagues ! Ce sont les mêmes parents qui déguiseront ensuite leurs enfants comme des poupées de propagande, au gré de leurs propres convictions politiques ou religieuses, alors que les pauvres n'auront rien demandé du tout ! On inculque de force des pensées et des comportements aux gens, on appelle ça l'éducation, sans aucune considération de neutralité apriorique, et après on se demande pourquoi ça leur travaille si dangereusement le carafon.

- Tu as un problème avec la norme.

- J'ai un problème avec l'ennui, surtout s'il est provoqué par la bêtise. J'exècre la bêtise. Je te le dis : pas question de finir ainsi. »

Sandra fonçait un peu trop. Elle mettait la charrue des enfants, d'un avenir si lointain aussi, tout juste après le minuscule œil-de-bœuf des baisers volés. La lucarne était trop petite pour ce ballon. Mais elle s'en moquait certainement et cherchait déjà du regard sa prochaine source d'inspiration. Mike ne put s'empêcher de noter qu'ils n'avaient pourtant pas encore clos leur discussion relative à son positionnement vis-à-vis de la norme, et se dit qu'il devait s'agir là d'une certaine forme d'inconstance féminine. Il haussa les épaules comme pour mieux se délester et se replongea tout entier dans l'instant.

« Tu en as mis du temps.

- Je ne sais pas comment tu fais pour tout avaler aussi vite.

- Je fais tout très vite. »

Il le savait très bien. Bien plus rapidement que lui, en tout cas. Elle menait la barque depuis le début, depuis un début qui avait été le véritable début avant même qu'il ait pu, lui, considérer même l'existence d'un début. Et à un train d'enfer.

« Tu crois que les moutons rêvent du paradis ?

- Je ne crois pas au paradis.

- Je crois qu'il n'y a que les moutons pour croire au paradis. Regarde-les, tous ces gens. Ils se complaisent dans des rôles qui leur ont ôté toute transcendance, dans lesquels eux se sont ôté toute transcendance en refusant la transgression de l'image. Alors forcément, il vaut mieux qu'ils rêvent du paradis ! Si possible au milieu des autres et dans un même format.

- Tu es très sarcastique.

- Pas du tout.

- Nous aussi, nous sommes là...

- C'est pas pareil. On est venu pour observer. On est venu pour que je te dise qui je suis.

- A travers ta critique aux quatre vents ?

- C'est un peu ça.

- Tu aurais pu le faire sans cette visite. Tu pouvais me dire qui tu es sans tout ce monde autour de nous. Tu pouvais, je ne sais pas, juste te décrire par exemple.

- Non. Pas vraiment. Pas de la même manière. Ça n'aurait pas été pareil. Tu vois, on ne peut pas venir vers quelqu'un et lui demander ainsi, de but en blanc, de nous parler de lui ; ni ça ni l'inverse. Enfin, si, on peut, mais ça ne vaut rien. Il faut que l'autre soit prêt. Il faut vivre du temps ensemble, de ce temps qui ne s'écoule que partagé, au fil des expériences. Il y a des conditions. La simple description d'une personne est plate et sans saveur, au fond. Voilà pourquoi je t'ai amené ici. Cela nous offrait une situation de présentation. Même si elle est un peu artificielle, même si elle ne te présente pas encore tout de moi. Et puis quoi, ça t'ennuie d'être ici avec moi ?

- Euh, non ; pas du tout. »

Bravo, Mike ! Il avait failli merder.

Sandra décida qu'il était temps de partir, aussi prirent-ils communément la direction du retour. Sur un mode plus apaisé qu'à l'aller, pour ce qui fut de la vitesse de déplacement. Pour le reste, Mike se trouvait un peu embêté : il ne pouvait pas rester éternellement sur la réserve, il devait marquer des points. Même si la compagnie de la jeune femme semblait acquise, il n'était pas dit que cela durerait toujours. Mais lui ne trouvait pas d'autre mode du dévoiler que la bête exposition descriptive de soi. Tant pis ; ce serait toujours ça pour préserver son mauvais mâle besoin de contrôle – malgré tout. Bien décidé, mais elle le coiffa au poteau.

« Tu sais, je ne t'ai pas tout dit tout à l'heure...

- Je m'en doute bien ; as-tu prévu une autre mise en situation pour ce soir ?

- Quoi, tu fatigues déjà ?

- Euh, non ; non, pas du tout.

- Tant mieux. Enfin, sois tranquille. Il n'y a plus rien au programme. Juste quelques... confidences ; directes et immédiates, tu n'auras plus à souffrir de restaurant !

- Souffrir ? Mais pas du tout, je...

- Je sais bien, c'est pour t'embêter ! »

Et puis elle l'embrassa pour de bon. Sans fioritures. Sans faux-semblants. Sans contrefaçon. Sans hésitation. Sans certitude superflue, pourtant ; et malgré tout sans nullement faire mine de ne pas y songer. Droit au but. Pour lui, il n'était plus du tout question ni de virilité ni d'une quelconque affirmation ; c'était juste doux et sympathique. Un peu moite, mais sympathique. Sympathiquement moite, pour tout dire. Et drôlement brouillon, aussi.

Ils poursuivirent doucement leur chemin, au rythme léger et nonchalant des amoureux en campagne, ne cherchant pas à parler plus que de nécessité mais sachant tout de même pleinement profiter de cet instant d'éternité, perdu entre deux autres qui se comprennent.

« Je suis un peu jalouse, par moments. Je crois que c'est en rapport avec un manque de confiance, quelque-part. C'est un truc qui ne vient pas très vite, chez moi, la confiance.

- Ben je te rassure, tu n'auras pas de raisons de l'être ; des amis, j'en ai très peu. Des ex, je n'en ai pas. Personne pour m'accaparer. Tu peux être sereine ! Et puis à la maison, je suis souvent tout seul.

- Mouais. Pourquoi pas. Par contre, je ne suis pas du tout rancunière. J'espère que toi non-plus, parce-que je ne supporte pas les gens rancuniers.

- Euh, non. Il ne me semble pas...

- C'est bien, ça ! »

Elle serra un peu plus fort la main qu'elle tenait depuis le début de leur balade, paraissant se satisfaire de ses réponses. Mike n'était vraiment pas très à l'aise. Peut-être s'agissait-il là de son premier rendez-vous un tant soit peu sérieux, mais la situation lui faisait un effet tout irréel. Sandra ne se contentait pas de la direction des opérations, elle lui dressait un portrait complet des conditions d'exercice du « nous » qu'elle contribuait présentement très fortement à créer.

« Je m'ennuie très vite, aussi.

- Quoi, en ce moment ?

- Mais non ! Tiens, c'est mignon, comme tu ne comprends jamais rien. Je veux dire que je me lasse très vite, en règle générale. Les gens m'ennuient, et je passe à autre chose. En amour aussi. Je n'ai jamais connu ce qu'on appelle une longue relation.

- Les gens sont tellement chiants...

- C'est juste. Enfin voilà. »

Sandra finit méthodiquement l'énumération de la liste complète des principaux traits de caractère qu'elle tenait à présenter. Puis vint le tour de Mike. Fatalement.

« Et toi, tu n'as rien à me dire ? »

Merde. Non, il n'avait rien à dire. Ce n'était pas dans ses habitudes, de se livrer ou de parler de lui.

« N'est-ce pas contraire à l'intention que tu as décrite tout à l'heure ?

- Qu'est-ce que tu racontes ?

- Tu m'as dit qu'on ne pouvait pas se raconter de but en blanc, se livrer sur un mode descriptif. Là, c'est ce que tu viens de faire et ce que tu me demandes de faire aussi. Ou bien je me trompe…

- Eh, mais dis-donc, tu m'écoutes en plus !

- Ben… oui.

- J'aime bien ça. »

Elle l'embrassa. Lui aussi. Il n'y avait pas de raisons de se priver d'un bref moment de sensualité exactement gratuit. Mike aimait bien Sandra ; son goût aussi.

« Mais ne fais pas attention à tout ce que je peux dire. Parfois je sors les choses comme elles viennent, sans forcément les penser.

- Bien sûr. »

C'était charmant. Comme une petite fille innocente et sincère mais tête en l'air. Comme une délicatesse maladroite. Comme une honnête impuissance. Comme une vaine impulsivité. Comme un automate poisson-rouge qui se cognerait dans le même mur toutes les trois secondes en parfaite inconscience du mur à chaque fois.

Comme une douce névrose peu dérangeante. Comme une tendre menace pas encore dangereuse. Comme une humanité tangible. Comme une légère semonce de qui s'y frotte s'y pique mais je vais bien sûr aller m'y piquer malgré tout.

« Quand même, tu peux bien me dire quelque chose de toi… Je ne sais pas ; avec ta mère, par exemple, ça se passe bien ?

- Tu connais ma mère ?

- Bof. Non, je l'ai juste croisée de loin dans le quartier. Et puis bon, j'ai entendu deux ou trois choses ; comme tout le monde. Du coup, je me dis que tout n'est peut-être pas rose entre vous deux, au jour le jour, ce qui te ferait peut-être une occasion de t'ouvrir. Mais bon, ça n'engage que moi, hein ; et ça ne veut pas dire que tu veuilles en parler !

- Il n'y a pas besoin d'en parler, puisqu'il n'y a rien à en dire. Ma mère fait partie de ces personnes qui ont abandonné.

- Abandonné ?

- Oui, elle ne se bat plus.

- Elle ne se bat plus ? Mais contre qui, contre quoi ?

- C'est ça. Contre elle-même. Elle a abandonné l'idée d'avancer ou de progresser. Elle tient un rôle et elle s'y tient. Je veux dire, elle a trouvé un rôle et elle s'y tient. On en dirait presque que c'est tout à fait volontaire ! Sauf qu'en fait pas du tout. En fait, elle vieillit. Vieillir, c'est abandonner. Je pense tout le temps à ça : il y a des gens qu'on dit encore jeunes dans leur tête, alors qu'ils ont parfois quarante ans, voire plus. La différence avec les autres, c'est qu'ils n'ont pas abandonné... Ils continuent à écouter leur époque, à s'écouter eux-mêmes, en fait. Ils persévèrent, dans leur envie d'avancer et de se dépasser. Les vieux, ceux qui ont vieilli, ils ont abandonné. Un vieux, ça considère que sa place est définie une fois pour toutes, qu'il ne pourra plus rien changer, ou pas grand-chose. Et parfois, même, ils se mettent à penser que rien ne change jamais. Ils projettent leur propre médiocrité sur l'ensemble de la société, sur n'importe-quel humain en général ; ils font des cases et ils mettent les gens dedans. Ben voilà, ma mère c'est exactement ça. C'est tout ; rien que ça.

- Hey, c'est un peu ce dont je parlais tout à l'heure !

- Faut bien qu'on se ressemble un peu.

- Et ta vie, elle te plaît ta vie ?

- Quelle question à la con !

- Faut bien que je t'en pose !

- Ouais ; ben non, elle ne me plaît pas ma vie. Je voudrais bien m'en aller... J'en ai assez d'être ici, avec des gens, même des jeunes souvent, qui ont vieilli avant l'heure. Assez de la misère humaine et des soucis financiers. Tu vois, mon rêve, mon seul rêve, c'est de partir à Miami ; de m'y faire plein d'argent et de vivre enfin ma vie. Je veux dire la mienne. Pas celle qu'on voudrait bien me faire. Ni être celui qu'on voudrait que je sois.

- On a le même sentiment : on ne sait pas trop où on se trouve ; mais on sent parfaitement que ça ne nous convient pas du tout, et cette certitude un peu floue, elle est identique à celle qui nous pousse en avant, celle qui ne nous apprend pas encore ce qu'on va y trouver mais qui nous murmure la manière dont il faut le chercher. On est en terrain vague et meuble, mais on avance ! Et au fait, pourquoi Miami ?

- Je ne sais pas. Je ne sais même pas si je veux savoir pourquoi. Et puis d'abord, pourquoi pas Miami ?

- C'est pas faux. Quoi qu'il en soit, là, j'ai bien envie de te prendre comme pièce rapportée !

- Comme quoi ?

- Pièce rapportée. C'est une expression de mon paternel. Ça désigne ceux qui entrent dans une famille alors qu'ils n'en font pas partie au départ. Les maris, femmes, n'importe quelle pièce venant se greffer sur le noyau familial et qui sonne comme une obligation sociale pour tout autre que celui ou celle qui l'y aura fait entrer. »

Il aimait assez les expressions paternelles, en général. Il aimait aussi beaucoup cette présente intention de Sandra, même si elle allait encore très, très vite en besogne. Même s'il ne partageait pas du tout cette vision d'une obligation sociale à accepter les pièces rapportées, ni d'ailleurs l'idée de pièce rapportée. Pour lui, en ce cas, la structure oblitérait l'individu ; lequel ne devait alors plus songer à quelque ressentiment que ce soit. C'était pourtant logique. Il n'y avait pas lieu d'en faire une telle salade à propos d'une « obligation ». Il n'y avait pas lieu non plus de marquer la différence entre les anciennes pièces et les nouvelles. Ou bien c'était qu'on n'acceptait ni la personne ni le choix en question. Il faudrait qu'il discute de tout cela avec Sandra ultérieurement, qu'il précise sa pensée à un moment ou à un autre. A un autre moment, aussi sûrement que peut-être bien. Il fit un pas vers elle et l'embrassa.

Chapitre huit : Ronds de jambe

C'est le petit matin. Un matin très matinal, pour une fois. Petite fleur se lève presque avec le soleil. Dehors, en tout cas. Parce-que dedans, c'est une toute autre histoire. Petite fleur se rappelle qu'elle n'a pas vu le jardinier hier au soir, et que l'engrais lui manque pour attaquer cette journée comme elle le fait habituellement : pleine d'une fausse vie très artificielle. A bien y songer, la veille est une vraie catastrophe : pas d'engrais ; pas d'eau, non plus. Rien. Maïa manque de tout, d'un manque perceptible et concret, ciblé, tandis qu'il sait autrement la plupart du temps rester diffus et insidieux, tellement bien caché qu'il se fait presque silencieux. Oui, à bien y songer, c'est un petit matin et un mauvais réveil.

Pourtant, une fleur ne choisit pas de vivre. Pas plus cela que ses conditions d'existence. Alors elle se tient là, debout, à attendre une contemplation qui ne viendra peut-être jamais. A attendre qu'on la cueille, qu'on l'écrase ou même qu'on l'aime, allez savoir. Une fleur, ça peut faire toutes les grimaces du monde qu'elle veut bien faire, ça peut se faire aussi jolie qu'elle veut, ça doit toujours attendre qu'on vienne vers elle. Pas le choix. Elle est plantée droite en terre, au mieux serrée dans un petit pot qui lui permet de voyager un peu, et elle attend. C'est lourd, une vie de fleur. C'est pour cela qu'on leur donne de l'engrais, du bon ou du mauvais. C'est pour cela qu'elles en réclament, lorsque leur propre sève ne leur suffit plus. Parce qu'alors elles poussent, poussent, poussent toujours sans avoir besoin d'y penser. Mais souvent, trop souvent, les fleurs poussent autant qu'elles le peuvent, elles dansent même à l'occasion d'un léger souffle de vent, et personne ne vient les voir. On n'a plus le courage d'aller aux fleurs, de nos jours. On se contente d'en commander des toutes coupées chez le fleuriste. C'est triste. C'est tristement triste. Les balades se meurent ainsi, tandis que les derniers des amateurs enchantent encore, sans grande conviction, les derniers hymnes aux fleurs, les dernières ballades aux promenades, de quelques notes qui ne sont plus qu'un ersatz de parfum. Les fleurs aussi. On ne s'en rend pas compte, mais on tue les dernières fleurs en n'allant plus les chercher…

Maïa est cette petite pensée émue, autant qu'elle la hait. Presque autant qu'elle se hait. Comme toutes les fleurs de son espèce, petite fleur n'aime pas qu'on vienne brutalement changer ses habitudes. Elle n'aime pas que quelqu'un vienne l'observer et s'en reparte sans rien dire, sans même tenter la répartie qui cultive si bien nos jardins quand elle se partage en mimétisme de bon voisinage. Parce-que, tout bien pesé, ça fait comme un voyage à blanc, un coup dans l'eau, un jeu pour rien. Tant qu'à venir, autant qu'ils y restent et que tous en profitent, non ?

Petite fleur attrape fermement ses racines du haut de sa rage désordonnée et décide qu'il est grand temps de prendre des mesures radicales avant d'aller se retrouver manger celles des pissenlits sans avoir osé croquer la vie à pleines dents ni en avoir obtenu une profonde satisfaction. Pourtant, Maïa sait bien qu'elle s'avère presque toujours moins ferme à l'exercice qu'à la résolution. Elle se souvient aussi de sa bonne intention du soir. Pensée n'est pas sans raisons, dans sa mauvaise culture de soi : elle le connaît par-cœur, son insipide cycle de vie calqué sur l'éternel recommencement des phases de lever et de coucher du soleil. Voilà pourquoi elle choisit d'empoigner cette résolution-là et de s'y tenir coûte que coûte. Depuis l'abandon de Simon, Maïa veut comprendre ; aujourd'hui, elle comprend qu'elle doit comprendre et puis ne rien lâcher. Alors petite fleur file se faire belle pour affronter le jour qui s'annonce, revigorée par cette certitude nouvelle et téméraire de ne plus jamais avoir à s'éteindre.

C'est loin d'être un mauvais coton. Une fois que la machine se lance, tout coule de source et plus rien ne se pâme. Pas même la fleur. Plus même Maïa. Oui, c'est tout naturel : plus rien ne se fane, plus rien ni personne ne se perd, et toute l'obscurité de la jeune femme se transforme : elle sait, maintenant, où elle va ! Et même d'ailleurs comment elle y va. Direction le café, puisqu'il s'agit du seul lieu où subsiste une chance relativement probable de retrouver feu ce chasseur ne sachant pas chasser. Il est le seul à pouvoir l'aider, le seul à pouvoir combler son attente, le seul à savoir véritablement répondre à ses interrogations, surtout. En fait, il est le seul Simon ! Celui qui est sorti du rôle, sans bien même le savoir et sans même le faire exprès. Celui aussi qui la fait, elle qui ne s'en rend pas encore compte, petit à petit sortir du sien... Oh, le vil et fourbe Simon ! Et tant pis si sa résolution de retrouver le jeune homme se trouve identique à son élan frustré de la veille. Aujourd'hui, c'est différent. Aujourd'hui est le jour où Maïa assume son choix et se sort les doigts du cul.

De retour à la terrasse du café, petite fleur commence par attendre patiemment. Pas si bêtement que ça, bien sûr : elle attend en réalité de pouvoir s'asseoir ! Et quand enfin l'indélicat pecnot occupant la place tant convoitée la libère, elle fonce comme une flèche en furie poser son petit popotin dessus avant qu'un autre abruti ne s'y colle. Il faut dire que ce n'est pas n'importe-quelle place non plus, mais très exactement la même que la veille. Oui, ni plus ni moins que la place de Simon. Première satisfaction. Et ça fait du bien par où ça passe. Et maintenant, petite fleur attend. Aussi bêtement que cela.

Rien ne se passe que le temps et quelques apparitions d'un serveur curieux et commerçant de temps en temps. D'un temps à l'autre, petite fleur s'ennuie. Comme d'habitude, si ce n'est qu'elle sait pourquoi et ne compte pas bouger. Elle veut rester jusqu'à la fermeture, si besoin, aussi se commande-t-elle un encas sur les coups de midi, qu'elle avale sur un pouce pas très convaincu d'y trouver une douceur.

Et puis un long temps mort au milieu du service, que la belle plante met à profit pour interroger les employés du lieu. Pas une réponse adéquate, pourtant ; personne ne semble connaître le fourbe. Pas étonnant : un fourbe, ça se cache, ça se fait discret. Maïa ronge son frein et prend ses ongles en patience, même si ce n'est pas beau. Elle se demande s'il va finir ou non par repasser par ici, après être venu par là. Sans aucune envie de répondre à la question par autre chose qu'une affirmative ; et positive, encore ! Mais une fleur ne choisit pas de vivre, ni ses conditions d'existence. Alors elle continue à attendre, toujours si simplement.

La persévérance est un vilain défaut, surtout lorsque l'entêtement se teinte d'un espoir tendanciellement conquérant. Seulement voilà : on y croise parfois un petit morceau de chance, qui tout à son délire nous raconte que finalement l'on fait bien. L'aveugle acharnement devient ainsi subrepticement une très jolie qualité – rétrograde en la manière de voir, pas vraiment grande, mais enfin qualité tout de même.

La règle n'épargne pas Maïa, puisque petite fleur finit par apercevoir le fourbe. Mais pas au café. L'établissement approchant de l'heure de fermeture, la faune locale et notre flore esseulée désertent peu à peu, parfois sur la peu discrète insistance de la maison. Qu'on vienne encore nous dire que c'est l'argent qui nous gouverne ! Ce n'est que l'humain, rien que l'humain. Le bas et vil humain, qui des villes ou des champs ne pense d'abord qu'à lui et aux horaires tranquilles de sa petite vie. Petite fleur embarque son pot et ses potins sans visée ni adresse, sinon celle du banc public le plus proche possible de ce café pas encore noir mais déjà tout éteint, dans un blanc-seing au chacun chez soi et tous sont aussi bien tout seuls ; un banc public qui lui permette de ne pas encore lâcher le morceau. Pensée, en passant, elle se moque d'être seule. Elle l'est depuis toujours. Nous le sommes tous, à vrai dire. Et heureusement, Maïa ne s'inscrit pas dans cette pathologie fort trop répandue de l'illusion d'une nécessaire collégialité en bouquets de cotillon pour condition d'existence. Elle sait parfaitement être seule. Qu'on n'aille pas croire que le fourbe lui manque pour lui-même. Non. Rien que pour sa réponse, en tant qu'il doit combler un manque qu'elle créé et entretient toute seule – justement. Mais ne sait pas résoudre.

Mais voilà, le fourbe en sa meilleure bassesse ne daigne pas se montrer. Lorsque le soir achève de tomber, c'est donc tout naturellement que la volonté de la jeune femme menace de flancher elle aussi. Commence seulement, parce-que petite fleur s'accroche à la tige de son espoir avec toute la misère de ses dernières forces et toute la douceur d'un agréable coton. Comment sinon vérifier la règle ?

Quand tout à coup, dans une affligeante banalité stylistique, petite fleur croit apercevoir la silhouette du fourbe au coin de la place, qui s'engouffre dans une rue adjacente ! Ni une, ni deux, elle se rue à la vitesse qu'elle voudrait bien lumière et croise les doigts de ne pas le rater ni s'être seulement trompée. Elle court, elle court aussi vite que possible, parvient à l'angle masquant dorénavant l'ombre précédemment repérée, et amorce son virage sans se soucier des dangers – aussi indicibles qu'ils sont indéterminés et ne nous servent pas – qui peuvent très bien l'attendre au tournant.

Elle devrait peut-être, parce qu'à confondre vitesse et précipitation, la voici qui heurte un autre corps en bordure de ruelle, lequel la projette très involontairement au sol, conséquence logique d'une réaction tout bêtement et presque innocemment physique. Elle retrouve avec peine ses esprits et le regarde incrédule. Il lui tend une main secourable, lui proposant de la relever. Elle la saisit, prise d'un drôle de doute. Il lui sourit. Elle voit ses yeux. Il sourit toujours. Elle reconnaît ses yeux. Lui aussi, sans en avoir besoin pour l'identifier. Elle lui sourit à son tour. Lui aussi, toujours. Elle dit qu'elle vient ici pour lui, que c'est après lui qu'elle court et qu'elle attend depuis le matin. Lui ne comprend pas bien. Elle lui explique un peu, parce qu'en ces situations on ne trouve jamais les mots qu'on prépare avant avec un si grand soin. Il ne comprend pas vraiment mieux. Elle ne sait pas quoi dire de plus, sinon que, elle aussi, elle veut comprendre. Il rétorque doucement qu'il n'y a rien à comprendre, que vulgairement la bandaison ne se commande pas. Elle ne comprend toujours pas. Normal. Il ne sait pas mieux expliquer. Elle lui propose de prendre un verre et de parler un peu. Il n'est pas vraiment chaud. Elle promet que ça ne peut durer longtemps, qu'elle ne compte pas lui prendre toute sa soirée, qu'elle ne veut pas l'embêter outre mesure. Il hésite. Elle sourit et ouvre grand ses yeux. Elle bat des cils. Tout ça pour rappeler la biche, en se disant que c'est inutile et certainement un petit peu surfait, mais qu'on ne sait jamais. Elle rajoute une ou deux phrases légères dont elle oublie aussitôt la teneur. Il craque. Elle savoure, même si ce n'est toujours que la moitié d'une victoire.

Ils trouvent un restaurant sans échanger plus de mots que cela le temps d'y arriver. Elle a besoin de s'installer, de se mettre à l'aise et de penser qu'il l'est aussi, pour se remettre la tête en place et s'exposer correctement ; pour se figurer qu'il l'entend tout aussi clairement. Voilà, ils y sont. Il tire sa chaise en arrière et l'aide à s'asseoir ; le fourbe lui fait du charme, ou bien c'est une question d'éducation. Enfin, il ne fait pas l'inverse en tout cas. Ils commandent. Elle développe : ses habitudes, ceux qui passent et qui s'en vont, sa crainte de l'avoir blessé, lui, dans son orgueil peut-être, en lui signifiant trop vite et trop intensément ce simple rôle de passager mystère. Il mange avec appétit, mais dit tout de même qu'il n'en est absolument rien ! Alors elle demande pourquoi. Le « pourquoi quoi ? » ne tarde pas. Ni non plus la réponse : pourquoi refuser sa couche ? Silence. Silence aussi. On ne sort pas de l'auberge ! Elle insiste, arguant qu'elle doit comprendre. Il dit qu'elle se répète. C'est un mal très répandu. Elle rétorque qu'il la force à le faire, puisqu'il ne répond pas. Il avoue qu'il sait très bien pourquoi, mais que l'ambiance et la compagnie le poussent à la discrétion. Elle se fiche totalement des gens autour. Il le sait parfaitement, pour ce qui est du général. Elle se retient de s'emporter. Il le note et lui dit tout, puisqu'elle veut tout savoir : il ne doute pas de ses charmes, et ne souhaite surtout pas qu'elle le fasse à sa place ; pourtant, il préfère les petites fleurs sauvages, natures, sans la peinture d'un engrais pour condition nécessaire d'épanouissement. Et quand il la revoit, qui l'attend sur son lit, défoncée mais pas encore, il se dit toujours qu'il ne peut pas. C'est comme cueillir une fleur avec la délicatesse et l'empathie d'une moissonneuse ; et lui ne fait pas ça.

Elle se demande si c'est un mec. Il ne voit pas pourquoi. Comme cela ils sont deux. Elle tente une sortie : on ne choisit pas toujours son palliatif. Il ne veut pas le savoir, et reste sur sa catégorique réserve catégorielle. Elle sait que c'est un mec…

Maïa paye l'addition tout en achevant la bouteille, sentant le geste utile en remerciement du temps qu'il passe à l'écouter et, surtout, à la renseigner. Elle comprend Simon, même si petite fleur se refuse à le lui dire. A la réflexion, elle fait sûrement même un peu plus que le comprendre : elle aime énormément cette sorte de tendre préservation qu'il met en avant, ce refus du loup de s'attaquer à la brebis égarée. Ce n'est pas tant que ça la valorise, mais enfin cela lui offre tout de même une place que Maïa, elle, se refusait jusque-lors. Reste un épineux problème : le fourbe s'échappe, il ne consent point aux égards autres que le sage refus d'obstacle. Ce qui le rend finalement définitivement attrayant empêche ainsi parallèlement toute avancée apte à la satisfaire. Comme un point noir refusant obstinément d'expulser son ignoble comédon ; comme un indécrottable amoureux transi qui vous accable de ses alexandrins ; ou comme un indémêlable nœud gordien ; tous ceux-là dont on ne se défait qu'à l'aide d'une action la moins délicate possible. Alors Maïa promet, dans un élan volontairement trop généreux : à compter qu'ils essaient de remettre le couvert, elle jure de cette fois-ci ne pas faire l'étoile de mer. Mais Simon trouve cela un peu cru ; et puis ce n'est pas la question. Force est de revenir au terme antérieur, plus doux que la présente attaque ; force n'est pas qu'il passe mieux pour autant : pourquoi ne pas déjà simplement se revoir ? Maïa souhaite en savoir plus. Simon pas trop, puisqu'il sait d'ores et déjà tout ce qu'il y a à savoir… Il sait qu'on ne peut pas compter sur des fleurs dépendantes d'un engrais pour relever la tête, parce qu'elles en oublient la plupart du temps de savoir pousser toutes seules, elles perdent la rigidité naturelle de leur tige corticale, elles fragilisent la vaillance de leur colonne en tant qu'image de la volition et perdent un peu de la vitale moelle au passage, croyant étirer l'instant alors qu'elles passent en réalité tout à fait à côté. C'est donc un « non » très général, sans fioritures, sans détails particuliers sur lesquels rebondir ou contre lesquels argumenter. Petite fleur peut toujours minauder, elle reste plantée là et ne risque pas d'en bouger : peu chevalier mais tout à fait cavalier, le fourbe la pèse, la mesure et la juge insuffisante ! Que dire de plus ? Rien ; il n'y a rien à dire. C'est un échec, un échec cuisant. Et les fleurs n'aiment pas trop la chaleur excessive, ni cette manière-ci de passer à la casserole puis de se faire manger.

Petite fleur se recroqueville en son for intérieur, traduisant le mouvement de manière fort extérieure, comme pour se protéger derrière une rangée de doux pétales courant depuis son dos jusqu'à cacher sa figure, sa porte fenêtres à l'autre. Le phénomène n'échappe pas à Simon, qui perd un peu de sa distante fourberie, semble s'inquiéter de cette soudaine fermeture et prendre pitié pour pensée. Mais on en reste là. Parce qu'une fleur qui se ferme ne se ré-ouvre pas si facilement, et puis aussi parce-que le fourbe doit maintenant s'en aller. Maïa n'y tient pas tant, alors il lui rappelle son engagement initial à ne pas l'incommoder par une rétention inopportunément longue.

Ils quittent ensemble le restaurant, bon gré mal gré, tandis que petite fleur songe craintivement à la poursuite de son état, s'égare au vent mauvais des préférences hypothétiques : celle de revoir le fourbe malgré son net et cinglant refus ; celle de l'assaillir charnellement malgré son apparente indifférence à ses charmes ; celle d'être une jolie fleur malgré la considération vénéneuse de Simon ; celle de se satisfaire enfin malgré sa propension à l'échec ; celle d'un monde meilleur et d'une maîtrise de soi, malgré sa propre bassesse ontologique et ses nombreux travers accidentels. En bref, tout ce qu'elle n'est pas et ne parvient pas à être ! Et pendant ce temps, Simon s'en va dans un salut qui passe pour flou et lointain aux yeux de Maïa, tant petite fleur s'égare hors les murs du moment en des rêveries par trop conditionnelles ! Pourtant elle lui répond ; mais distraitement, comme le tournesol vers son soleil, par un automatisme bien enfoui dont l'apparence reste une interprétation naïve et ignorante tant du mécanisme sous-jacent que de celui de la projection anthropomorphiste doucement teintée de sot animisme.

Elle rentre. En traînant des pieds, jour et instant de défaite obligent. En ressassant sa contrariété, frustration oblige. En mélangeant tout sans beaucoup de maîtrise ; ce qu'elle sait avoir déjà noté tout comme ce qui apparaît soudain comme émergeant d'un épais brouillard, celui-là même dont on s'étonne après coup de l'étrange épaisseur, lorsque sous l'éclair de l'intuition post-opératoire on se demande comment on peut si bêtement passer à côté de l'évidence. Elle marche, se mine, fulmine et puis rumine. Elle fait des boucles de son vain ressentiment, puisque voilà tout ce qui reste quand on brouille votre dessein. Elle enchaîne les coups de crayon, gris ou noir mais toujours pas très rose. Ça commence à faire comme un dessin brouillon. Elle s'en veut. Elle s'en veut mais elle ne peut rien y faire. Ça commence à faire une chanson, avec un refrain des moins agréables, lancinant et déchirant, sans portée cathartique ni autre forme d'échappatoire. Elle retrouve la fin comme elle prend souvent le début : perdu et insatisfaite. Elle songe à son cycle de vie, si insipide et lassant, qui s'annonce si insistant à venir encore se répéter puisque Simon n'aime pas ce mont-ci. Elle sait très bien qu'une fleur peut tout donner à condition qu'on la soigne bien ; tout comme elle sait qu'une fleur qui se nourrit d'engrais n'est pas totalement responsable de cet état de fait. Elle souffre aussi. Ce que le fourbe refuse de voir, au nom d'un principe aussi juste qu'il est injuste. Elle fait comme elle peut, la pauvre petite fleur qui ne choisit pas ses conditions d'existence, aussi dépendante de son engrais que de son eau, de sa terre ou de son soleil. Elle...

Elle réalise ! Maïa se relève, petite fleur redresse la tête et se sent mieux dans son pot, lorsque surgit la latente évidence dont la brutalité se fait patente de l'attente précédente : sans y prendre garde, pensée se tient debout depuis le matin sans aucun support artificiel, sans aucun sophisme boiteux, sans aucun tuteur bancal, sans aucune artificialité quelconque ! C'est peut-être un détail pour beaucoup, mais pour Maïa cela veut dire beaucoup et pour Simon cela peut vouloir dire plus encore ! Ça veut dire qu'il peut changer d'avis, parce qu'elle se tient dorénavant debout ; ça veut dire qu'elle peut le convaincre de ses bonnes intentions, de sa motivation comme de sa capacité à se dépasser ; ça veut dire qu'elle est libre, au moins potentiellement ; ça veut dire qu'il peut l'aimer, ou du moins sans s'emballer qu'il peut tenter de l'apprécier et, pour ce faire, accepter de la revoir un tant soit peu ; ça veut dire qu'il n'a plus d'excuse pour refuser son intérêt ; ça veut dire que tous les traits ne sont pas encore tirés, qu'il reste des espaces vierges sur la page blanche raturée ; ça veut dire que la réserve n'est plus de rigueur et que Maïa peut à nouveau s'élancer !

Elle n'attend pas, et fonce remettre le couvert, espérant déballer une si belle argenterie que Simon en prenne un petit éclat dans l'œil et en reconsidère ses vues, doté d'un nouveau prisme de lecture…

Chapitre neuf : Bulles hypothétiques

Toujours semblable à lui-même et tout aussi parfaitement égal à sa propension quasi-providentielle à l'atypique différenciation phénoménologique, Mateo examinera un autre improbable champ de possible à l'occasion d'une nouvelle extraordinaire journée : celui de l'hypothèse, c'est-à-dire de l'incertain, du doute et du mouvant. Un monde aussi vicieux et visqueux que les sables homonymes. Un monde par lequel nous passerons tous plus ou moins, sans nécessairement poser à chaque fois la totalité des formes conditionnelles subséquentes à ses lois...

Soucieux bien malgré lui du respect d'un ordre commun à tous les êtres vivants conscientisés, Mateo pourra en premier lieu douter complètement de lui-même. La volonté n'est pas un long fleuve tranquille ; la perception non-plus. Et pourquoi ne l'aura-t-il pas fait, ce gratuit geste dubitatif, après en être passé par tant d'expériences improductives – hors l'émergente compréhension de la nécessité des étapes ? Et comment n'aura-t-il pas douté, redescendant en la sombre caverne encombrée parfois de lames par trop acérées et de breloques faussement dorées, lui-même complètement dépourvu de lumière assurée – sauve sa timide et chancelante logique exploratoire ? Sauf que ce monde, probabiliste et douteux, ne se fera pas aussi sombre qu'on voudra bien le décrire. La complétude étant, ici pour le système comme ailleurs pour l'individu, un merveilleux et parfait ciment pour un possible riche de l'ensemble de ses errements.

C'est bien tout justement son chemin précédent qui le conduira à la présente étape : imaginez, que non content de douter de lui-même, Mateo doute encore par suite de tout ce qui l'entourera ; imaginez comment il avancera sans la décision, habituellement salvatrice, d'unicité du plus probable, c'est-à-dire comment il conservera la totalité des possibles interrogés en conscience, sans en écarter aucun ! Imaginez les arabesques poétiques d'un monde kaléidoscopique représentant la constante malléabilité des hypothèques du réel ! Imaginez la fresque superbe d'un monde autrement détaillé, pour peu qu'on abandonne l'ordre et que l'on s'adonne librement à la beauté du fac-similé brouillon !

Mateo ne sera ainsi qu'une hypothèse. Une parmi d'autres, puisque toutes les singularités, avant même leurs éventuels croisements, ne seront, à leur tour et en miroir aussi de la sienne, qu'hypothèses – hormis déjà le fait qu'elles ne soient fondamentalement peut-être bien qu'hypothèse… Passons. Au-delà de cette première pierre, on posera par exemple la rencontre d'une altérité quelconque : comment savoir ? Comment avancer sans exactement savoir, puisque l'on se figure usuellement pouvoir savoir, de manière également intuitive ou analytique ? Comment sortir de soi quand on ne sait déjà pas ce qu'on est ?

On ne sait donc jamais. Prenons-le comme il viendra : à peu près conscient d'être lui, sentant son corps comme sa volonté – sentant le renseignement sensitif de sa matérialité à travers son esprit, sans déterminer exactement la manière dont l'un se mélange à l'autre, de la sensitivité ou du raisonnement. Peut-être suis-je un corps qui pense, peut-être suis-je un esprit qui sent. Dans tous les cas, j'avance lié à ces deux hypothèses en tant qu'elles font un tout fonctionnel en peut-être une troisième. Là, il rencontrera l'autre. Ce peut-être autre, peut-être figuration de son peut-être moi. On pourra tenter d'en changer la formulation en quelque chose de plus digeste : l'in-certainement déterminé Mateo croisera une instanciation, dont il ne pourra décider s'il s'agira d'une production de conscience de sa part – à compter déjà qu'il soit – ou d'une réelle singularité pourvue d'une soi étantité, ni en ce cas d'ailleurs du statut en quelque sorte interne ou productif de ladite singularité. Pas forcément plus digeste, tiens. Un autre qui lui parlera, encore. Sans que

Mateo puisse déterminer s'il s'agira vraiment d'un autre qui lui parlera, d'une partie de lui qui cherchera à lui parler à travers la figuration d'altérité, d'une boucle illusoire supplémentaire et parfaitement neutre, ou bien, dans le cas d'un réel autre qui lui parlera comme dans celui d'un figuré autre qui parlera, c'est-à-dire d'un verbe sans origine fonctionnelle, d'une volonté de dire le vrai ou d'une mesquinerie à lui mentir, gratuitement ou selon un effet propre salement visé... Ce qui commencera à faire lourd, à faire un peu chargé. Mais ce sera l'excès de charge qui sera beau, en tant qu'exploration de complète multitude du possible !

Le peut-être autre peut-être illusion délivrera dans tous les cas un peut-être discours semblant raisonnablement discours, à peut-être destination de ce qui sera peut-être Mateo ou peut-être une partie simple de peut-être Mateo ou même de Mateo tout court ; ou peut-être pas, si peut-être Mateo pensera entendre sans entendre vraiment. Et puis surgira un mouvement. Enfin, un peut-être mouvement peut-être bien destiné à peut-être Mateo ou peut-être partie corporelle intégrante de peut-être la perception de Mateo, ou peut-être une supposée tierce altérité, ou peut-être quelques autres nuances. Puis, un autre peut-être ou peut-être un autre, tierce unité qualitativement indéterminée, comme on pourra en ajouter de cette manière autant qu'on le voudra sans rien changer au rapport initial de certitude. Le doute systémique s'emballera ainsi derechef, dans un expéditif grossier de hâte indélicate ; Mateo se perdra en ces trop nombreux potentiels d'êtres, sources de tant d'occurrences du « peut-être », comme on se perd toujours devant la redondance hypothétique des chemins du possible quand le choix méritant s'en absente : en tendant au nihilisme, voire immédiatement après à ses dérivés enfants terribles, au rang desquels l'hédonisme ne fait pas plus pâle figure d'exemple de mauvais rejeton d'humanité que le stoïcisme, les deux exceptions nominales confirmant l'une et unique règle d'une humaine perdition se vautrant aléatoirement dans la fange d'un excès de rigueur ou de sueur – en se conservant perdition à part entière, bien qu'essayant irrémédiablement de résoudre la vaine équation d'un équilibre tendanciel entre l'indécision première et l'excès enfanté. Mateo ne saura pas plus qu'un autre ce qu'il fera là, ni s'il existera un véritable pourquoi hors les considérations causales des quelques générations immédiatement précédentes ; une référence par ailleurs très peu souvent salvatrice, en ce qu'elle réinscrit des perditions antérieures somme toute tout autant perditions que les nôtres, dotées pourtant d'une artificielle supériorité historique et par là d'une incroyable et irraisonnable portée subjective. Un fait plus sûrement imputable aux différents niveaux de conscience et à leur imbrication qu'à une totale absence de volonté singulière blâmant les individualités. Pourtant, le schème se duplique toujours : je n'ai pas de valeur ni de réponse, je regarde quelqu'un qui n'a lui non plus jamais eu ni valeur unique et fondatrice ni réponse en soi, et je lis son absence fondamentale de réponse et sa manière de faire avec – à travers une hasardeuse navigation à vue pas meilleure que, ni foncièrement différente d'une autre – comme une réponse, que j'inscris de fait comme une réponse en tant que telle, source causale de nouveaux principes considérés comme certains depuis pourtant cette dommageable erreur originelle. En espérant, avec toute la sincérité du partisan du moindre effort, que tout aille pour le mieux et que je n'aie surtout pas à m'inscrire librement par moi-même.

Passons et résumons en la répétition d'un état de fait : Mateo se perdra ; et s'ennuiera encore de cette inlassable et inéluctable perdition. Voilà au demeurant un fait correctement avéré : on s'ennuie souvent, avec Mateo ; ou avec d'autres, d'ailleurs. Du moins dans cet ordre-là. Voir la nuance. C'est qu'on se place souvent mal pour l'apprécier, Mateo. Ou d'autres, d'ailleurs ; sauf à vouloir qu'on ne manque le ri depuis la modestie, dans le mariage forcé de hâte et d'empressement. Préciser la nuance, donc. Cela ne se fera pas nécessairement tout seul…

Peut-être. Peut-être que « peut-être » peut être ou ne pas être. Peut-être que Mateo pourra de même, sans en savoir plus sur le placement de la réponse que sur celui de la question. Peut être la certitude au milieu d'un général « peut-être », pouvant être si répandu qu'il n'en désignera pourtant jamais le peu d'être de tant d'êtres assujettis aux indisciplinés mouvements de l'incertain. C'est un truc qui est à nous et que chacun entend à sa façon : on peut bien aller quelque-part sans bien savoir où l'on va. On est à la rue de notre propre vie, sans grands repères ni destinée, même en essayant très fort de s'en donner, même en les investissant beaucoup et en les assurant au mieux. Et alors ? Ça n'empêche surtout pas d'avancer, au contraire : ça n'empêche que le morne déterminisme du mur de briques où chacune vient sagement s'empiler sans mobile propre sur une autre presque quasiment mais surtout pas gratuitement identique ; mur qu'on finirait par prendre comme il vient, c'est-à-dire un tantinet trop rigide, une fois la tranquillisation normative chue au rang de placebo.

En pleine perdition, Mateo tentera le bancal échafaudage raisonnable ; celui de l'après événement, de la digestion rétrograde, du regard biaisé par la dénaturation de l'instant et la vanité du postérieur. Celui qui ne sera jamais à sa place et qui pourtant fleurira éternellement le premier, sans fleurer bon le bien pensé – au sens de correct, au sens d'exact. Celui du règne inductif. Et puis il développera, pansant la pluie par un beau temps, parce-que le bancal est la marque ingrate de l'historicité, mais aussi par-là même le passage nécessaire de l'assurance raisonnable. Il se dira qu'au milieu du vague ressac de l'incertain, de cette informe multitude des potentiels, il ne sera – comme il fallait le démontrer – jamais rien de certain pour s'assurer ; et qu'il ne devra pas lui être donné de pouvoir dépasser le doute. Il se dira ensuite dans la poursuite du mouvement que, lui comme les autres, personne n'aura rien à voir avec la fixité arrêtée d'un point donné, mais bien plutôt avec une errance fondamentale et des positions on ne peut plus temporaires, définies par le croisement d'entités inévitablement et entre autres subordonnées au principe de temporalité.

Le parcours hypothétique est un chemin dantesque, grandiose pour autant qu'on l'accepte en tant que parcours en dedans le « si », superbement fluctuant et pas uniquement déchirant. La chose ne se répétera pas seulement pour vous convaincre : en premier lieu et surtout parce-que Mateo y échouera ; et puis y restera, aussi, dans ce vague mode de l'être irrémédiablement corrélé à l'hypothèse, où la singularité ne sera plus qu'une bulle de possible parmi d'autres pas véritablement plus probables. Non qu'il s'agisse d'un point final, mais bien de celui par lequel il lui faudra passer dans le dessin de sa fonction d'humanité. Nous sommes des bulles potentielles, des bulles de potentiel aussi, qui s'entrechoquent au milieu d'un nuage de possibles et du possible en général, qui n'ont pas besoin d'être fixées pour s'éparpiller ni s'agglomérer. Des bulles qui font chacune comme une zone de vie instable en quantité comme en qualité, sorte de géométrie variable en l'essence ni hermétique ni transparente. Des bulles légères, battant un pavillon que nous nous choisissons comme éphémère, flottant au vent de l'inconnu et ne visant pas le rivage prévu. Des bulles toutes seules, fondamentalement seules ; des volitions auxquelles le hasard fournira d'heureuses surprises à vivre ou de moins bonnes histoires à narrer. Cessant de penser en termes rigides, l'hypothèse devient richesse sans plus rien menacer, oscillant presque gratuitement depuis le stade improbable jusqu'au certain, ou n'importe quelle autre taxation intermédiaire qui ne soit plus fixée d'avance ni considérée comme close ou définie.

Pour Mateo, ce sera un peu comme d'accepter que rien n'est éternel, comme de gagner le face à face avec la mort en acceptant de devoir finir par perdre. Naviguer à vue, au vu de l'acceptation, ce n'est vraiment rien du tout. Ce n'est pas si effrayant que cela. Ce sera même très beau à voir, pour Mateo. Comme des fils hypothétiques tendus tout autour de lui, dans un semblant de toile invisible soutenant la réduction commune du réel, ne l'empêchant pas en l'essence mais rendant l'effet mouton forcément moins évident par la force du choix. Pour lui, au hasard de l'exemplification, ce sera comme une manière de se rassurer quant aux perspectives à venir ; comme un moyen, au-delà de la méfiance relative à la première impression, de piocher parmi de nouvelles interprétations factuelles – des interprétations qui seront vraiment là, comme à disposition, à portée de main ; ce sera la lecture de l'autre depuis des personnages probables et partiels au lieu d'arrêtés et complets, le lieu véritable d'une possibilité simplement possible qui ne prenne pas d'emblée le pas de trop sur les autres ; ce sera la multitude des chemins de vie contre le déterminisme social qu'on nous vendra toujours aussi maladroitement demain ; ce sera le foisonnement des bifurcations à chaque étage du processus initiatique ; ce sera la phénoménologie enrichie, gorgée d'incertitude et de choses à faire, à défaire et à refaire, dans n'importe lequel des désordres ; ce sera l'aisance décomplexée d'une liberté de l'être renforcée par la raison et non conditionnée par elle ; ce sera l'assurance d'un libre arbitre contre le pesant monstre gigantesque des structures, sans nécessité de détruire celles-ci ; ce sera bien, en fait.

Ce ne sera pourtant pas encore l'occasion de dépasser le constat d'hypothétique aigüe, ou d'hypothèque maladive, c'est-à-dire de transcendance du doute et du relativisme par un abord simplificateur de la complexité sous-jacente au monde. Non, ce ne sera pas encore le doux moment de la simplexification. Alors Mateo flottera, tel un indécis heureux, dans cette demi-place des théories mal disposées, pas encore convaincu de verser en un excès plutôt qu'un autre, et – malgré toute son incapacité à se frayer une poursuite échappatoire par accord avec une logique exploratoire – on ne peut plus désireux de finir par avancer.

B – D'autres tailleurs

Chapitre dix : L'amour pour les nantis

Sec, cassant, hautain, prétentieux, détestable et visiblement tout aussi mal embouché qu'un serveur en libre goguette sur ses tables de travail. La nature extravagante du projet, peut-être bien ; et sinon celle triste du bonhomme.

« Vous êtes sérieuse ?

- Tout à fait. »

Ce qui n'a pas l'air de lui plaire plus franchement qu'un doigt dans le cul en guise de menu journalier dès le petit-déjeuner. Le vilain n'a qu'à faire avec, parce-que Maïa s'en moque, goûtant de toute façon très peu le personnage.

« Bien, ma petite dame, ça sera fait dans la semaine.

- Dans la semaine ? On ne peut pas aller plus vite ?

- Ben non. C'est pas qu'on veut pas, mais vous savez... Les délais, le transport, l'affichage ; tout ça quoi.

- Oui, je sais.

- Bon, et si on parlait d'argent ? »

Maïa paye, dans une totale indifférence tarifaire, en la mesure équivalente à celle que lui inspire son rustre interlocuteur et qui la fait ne pas relever son indélicatesse langagière ni son impolitesse commerçante, ni même son agaçante supériorité masculine si ostensiblement postulée. Il faut bien dire qu'elle règle aussi sans broncher parce qu'elle les connaît par cœur, les délais, pour travailler dans cette branche depuis un petit moment. La publicité, ce n'est pas un monde où tout se fait du jour au lendemain. Comme toutes ces précieuses sociétés planificatrices, industries brasseuses d'argent ou autres consœurs superbement structurées en le même but ; même les plus créatives. Elle peut déjà se satisfaire de ne pas avoir à attendre plus longtemps. La grâce d'un petit nombre de panneaux et la science de sa persuasion...

« Mais attention, hein ! Pas de retard !

- Ah, non madame ! »

Ne tenant pas plus que cela au discours qui doit suivre et immanquablement sans doute vanter les mérites de la petite entreprise d'imprimerie tenue par ledit sieur, la jeune femme s'échappe rapidement après cette sage déclaration d'intention, en la souhaitant sincèrement pour tous réellement performative.

A la guerre comme à la guerre et en amour même sans bravoure. Malgré le temps qui passe, malgré ses tentatives, Maïa ne parvient pas à retrouver Simon ; pas plus à l'oublier. Peut-être ne le peut-elle pas. Peut-être se cache-t-il. Peut-être évite-t-il consciencieusement les alentours. Peut-être simplement ne se croisent-ils pas, par le plus grand des hasards. Alors aux grands maux les grands remèdes ; et les idées géniales qui surgissent le dos au mur. Les murs d'une campagne d'affichage passablement timbrée. Le parallèle la fait sourire comme une boîte postale à l'approche de l'enveloppe, avec au pied de la lettre un rictus gourmand qui se pose. Et la satisfaction des moyens : Maïa savoure sa chance de pouvoir aimer, de disposer des ressources suffisantes pour faire connaître à Simon tout l'intérêt qu'elle lui porte. Parce qu'en y pensant bien, elle se dit tout de même que tous ne peuvent pas se payer le luxe d'une campagne de pub en quatre par trois pour retrouver un compagnon de jeu, aussi fourbe et intriguant soit-il ; aussi fous et délirants soient-ils.

Ainsi soit-il. Alea jacta est. La jeune entrepreneuse se jette en avant sans souci du lendemain, telle une naïve aventurière aussi inexpérimentée qu'assoiffée, pénétrant sa propre vie d'un pied aussi volontairement plein que subjectivement surprenant. Elle sait déjà vouloir agir et retrouver son fuyant chenapan. Ce qui n'est pas si mal pour aujourd'hui ; ce qui justifie l'en-avant, même timide, même chétivement poussé par ses petites forces encore toutes fraîches. Un geste si nouveau qu'il n'assume pas encore complètement la faute, la dérogation à la règle qui n'est finalement faute qu'en regard bêtement comparatif de l'habitude de l'usage. La semaine prochaine, tout le quartier se recouvre de ses affiches. Le point de visée reste très proche et potentiellement bancal ; mais c'est un bon début. Un pis-aller pas des plus détestables, au vu de sa proche origine un tantinet plus sombre. On croit que c'est facile, que l'humaine part qui nous tient debout nous fait toujours mettre un pied devant l'autre ; en réalité, rien n'est aussi simple. Et quand bien même, ça sonne toujours comme une sacrée victoire, lorsque les pas parfois saccadés finissent par lentement s'enchaîner et tendrement nous porter. C'est donc bien qu'à l'échelle subjective, nécessité ne tient pas jeu de loi…

En attendant d'atteindre son but, il faut bien s'occuper. Comme elle peut. Sans réel intérêt pour les choses, sans enivrante passion pour ces ennuyeuses affaires courantes. Ce n'est pas exactement comme de ne rien avoir à attendre, mais plus sûrement comme de ne pas encore avoir le-non-dit quelque chose alors qu'on le connaît déjà ; le reste du temps reste insipide. Et lasse et répétitif. Et bien trop long.

En temps normal, Maïa sait combler le vide lorsqu'il l'assaille. Par son lourd, sauvage et pour partie artificiel rituel du soir. Par des virées shopping sans cervelle ni limite ; poursuivies et assumées comme telles. Par la générale futilité d'une déambulation aussi proche que possible de la commune banalité quotidienne. Par à peu près tout et n'importe quoi, tant qu'on dose de manière suffisamment généreuse la délicieuse part de n'importe quoi. Pourtant l'aventurière doit bien reconnaître le subtil changement de saveur des événements. Rien n'est éternel. Quand on aime, on ne compte pas, on ne compte plus ; plus pareil. Alors, pour sûr, la jeune femme ne peut pas encore dire qu'elle aime. Mais l'intriguant Simon retient malgré tout toute son entière attention. Ce qui suffit à détourner son compte, à décompter les heures différemment. Des comptes d'apothicaires qui ne soignent pas vraiment bien le mal. Et après tout, ils ne sont pas médecins...

« Tu vois, je suis une insomniaque de l'attention, une lunatique de l'événement ; je suis comme une espèce de tique attendant son hôte et obsédée par lui sans même encore le connaître vraiment : je ne vis pas, je ne parviens plus à m'intéresser à ce qui se passe aujourd'hui. Ça m'ennuie, en fait. Tout m'ennuie. Je n'arrête pas de penser à lui et au fait de le retrouver...

- Enfin, ma chérie, tu n'es pas lunatique !

- Tu ne comprends rien. »

Elle est gentille, Carole, mais elle ne comprend vraiment rien du tout. Poire, cruche ; ou juste pas dans le même monde, pas du même moule, pas sur la même longueur d'onde. Au point que Maïa se demande ce qu'elle fait là, pourquoi elle lui parle de ses déboires et de son insatisfaction.

« J'ai bien peur de ne pas comprendre, oui. Enfin, regarde-toi : tu fantasmes sur un type, tu dis que tu n'as plus goût à rien en dehors de lui alors qu'il est à la limite de l'impuissance si on considère le fait que vous n'avez jusqu'ici pas inscrit le moindre kilomètre au compteur... Tu es là, à te lamenter sur ce mec alors que d'habitude tu les enchaînes comme des glaces à l'eau sans te soucier du parfum ! Avoue que c'est à ne rien y comprendre !

- C'est vrai ; je sais. Mais tu vois, je suis comme ça et je n'y peux rien. Pas plus que d'habitude, justement...

- Mouais.

- Si, je t'assure.

- Tu dis ça, mais t'es quand même vachement différente...

- Pas du tout. Regarde, je t'explique : c'est toujours pareil. Je n'ai pas changé. Si d'habitude je collectionne les mecs, comme tu dis, c'est parce-que c'est juste une manière de vivre, sans prise de tête. Une façon de vivre l'instant, si tu veux. Ben là, c'est pareil. Je vis l'instant, et il se trouve que mon instant c'est ce mec, Simon. Je vais à l'aventure, un peu comme je le sens. Peu importent le moment ou la façon. Qu'est-ce que j'y peux, moi ? Il est dans ma tête et il ne veut pas en sortir...

- Mouais. Je reste pas convaincue. »

Qu'est-ce qu'elle peut être lourde, la gentille Carole, lorsqu'elle reste irrémédiablement bornée ! On n'a pas idée de nous foutre des connes pareilles ! Qu'elle ne soit pas convaincue, tiens. Maïa s'en moque. Comme cul et chemise, hein ? En fait, ça ne doit pas exister. Encore un rêve pour d'autres. Comment peut-elle à chaque fois tomber dans le panneau d'une amicale rencontre, verser encore avec espoir ses attentes dans le bol d'un illusoire mélange non neutre, c'est-à-dire actif, entre les gens ? Les gens sont cons ; la désespérante Carole ne fait pas exception à la règle ; ni cette gourde de Maïa, apparemment.

« Enfin, de toute façon, c'est comme d'habitude, tu fais comme tu veux, hein ?

- C'est ça. »

Refroidie par le climat ambiant, l'aventurière exaspérée expédie prestement la fin de l'échange et écourte son entrevue avec la conne, ne percevant pas la nécessité de conserver un proche entourage décidément trop négatif. Au moins pour le moment.

Maïa part travailler. Avec la ferme intention de travailler. Un peu ; puisque voilà un bon vecteur de procrastination, d'éternelle remise de l'insatisfaction. Puisque tous risquent de l'ennuyer, de la contredire ou de la juger ; de ne pas la comprendre. Autant ne parler à personne, autant ne pas interagir. Autant ne pas s'exposer inutilement. Puisqu'après tout, elle n'en a cure.

Elle se souhaite une avancée du temps qui n'arrive pas et ne peut pas arriver, une progression instantanée vers ce but forcément trop lointain, un saut vers le futur qui lui économise l'attente ; une alléchante hypothèse qui ne se produit pas parce qu'elle ne peut pas se produire. Décidément, la frustration s'immisce même sans personne pour l'ennuyer...

Tant pis : elle rappelle Carole. Sans remords. Parce qu'elle sait avec certitude ne pas avoir à tout réexpliquer à nouveau, a contrario du scénario alternatif de l'appel d'une tierce amie. Et puis Carole est bon public, en sus d'autres défauts ; celui-ci ne se situant pas loin de la vache connerie. Elle ne rechigne pas à revenir. Elles se retrouvent donc au même endroit.

« Parlons d'autre chose, tu veux bien ?

- Ok. De quoi ? »

Morte-couille ! Mort aux cons, mort aux vaches ; mort au lasse ! Maïa se lasse de la futile neutralité et s'emporte de ses conséquences.

« Mais je sais pas, moi ; de ce que tu veux !

- Voilà bien le problème : je ne veux rien, moi.

- Je sais, je sais...

- Ben alors ?

- Alors voilà ! Je m'énerve pour rien et contre personne ! Ne le prends surtout pas pour toi, enfin, surtout par rapport à tout à l'heure ; mais encore une fois : tout m'ennuie. Je voudrais juste, je ne sais pas, le croiser, là, au coin de la rue ; ou m'endormir jusqu'à la semaine prochaine, quand au moins toutes ces foutues affiches seront posées !

- Les affiches ?

- Oui, les affiches ! Tu m'écoutes, ou tu fais semblant ?

- Non, non ; les affiches. Je m'en rappelle très bien. Tu as vraiment des idées bizarres... Enfin, tu as les moyens de suivre toute la bizarrerie de tes idées, alors dans l'ensemble, ça va...

- Tu vois, j'y pensais plus tôt... Tu crois que ça se résume à ça ? A une affaire de moyens ?

- Je ne comprends pas.

- Ben, l'amour, l'envie, la conquête de l'autre, tout le bordel quoi. Tu penses que c'est une histoire de moyens, qu'on ne fait les choses que parce qu'on peut les faire ?

- Où est-ce que tu vas pêcher ça ?

- C'est toi qui viens de le dire !

- Mouais. Mais tu n'es pas madame tout le monde non plus, il faut dire... Et puis, je ne sais pas ; oui, peut-être que les idées qui nous viennent dépendent aussi de notre capacité à agir. Non ? Et du coup un peu aussi de notre porte-monnaie...

- Alors tout reste lié quand même...

- Je ne sais pas. Il te faut toute une dissertation ?

- Mais non ! Qu'elle est bête ! Juste ton avis.

- Ben voilà, mon avis tu l'as. Oui, je crois que c'est un peu une affaire de moyens, mine de rien. Si tu regardes bien, tu ne ferais rien de tout ça si tu étais sans le sou...

- Oui ; enfin, je ne ferais pas grand-chose de ce que je fais au jour d'aujourd'hui, dans ce cas...

- C'est bien ce que je dis ! C'est tout comme le conditionnement consumériste ! Tu ne regardes pas les mêmes boutiques selon que tu as de l'argent ou pas, ni les mêmes produits. Tu n'achètes pas la même maison, tu ne te vends pas socialement de la même manière non plus, je veux dire avec tes vêtements par exemple. Ça doit faire pareil avec toutes les idées : comme si tu te limitais dans tes ambitions selon que tu puisses ou non les réaliser. Donc pareil aussi pour l'abord des sentiments et la façon de retenir l'attention de l'autre.

- Voilà bien ce que je craignais de penser.

- Enfin, ça ne t'empêche pas du tout de faire ainsi ! Ce n'est pas parce que tu as telle ou telle motivation à agir que cela disqualifie l'action en question ! Et puis, la valeur d'une action, c'est aussi la manière dont elle s'inscrit dans un champ de possibles : donc si tu peux faire grand et que tu fais très grand, ce n'est pas mauvais en tant que c'est très grand...

- C'est pas faux.

- Tu n'as pas à te sentir coupable de tes moyens.

- Non. Je sais. Mais ce n'était pas du tout la question. Tout ce que je me demandais, c'était si on aimait selon ses moyens ; enfin, si on avait les sentiments de ses moyens, pour ne pas aller trop vite en besogne. Enfin tu vois ce que je veux dire...

- Tu me fais bien rire. De toute façon, toi, tu vas toujours trop vite en besogne. Tu fonces tête baissée dans tous les murs qui te plaisent, ou dont tu penses qu'ils te plairont, ou si tu penses que le choc lui-même sera bon. Et pour ce qui est du reste, non ; moi je pense en fait qu'on arrive toujours à suivre ses sentiments, peu importe de quels moyens on dispose. Je dirais donc plus qu'on réussit ou pas à se donner les moyens de ses sentiments, mais pas qu'on en dépend totalement. Après, c'est comme tout : il y a des gens qui ne se donnent pas la moindre petite chance, parce qu'ils ne veulent pas vraiment sortir d'eux-mêmes. Alors ceux-là sont effectivement coincés dans leur dépendance à ce qu'ils considèrent comme leurs moyens. Mais cette base n'est pas forcément la plus représentative d'une totalité de classe.

- Tu n'as pas tort. Mais quand même, regarde mon propre cas : si je n'avais pas l'opportunité financière, l'aisance financière en fait, de cette campagne d'affichage, je n'aurais quasiment aucune chance de retrouver Simon...

- Je ne crois pas. Tu pourrais tout aussi bien en faire une sans rien payer que l'encre du stylo et le papier du support. Ca n'aurait juste pas la même gueule, mais tu pourrais très bien faire la même chose autrement. Pense à ces gens qui perdent leur chat et qui mettent des affichettes dans tout le quartier, avec la photo du chat et leur numéro de téléphone, ou leur adresse, ou je ne sais pas quoi d'autre. Ça vaut presque ta campagne de pub !

- Presque, c'est vrai.

- Et puis, sans vouloir t'offenser, je note quand même que tu ne l'as pas encore retrouvé, ton brave Simon. Tu ne sais pas si ça va marcher... Et quand bien même ça marcherait, à compter qu'il tombe sur un de tes panneaux et finisse dans le tien, tu n'es pas assurée qu'il accepte de te revoir ni qu'il change de point de vue sur toi ! »

Cette salope n'a pas tort, et Maïa ne se permet l'intérieure et silencieuse insulte que parce que, très égoïstement, elle n'a absolument pas besoin qu'on lui mine le moral, exploitant très bien toute seule le gisement de sa propre veine de noir. C'est pourtant bel et bien réussi : elle n'a rien d'exceptionnel. Pas même la chance de ses moyens. Pas non plus l'imagination, puisque Carole peut apparemment en un simple claquement de doigts proposer une campagne similaire à la sienne dans son efficacité ; et avec moins d'argent, en plus. Tant pis. Il lui reste la classe, la gueule de ses affiches contre le petit format des chatons perdus, pour reprendre les mots de l'autre. Oui, à n'en pas douter, la classe est assurément et définitivement sa marque de fabrique, celle dont elle peut s'enorgueillir ; le point de sa démarque de l'altérité. Et tant pis pour le relativisme de l'inscription des moyens dans une structure globale de la position sociale. Elle a la classe. Et sa timide satisfaction de cette petite victoire. Voilà l'aventurière brillamment chaussée pour les sept prochaines lieues, même si le talon de la botte tinte d'un léger bruit dissonant au froid contact du réel, en regard imagé de la fragilité du baume subjectif lui permettant encore la délicate fierté du port de tête.

Chapitre onze : La cinquième force

Nous aurons quitté Mateo indécis, à la limite de l'arriération transcendantale, c'est-à-dire incapable d'un soi dépassement de lui. Sans aller pourtant jusqu'à dire qu'il aura dû rester de manière permanente ni définitive en le dubitatif état du sauteur de moutons chevauchant d'un « peut-être » à un autre en de récurrents et inlassables rebonds. Non ; mais au moins l'y aurons-nous laissé. Au moins l'y retrouverons-nous.

Pas encore abattu par les termes répétitifs de son indécision subtilement auto-réplicative, il ne cessera d'examiner le champ des possibles ; et se gratifiera même d'une remarquable petite foulée en la matière, à l'approche mémorielle des quatre forces fondamentales de la nature, lesquelles lui inspireront un tiers intéressant paradigme. Car enfin, se dira-t-il, comment agréger des potentiels ? Comment en l'espèce la multiplicité des mondes propres peut-elle produire des tangentes d'unicité ? Comment la rencontre des réels en un seul chemin même éphémère s'opère-t-elle ? Si l'interaction nucléaire forte, la faible, l'électromagnétique et la gravitation tiennent lieu acceptable d'axiomes de l'univers, qu'en est-il de la phénoménologie ? Quid en fait d'une gravitation du vivant, à l'échelle humaine ? Si nous sommes, voire si nous ne sommes que des bulles de possible, quelle force tient lieu de ciment entre les singularités ? Quel est le principe concret de réalité au milieu d'un univers flou de ses subjectivités ? Pour Mateo, ce sera tout vu, contant aussi simplement que deux et deux font quatre et qu'à la suite des sept merveilles du monde se dessine la huitième. Ainsi de la mystérieuse glue des mondes : ce sera la cinquième force.

Examinant lesdites bulles, Mateo notera qu'elles ne font pas que s'évaporer, qu'elles ne se limitent pas à la simple et passive existence détachée : elles interagissent presque toujours, dans une allure extérieure de grandiose bordel chaotique.

Cette gravitation de l'être ressemblera de manière faussement étrange à l'originale, pour ce que Mateo en saisira et pour ce qu'il concevra de la seconde. Nous ne pourrons en effet pas éternellement rester bulles ; ou pas uniquement, pour y revenir. Sans quoi il n'y aura jamais de monde ; rien que des mondes. L'idée jaillira de l'observation des stars, de ces gens connus et relativement influents qui vaudront encore demain mise en exergue du processus d'agglutination des probables, de consolidation des mondes – processus tout autant cohérent à l'échelle du deux mais en cette limitée configuration moins percutant à l'analyse. L'essentiel restant bien sûr que l'idée jaillira, postérieurement au constat d'existence des bulles individuelles, consolidant leur théorisation par une approche d'ordre pratique, leur rendant une cohérence plus assise, passant enfin le cap ouvreur de voie. Ce sera le saut soldeur de « peut-être », un bond qui d'ailleurs aura en l'essence été valable avant l'aperçu de Mateo et qui le restera bien après.

Mettons, se dira-t-il donc, que nous puissions avec effet supposer la pertinence du modèle des bulles, a minima dans un simple et premier geste métaphorique. Force est de constater, poursuivra-t-il naturellement, que nous savons – parfois malgré nous – contribuer à la formation des agrégats d'étantité : nous reconnaissons en quelque sorte la valeur commune, de la communauté, c'est-à-dire du nombre déjà participant de la gravité situationnelle, ou in situ. Nous la reconnaissons en nous précipitant sur les masses, en interagissant avec elles de manière positive ou négative – voire plus rarement neutre. Et quand bien même, lui reprochera-t-on peut-être, qu'est-ce que cela peut bien apporter de le traduire ainsi, qu'est-ce que cela change de s'encombrer d'une hypothétique cinquième force pas encore certainement décrite et en le résumé potentiellement assimilable à un effet de groupe ? Tout, pourra-t-il orgueilleusement répliquer, précisant à l'envie que le point n'est point seul, puisque le spectacle extérieur de l'accumulation des bulles pose sous-jacent le possible technique d'une concorde des mondes au-delà du phénomène social. Où il sera bon de se remémorer qu'en l'instant, pour Mateo, nous ne serons que bulles, sur pieds d'égalité. Le rasséréné questeur, feu vain fou pourfendeur de « peut-être », ne saura manquer l'exactitude structurelle suivante, à savoir l'accroissement du probable à mesure de l'évolution perceptive du singulier vers le multiple – hors la problématique annexe des communications inter-multiples. C'est-à-dire que la certitude augmente avec l'échange. Ce qui fera aussi comme une échelle, sur laquelle on grimpera d'un ou plusieurs niveaux selon le nombre de concordes présentes, selon l'imposition factuelle des similarités de positions aux retardataires de l'événement ; selon la masse en quelque sorte – pour rejoindre la gravitation – des avis cohérents entre eux. Où l'on notera la cohérence plus que l'exacte similitude, puisque Mateo comme d'autres aura lors pu saisir que le rapprochement subjectif et l'effet de masse induit ne dépendront nullement d'une parfaite symbiose, ni plus précisément moins encore d'une totale identité des termes, le paradigme tenant à la vague résignation.

Ainsi des stars, pour ne pas se perdre, même si pourtant elles continueront irrémédiablement, en tant qu'objets sociaux, à en berner plus d'un sur la manière de quérir un potentiel, galvaudant la muse en singeant la poupée : des deux côtés de la barrière logique, hommes et femmes bien que parfois d'excellente volonté semblent devoir indéfiniment alimenter des illusions. Pour autant, le phénomène gravitationnel, depuis son exemple : la star, brave bestiau volontiers innocent, capte plus que l'attention. Considérée en bulle parmi d'autres, elle offre un point de convergence du réel, autrement dit une normalisation des potentiels par la masse en vertu du principe de communauté comparative. Les possibles transcendent alors leur état premier au gré de leurs croisements et de leurs arrêts successifs ou simultanés en des positions perceptibles aux autres, admissibles aux autres aussi, c'est-à-dire que les autres possibles valident en une sorte de possible relativement unique et hautement plus probable en soi, eu égard à la concorde subjective – directement subséquente à l'effet de masse dans un mouvement de réinscription rétrograde de la lecture paradigmatique, ou hasardeusement afférente à la simple coïncidence.

Respiration. Voilà ce que sera la cinquième force : une respiration au milieu des possibles, un écrémage du pouvant être et de sa lourde multitude tous azimuts, un rassemblement à tendance d'unicité de la multiplicité des étantités et de leurs non moins nombreux paradigmes appréhensifs. Une sorte de réduction sensitive. Mateo ne manquera pas le pas, convenant aisément que la mise en exergue n'entachera point le point originel, quand bien même elle saurait ne pas se faire parfaite bouffée d'oxygène – tant l'uniformisation des possibles pourra paradoxalement peser à certains libertaires peu au fait des opportunités d'exercice d'une structure correctement dosée et au demeurant relativement transparente.

La gravitation est une force cumulative. D'où les agrégats de mondes en son pendant phénoménologique, puisque tout à sa comparaison, Mateo se demandera si tout ne se passe pas in fine comme s'il y avait des bulles et des nuages de bulle, sortes d'environnements participatifs de bulle mais non-noyaux de bulle, sortes de condensats à l'étendue variable, sortes de brouillards aperceptifs amenés à se chevaucher entre eux a contrario desdits noyaux ; par-là, à renforcer leur prise au réel et leur valeur paradigmatique en cas de concorde plus ou moins parcellaire.

Notez bien d'où sera venu le jeune homme : du doute, du doute complet, d'un monde de bulles, d'un enchevêtrement des possibles sans autre forme de certitude que le singulier probable. Notez bien, par suite, tout le poids de la cinquième force, permettant, aux yeux de la certitude, d'éliminer de nombreuses hypothèses par un examen, en la forme numéraire et en l'idée massive, des possibles : grâce à elle, nous ne serons plus seulement des bulles, mais encore des bulles communicantes, à l'approximative image des vases ! La cinquième force sera une glue, une norme de l'intersubjectif permettant de dépasser l'improductif relativisme induit par les positions d'être et leur foncière unicité. Tout cela par un cumulatif partage sous-jacent de la masse d'hypothèse ! Merveilleux ; n'est-ce pas ?

Mais si. Faites un effort, concentrez-vous, vous allez comprendre. Allez, voilà, on met les pieds dans le plat et on dépatouille tout ça, tel Mateo qui se rassérénera en récapitulant : ce qui fera comme une histoire, depuis l'un jusqu'au plus que un, allant de la malheureuse multiplication des points uniques à la miraculeuse juxtaposition de leur grand nombre, puis encore jusqu'à la fusion unitaire de leurs inclusions parcellaires ! Voyez plutôt : on aura beau pouvoir blâmer la nature de proposer trop d'interprétations du monde, c'est sa générosité même qui pour finir sauvera sa constitution à l'échelle humaine, grâce à la bien tombée cinquième force. Laquelle ne sera pas cet effet de groupe lu de manière rétrograde, c'est-à-dire post-événementielle, en tant qu'effet ; non : bien plutôt lisible en tant que condition du réel, à travers les processus de masse des réels initiaux. A chaque individu sa masse propre en vertu de son statut bullesque, à chacun son interprétation du monde et donc à chacun ses événements, dont la forme et l'enchaînement dépendront nécessairement des conditions de perception ! Avec quelques similitudes, quelques concordances, puis avec quelques agrégations et quelques communautés de possibles. Avec, aussi, cette idée pas totalement neuve d'un mode de déambulation au monde inexorablement dépendant de son mode de conception : de manière principielle, j'avance comme je crois pouvoir avancer ! Mon chemin de vie se courbe de ma propre masse, ainsi que de celles que je rencontre. Envers et contre tous, ce que je crois, même généreusement théorisé en tant que partialité indépendante, interagit nécessairement en une potentielle commune construction d'unique possible, à travers la cinquième force, ce silencieux ciment des terreaux de probables.

Alors forcément, oui : forcément, on nous attendra au tournant d'une effectivité propositionnelle, afin de savoir si force ne ment. A l'heure des comptes, Mateo ne s'en sortira pas sans les automatiques heurts de débat. Dont acte, puisque regardant les différentes convictions humaines, balayant le brouillon panorama courant des religions aux paradigmes scientifiques, on constatera sans encombres l'évident processus d'agglutination phénoménologique ; et par-là l'indéniable pesante étantité des différents mondes, de masse et de communauté différemment variables. Car, enfin, qui nierait qu'une considération relative à la structure même d'un réel contribue à la qualification quotidienne du chemin des singularités ?

Qui osera contredire la gravité phénoménologique du processus médiatique, voyant les stars dont nous aurons parlé accumuler leur notoriété en surface d'opinion, puis redescendre dans les méandres de leur propre production créative une fois munies dudit crédit, légèrement plus à l'ombre, une fois devenues suffisamment « bankables » pour pouvoir se permettre un usage créatif du temps ; puis choir légèrement au moins, perdre quelque-peu de leur masse d'étalon du probable en la durée de leur absence de cette surface faite vitrine, machine à collecter en sus du rouage d'unicité ?

Qui affirmera la nullité d'efficience du cas d'un de ces prochains jours, où quelqu'un considérera que l'amour est autre chose qu'une chimie organique, voire y incorporera, de-ci de-là, avec du « si » et au-delà, quelques doses de destin au lieu des localisées circonstances d'être. Un cas de figure où cette personne en parlera à une autre, suivant bien sûr son propre style premier et ses rêves personnels, laquelle trouvera charmant de pouvoir se réfugier dans cet abri de fortune aux jolies dorures rassurantes, à tout le moins apaisantes pour qui, comme les autres, voudra volontiers savoir que tout ira pour le mieux demain. Alors la tierce en parlera à son tour, mésestimant la mélodie en se focalisant sur sa sienne note, et grossira la rumeur, l'amplifiant même de ses singuliers songes, histoire de se l'approprier convenablement. Et encore ainsi de suite, dans un effet boule de neige où la blanche avalanche avalera massivement tous les autres possibles, devenus improbables en regard du poids irrémédiablement pris par le délicieux conte !

Au milieu de tous ces parfaits enchaînements, on trouvera bien quelques névroses, quelques vues pas très roses bravement résistantes, mais comme le noir rassurera tout un chacun badaud quant à la complétude comptable de l'enchantement, et donc quant à sa véracité, rien n'empêchera plus longuement que vainement la masse du phénomène de l'inscrire en événement à chaque suivante occurrence de singularité, en lieu et place d'autres possibles interprétés.

Voilà, pour la cinquième force, se dira lors Mateo. Ainsi de notre pouvoir au réel. Fi d'une quelconque normalité, nous agrégeons, même malgré nous, au fil de nos rencontres et de leur poids, aux fils d'une toile informe juxtaposant maladroitement entre eux les multiples mondes de ces universels fils perdus, bâtards involontaires d'une intrinsèque indétermination des consciences aléatoirement croisée à l'impérieuse nécessité de leur nivellement en regard de leur émergence considérative. Et nous créons d'autres mondes, qui nous dépassent, dont la somme des masses se détache de la relation singulière ; sous licence créative commune. Parfois, même, nous croyons un monde possible, face au nombre florissant de certains critères communs ; sans bien connaître ni ses limites ni ses conditions, sans bien savoir s'il est réellement possible. Et malgré tout, rares sont ceux qui cesseront demain d'espérer, qui perdront définitivement leur masse première fondamentale.

Chapitre douze : Nécrologie d'un Bisounours

Le temps en avait finalement eu raison. Le temps, les insuffisances et la petitesse humaines. Le temps et une infinité de minuscules autres choses, du reste d'ailleurs parfaitement désagréables. Comment en eût-il été différemment ? Pour peu qu'on les laisse faire, et sans qu'ils en aient pourtant besoin, les fous dominent l'échiquier depuis leurs lunatiques et infernales diagonales, malgré même leur mobile prévisibilité statistique. Alors quand en sus on les aide, ils parcourent prestement leurs gigantesques boulevards à tombeau grand ouvert, montés sur de trop fougueux et trop puissants chevaux, et l'on vient encore niaisement proclamer, à qui ne veut pas nécessairement l'entendre ni moins encore par suite l'approuver, que ce sont toujours les pièces rapportées qui posent problème ; parce-que, forcément, elles se retrouvent malencontreusement sur leur chemin tel un délicat messager en travers celui de la foudre !

Voilà. Lui n'en était plus, ne voyait plus Sandra. Il ne l'avait à vrai dire pas revue depuis cette époque, déjà lointaine, où la prise peu délicate d'une mouche anecdotique avait soudainement viré en colérique mayonnaise sur les bons conseils du roi et de la reine des pommes. Ce n'était pourtant pas faute d'avoir essayé de la recontacter ; mais il semblait que tout devait indéfiniment tourner vinaigre entre eux deux, que le ver installé ne bougerait plus, puisque trop à son aise, puisque dès lors ils ne parvinrent jamais plus à se comprendre ni même à correctement écouter autre chose que le brillant silence des êtres, restant sensiblement identiquement assis chacun de son côté sur leurs points de vue respectifs.

Il se disait souvent que c'était un peu caricatural ; que de détester ses beaux-parents – ses anciens beaux-parents, qui plus est – ne lui apportait pas plus d'originalité que de satisfaction ; que le vieux conflit irrésolu répondait par trop symétriquement à l'image d'un amour qu'on ne veut pas laisser partir et qu'on entretient ainsi malgré tout, à la lueur d'un ressentiment à deux ratures ou à quelques éraflures près si concordant au sentiment. Et puis il poursuivait quand même, sans au fond point vraiment les haïr, ni surtout elle non plus, mais en regrettant tout de même la situation passée et l'éternelle bêtise circonstanciée des gens ; et peut-être aussi un peu la sienne.

Mike tira une longue et délicieuse bouffée sur sa cigarette, avant d'observer d'un œil creux le consécutif dégagement de fumée qu'il expirait. C'était quelque part tout ce qui lui restait, le symbole d'une très légère et ô combien vaniteuse persistance du passé. Parfois, on ne conserve que cela : de sales habitudes, comme on les désigne communément ; celle-ci allait plutôt bien avec l'immonde aigreur qu'elle lui avait laissée en abjecte corollaire apposé à son insatisfaction. Une addiction pour une autre ; le sens du cumul s'entend. Sans tenir compte des souvenirs, lesquels sentent bien trop la mort, le deuil presque déjà acté, figé, bientôt allègrement digéré, pour apparaître vivants. Torturants, heureux, tout ce qu'on aurait par ailleurs voulu ou subi ; mais pas vivants.

Non, à son plus grand dam, il n'avait plus revu sa dame. Pauvre pion. Après tout, était-ce plus mal ainsi ? N'était-ce pas son cœur, trop jeune, tapageur, qui se faisait le tort de se tordre tant en exprimant si fort sa peine, triste et faible signe d'un improbable manque potentiellement oubliable en d'autres cieux et certainement au moins soluble en leur désiré nombre ?

Seulement voilà : il tournait en rond, et ce n'était pas faute de tourner effectivement en rond, sans ménager sa peine et non sans prendre garde à ne pas noter la vicieuse répétition. A chaque fois, sans manquer, il se remémorait le temps jadis comme on s'enfoncerait une aiguille dans le dernier œil valide, soit avec la profonde, piquante et sincère envie de ne pas regarder.

Tout était allé trop vite ; et, à son grand désespoir, toujours sans quitter la caricature. D'abord, il avait découvert qu'elle n'était pas aussi bien qu'attendu. Il avait fait avec ; ne serait-ce que parce que elle, pour lui, dans l'autre sens, avait fait avec. Ensemble, ils avaient donc fait avec. Même si découvrir l'humaine insuffisance par soi-même, même antérieurement clairement annoncée, ce n'était pas exactement la même chose que celle prévue, au regard de la déception. Oui, quand bien même, tous deux les mêmes, ils avaient fait avec. Et puis, tombant d'accord avec les sentences répétées de Sandra, il avait compris – sans totalement l'accepter – que lui-même n'était pas aussi bien qu'il aurait pu le souhaiter en son for intérieur ; loin du fort orgueilleusement supposé, et même très loin du compte. Ils avaient pourtant continué à avancer avec et contre eux deux. Jusqu'à ce jour étrange, lorsque soudain il décida bêtement de mettre un innocent pull rouge et que tout aussi rapidement mais néanmoins un poil de néant moins gratuitement, eux firent suivre le carton, prétextant communément – puisque les moutons votent en troupeau – qu'un tel manque de considération à l'égard d'un dégoût affiché et maintes fois rabâché de Sandra pour le rouge ne devait pas se laisser perdurer, jugeant que son autorisation, jusque lors tolérée, se trouvait dorénavant révoquée. Il eut beau contredire, se débattre à qui mieux mieux, arguer de la non-imposition du port du rouge à autrui et donc, en un sens, de la limitation nécessairement relative des égards ou mésestimes, rien n'y fit. Le pragmatisme froid de la cadavérique rigidité cérébrale avait achevé son triomphe. L'un dans l'autre, au bout d'un moment, ça s'était donc fini l'un sans l'autre.

Depuis, il s'était pris à ruminer, et ruminait encore régulièrement l'instant. Après s'être pourtant bien battu, il avait donc perdu : on n'écouta pas ses arguments ; pas plus que le bruit des feuilles dans le fond du jardin un venté soir d'automne. On préféra claquer la porte de la véranda ; c'est-à-dire que la préservation du cocon prévalut. Un état de fait, de fait parfaitement compréhensible, mais au demeurant cordialement inadmissible. Une différence de taille, puisque qu'en l'espèce elle se faisait pierre fondatrice, source et cause de son vache statut de ruminant. S'il lisait bien les divers tenants et aboutissants de l'affaire, il n'en acceptait visiblement pas du tout la tournure événementielle ; malgré ses nombreuses tentatives. C'était à chaque fois pareil : il analysait longuement et sagement, studieusement, décortiquait tout aussi prudemment, pour finir par tout balancer sans distinction particulière, alors qu'il restait émotionnellement pétrifié par l'inaliénable résultat de cette course, indéniablement ratée, certainement bien trop rapidement écourtée. Et lui, du coup, écœuré, oscillait ; et du même coup, irrémédiablement, s'enfonçait.

A l'ombre vilaine de gros et lourds nuages, Mike alluma une nouvelle cigarette. Il aimait par-dessus tout fumer sous la pluie ; de préférence par temps froid.

Rapporté à son humeur, le phénomène avait toujours été plus que parfait.

Il le maudissait, ce putain de pull-over rouge ; peut-être autant qu'il avait su proprement mais salement se détester à la suite de son choix. Le moment se prêtait au remord, ainsi qu'à l'amère régurgitation des empaffés le préférant au regret. Puis, fatalement, venait le tour de Sandra et des autres : ce n'avait été que du rouge. Alors pourquoi tant de haine ? Ça ne rimait à rien, finalement. Le rouge, ce n'était qu'une couleur. Il n'y aurait jamais dû avoir lieu de s'indigner ; surtout pas avec autant de véhémence ni de rageuse imprudence. Pour un stupide pull-over rouge ! Pour une bête couleur ! La vie était décidément trop injuste. Les gens trop cons. Le monde mal fait. Les réactions trop enchaînées. Au moins avait-il enterré sa naïveté, brûlé son insouciance au bûcher des maux d'amour… Au moins rien du tout, en fait, puisqu'il ne s'en remettait pas ! Qu'avait-il cru ? Que Sandra passerait outre son dégoût du rouge, que gagnée par ses arguments elle cesserait d'être horripilée par un anecdotique et irraisonnable détail ? Que leurs rares discussions avaient porté des fruits ? Qu'elle l'avait en somme écouté tout comme lui pensait modestement s'être identiquement enrichi à son contact ? Que le repli était la moindre des bassesses, que son automatisme pouvait se désenclencher ? Non. Il avait été trop con. Les choses ne tournaient pas ainsi. Pour preuve, elles n'avaient pas tourné ainsi. Irrémédiablement, les mécanismes de défense s'activaient ; les gens se protégeaient sans cure aucune du panache ni de la bienfaçon. Leur entourage aussi. Peut-être que toute somme pesée, cela comptait comme une expérience enrichissante... Enfin, pour autant qu'il eût pu la conclure ; ce qui ne fut pas le cas, ce qui ne l'était manifestement toujours pas. Une saloperie de pull-over rouge ! Bordel ! Même en le voulant, ça n'aurait pas pu mieux s'inventer !

Ne restait, après ces crises d'aigreur, que le pire : la propension à ne point s'aimer ; soi. Soit : après ce dur moment où la déconfiture, manque de pot, ruine aussi les espoirs de vieux os, Mike devait encore s'auto-flageller ; histoire peut-être d'achever une bonne fois pour toutes sa mauvaise candeur. Il faut toujours finir ce qu'on a commencé ; de préférence avec la manière. La garce providence l'a bien compris, coquine qui ne vous enfonce jamais pour seule moitié ! Prenant le plaisir comme il vint, le jeune homme souffrit donc jusqu'à la lie, se fustigeant à l'envi. L'envie, parfois, de rendre gorge pour ne plus tant tousser. Il ne pouvait s'en prendre qu'à lui-même, puisque Sandra le prévint en son temps du coloré blocage. Malgré l'effet brouillard – puisqu'il ne fallait pas prêter attention à la pleine totalité de son verbe, parfois si dépendant des effets de verve – il eût pu le noter. Il aurait dû. Et s'y arrêter. Sauf que ça avait été plus fort que lui. Sauf qu'il avait voulu savoir. Sauf qu'il avait tenté ce diable de détail. Alors quoi, peut-être ne devaient-ils pas finir ensemble...

Une autre fraise entama l'expiatrice et néanmoins extatique consumation de son déterminé temps de tabac ; nocive, rougeâtre, à l'instar des précédentes elle faisait en la matière un insolent pied de nez au coup du sort. Ce constat, il ne l'acceptait pas. Après tout, ce n'étaient là que des actions humaines. Aucunement le tragique effet d'un pathétique destin ; sans quoi c'eût été bien trop facile. Un choix qu'il avait fait, contre un autre dans lequel elle s'était pareillement entêtée. Ni plus, ni moins ; sauf que cela ne réglait pas plus moins que rien de son insoutenable et peu légère situation.

Il ne savait même plus pourquoi Sandra souffrait une si grande peur du rouge. Enfin, si. Mais c'était à son sens tellement illogique qu'il ne le tenait pas pour vrai ; si brut de décoffrage que ce pur ressenti ne pouvait en toute raison s'éterniser impoliment non poli. Pas plus aujourd'hui qu'à l'époque. Ou pas vraiment. C'est-à-dire que lui ne tenait pas – en vérité et puisqu'il avait fallu qu'il se le dise – l'illogisme comme réalité pleine et entière ; qu'il ne l'avait, du reste, jamais tenu pour tel. Comment, en fait, aurait-il pu s'y faire ? C'était en somme aussi simple qu'un syllogisme : s'il était une situation manquant de logique, et si l'on s'en rendait compte, alors il fallait la dépasser, autrement dit corriger l'erreur première. Sandra avait bel et bien répété sa maladive angoisse du rouge, mais pourtant sans la détailler ni l'analyser outre mesure, sans surtout l'enterrer une fois circonscrite sa fondamentale aberration ! Sans prendre son courage à deux mains pour cesser enfin de sans cesse repousser le barrage à demain. Sans dépasser, finalement, l'amiable et peu contraignant constat problématique. D'où, logiquement, sa tentative à lui ; puisque, tout de même, le traumatisme infantile lié au conte du petit chaperon – et, comme il s'était tout naturellement démontré, la peur subséquente des mauvaises et fatidiques rencontres sous condition de cette couleur – n'était pas une raison ne serait-ce qu'à demi suffisante à la sainte diabolisation du rouge !

Il avait donc essayé ; il avait donc payé, pour voir ; il avait donc perdu. « Veni, vidi, vici » ; mais de l'autre côté du pont, grossissant les ternes rangs du royaume des marcheurs de l'ombre, ces termes écartés un peu pour l'odeur et puis beaucoup pour l'histoire. Elle était donc partie ; pour de bon, avec charmes et bagages, enterrant les armes des ambages propres au jeu du deux, dans une exécution sèche et froide, sans grande humanité, en l'essence identique en chacune des brisures d'ailes de ces tristement désolées fins de partie…

Sandra s'en était allée, contre ses espoirs, et pour autant qu'il l'entendait aussi un peu contre leur chemin, tandis que lui s'en était bêtement immobilisé sur place, tétanisé, incapable de poursuivre un mouvement si brutalement contrarié, d'une manière au fond si peu saisissable à son sens et en la forme si catastrophique à ses sens. Il était resté là, pataugeant sans grâce dans un marasme boueux et nauséabond, incapable d'un miséreux bond parce-que misérablement enchâssé en sa perte, luttant à sa mauvaise manière contre un fantôme par trop discret, déjà reparti hanter un monde trop différent ; en ceci, il fallait bien le dire, un fantôme plutôt lourd puisque doublement hors de portée, de par le statut comme de par l'échappée. Il était resté là, avec pour seul faux positif l'amer constat déchiré d'une chute de la raison, ou de la fin quasi définitive d'une innocence. La sienne, pour le coup ; pour ce coup-là, au moins. Pour du rouge. Pour du rouge, c'est-à-dire pour rien, finalement, on pouvait donc tout laisser tomber. On pouvait tout renier ; on avait même effectivement renié l'historique déroulé d'une communion des êtres pourtant jusque lors assise plus solide que la futile anecdote, pourtant jusque lors telle promise. Il était resté là, n'avait rien été d'autre, et d'ailleurs même en partant ailleurs. Oui ; même mobile, il en était resté fixement perturbé. Le con !

Mike approcha le briquet de l'extrémité de sa cigarette, fixa sans pour sa part sourciller la pourtant tant sourcilleuse flamme, alluma l'une sèche par l'autre chaude sans la préalable et judicieuse précaution d'une sienne suspension de marche, et releva la tête juste assez tard pour frôler l'à-peu-près milieu d'une inconnue poitrine, dont la généreuse mais peu bavarde propriétaire ne prit ni peine ni temps pour recevoir les excuses qu'il manqua évidemment de prononcer, puisque bêtement et indélicatement hypnotisé par la preste contenance de ce surprenant vêtement pressant déjà le pas ; on pouvait toujours tortiller du cul pour marcher droit, il n'y avait au final pas à chier : à Miami, le rouge se portait plutôt bien !

Chapitre treize : Le prix du bonheur

Maïa fait contre mauvaise fortune bon cœur, dans un cœur pourtant teinté d'un léger brin de fortune, et en chœur d'une fortune à la vérité bien loin du maigre de son infortunée – née antécédente – expression. Elle n'a pas trop le choix, au contraire des moyens.

« On double la zone d'affichage ? Vous êtes sûre ?

- Oui. »

Oui ; sûre et certaine. Et pas seulement parce-que l'on s'enferme aussi facilement que confortablement dans l'arrêt décisionnaire. Et puis d'abord, de quoi se mêle-t-il, celui-là ? Encore un de ces « i », sombres idiots valant le réducteur simplisme isolant la lettre, qui rechignent à la ferme mais juste pose des si rigoureux points en se targuant orgueilleusement d'une approximation circonflexe de l'étendu chapeau... Encore un de ces vilains bonhommes. Encore et toujours le même, inexorablement fâcheux.

« Maintenant, si vous ne voulez pas de mon argent, je peux tout aussi bien m'adresser à un de vos confrères !

- Mais pas du tout, pas du tout. C'est tout comme vous voudrez !

- C'est tout aussi bien.

- Oui, oui. »

Ne manquerait plus qu'autre chose que cela, tiens ! La jeune femme s'obstine, tient en conscience à s'obstiner, et lui n'a absolument rien à y redire ! Après tout, s'entêtant à tue-tête, elle paye sa mélodie toute seule ; et lui encaisse. De tout le reste que cet aspect comptable et d'éventuels autres pratiques mais du reste tout aussi mineurs, rien ne le regarde. Enfin ; le fâcheux s'avère agréablement refroidi par leurs précédentes entrevues et n'insiste pas plus avant dans la veine de sa vaine bêtise. Quant à ceux que ce reste regarde dans les grandes lignes, tous savent d'expérience que Maïa fait exactement et en toute situation selon son bon vouloir ; plus foncièrement encore que tout ce qui lui passe simplement par la tête ou le plaisir ! C'est même pour elle plus qu'essentiel : d'une absolue nécessité, d'une implacable manière d'être.

Après tout, on ne sait que rarement avant l'heure le moment du départ, celui où l'on s'en va pour de bon, avant que de partir effectivement pour de bon sur l'instant. Avant cela, il faut qualifier sa vie ; c'est-à-dire faire en sorte que jusqu'à son soir, on puisse à presque tout moment encore se retourner, et rester en l'état fier de ce qu'on est en train de construire ou d'accomplir. Se donner les moyens de la requalifier en perspective. Il faut potentiellement au moins pouvoir régler la question de l'à-quoi-bon, tant elle se pose immanquablement à tout un chacun quand vient le souvent peu délicat temps du bilan d'entre deux aubes. La morale paraît précieuse, mais Maïa n'en croit rien et ne se fie surtout pas aux apparences ; car comme elle se rassure sur son chemin, elle stagne aussi de moins en moins dans la peur du saut fatidique ! Et peu importe, en fait de fond du fonds qui fond, que l'on qualifie ledit bond de moribond terme ou de potentiel et gracieux rebond. Il faut ne pas avoir de regrets quant à ce qui est à notre portée immédiate, en nos conditions d'existence, pour pouvoir affronter la césure – en tout état des choses – à peu près tranquillement. Apaisé, en quelque-sorte, de ne pas rien laisser derrière soi, de ne pas avoir foutrement mal perdu son temps. Et si Maïa se doute, sans doute aucun, qu'elle ne laisse à ce jour pas grand-chose à ses contemporains, sachant pourtant son rôle de réactif social prépondérant à celui des autres en regard des critiques dont on l'affuble sans réserve particulière, elle se satisfait pleinement de peut-être malgré tout quelque-part renforcer ses congénères dans un positionnement d'eux-mêmes ; que ce soit au fond à leur propre encontre ou à la sienne, peu importe vraiment et peu lui importe en tout cas, puisque la définition persiste.

La tête, de fait dorénavant bien faite, en tête-à-tête avec sa quête qui tète le faîte non fait d'une fête du tête-à-queue mais pas que, que nenni, chasseuse rejoint la gourde. C'est presque une habitude, en ces temps de campagne ; comme une halte pour boire. Elle s'y désaltère, à la gourde tendance cruche, à défaut de la source vraie de ses espoirs, sans renâcler à la qualité de cette temporaire monture certainement nourrie d'ivraie, dont elle n'attend de toute manière pas plus longue ni plus belle course qu'un âne bâté.

« Salut Carole.

- Salut ! Et d'où tu arrives, avec cette mine joyeuse ?

- De chez l'imprimeur...

- Encore ?

- Encore.

- Avec le même message ?

- Toujours, oui. Mais avec un périmètre élargi !

- Tu n'abandonnes pas, hein ?

- Non. »

Jamais. Le présent café, quartier-général de fortune, en donne suffisamment l'exemple, puisque les deux jeunes femmes s'y retrouvent invariablement depuis quelques semaines pour faire des points de néant ; comme d'autres d'ailleurs brodent à blanc, attisant par délice ou malice des volées de bois vert vertement lâchées sur les heureux ménages de torchon et serviette, ou de chèvre et de chou. Et pourquoi pas ? A chacun selon ses moyens de se divertir...

« N'empêche, tu changes, ma Maïa. Tu te rappelles de ton ancien dicton ? »

Maïa sourit, pour acquiescer au besoin sans pourvoir à celui du verbe.

« Parfaitement !

- Que s'il n'a jamais baisé s'avance le premier Pierre, (...)

- (...) ou Paul, ou Jacques, on ne va pas faire une scène pour le nom d'un adieu ! »

Les rires sont francs, partagés et fatalement aussi peu convenus que contenus. On a cloué au pilori pour un peu moins que ça.

« Et si Simon l'apprend ?

- Il suffira qu'il ne demande pas, que personne ne le lui dise ; je veux dire : naturellement, que personne n'en parle, parce qu'il n'y a pas besoin d'en parler. Parfois, l'amour tient au silence tu sais. Je n'avais pas alors l'odeur de ma sainteté, d'accord ; mais c'était alors. C'est comme on dit : après la pluie, vient le beau temps. Mais pour profiter du soleil, il ne faut pas penser aux nuages. On peut garder nos cochoncetés ensemble, chacun de son côté.

- Tu parles de sexe ?

- Non ; enfin, pas que. Je parle de l'amour, celui qu'on gratifie d'une majuscule. Du sentiment, si tu veux.

- Ah, d'accord. J'ai du mal à suivre ; tu mélanges beaucoup trop les expressions et les mots ! Et puis ces mots-là, justement, à propos d'amour et de sentiments, ce ne sont pas les tiens, d'habitude ! Ce n'étaient toujours pas les tiens, il n'y a pas encore si longtemps que ça.

- C'est vrai. C'est parce-que bien souvent, les mots sont pour moi comme les hommes : mal couillus, ou mal cousus. Ils me déçoivent ; comme des putes trop racoleuses, comme des fleurs mal cueillies. Ne sauve tout ce bordel que les partouzes de bouquets, les orgies de rencontres, où je peux encore composer une instantanéité, parce-que la place est grande et le bazar touffu… C'est un peu l'idée d'une vraie nature des cuisses, si tu veux, où – passe-moi l'expression – pour joindre les deux bouts, moi, je dois me sentir créatrice et libre ; libre d'être créatrice. Et je suis comme tout le monde : pour vivre, pour exister, je crée avec ce que je vibre. »

C'est bien sûr faux, pour partie. Pourtant, la subjective reconstruction, rétrograde, fait effet et suffit, passant inaperçue en tant qu'elle.

« Des cuisses dont tout le monde parle encore !

- Alors il suffira de ne pas croiser tous ces gens…

- Vaste programme !

- Oui ; mais il faut croire au pouvoir du silence, autant qu'à ses bienfaits.

- C'est-à-dire ?

- Il ne faut surtout pas croire qu'on doit ni qu'on peut toujours tout dire.

- Tu ne pourras pas tout contrôler. Y'en a bien un, ou une, qui finira par lui glisser que tu n'as pas sucé que des glaçons…

- Et alors ? Pourquoi ferait-il plus fine bouche ? Lui n'aura certainement pas mangé que les bonnes vieilles tartes de maman ! Tu vois, ce sera kif-kif bourricot : un point pour le braquemart, un point pour l'abricot ! Et toi, tu n'as plus besoin de chercher le traquenard de l'asticot, si tu me permets cet élan grassement poétique.

- Tu veux dire que je n'ai plus besoin de chercher la petite bête ?

- Tu vois que tu comprends mes expressions !

- Moi, tu sais...

- Oui ! Toi, dès qu'on parle de cul, tu es comme une enfant hyperactive, à qui on aurait dit : pipi-caca... Alors je vais tâcher de ne plus évoquer le sujet !

- Parce-que tu crois que c'est faisable, toi ? Qu'on va tenir longtemps, toutes les deux, sans en parler ?

- Bien sûr. Je te rappelle que tu es la seule responsable de la tournure graveleuse de cette conversation. C'est toi, qui nous as lancées sur cette voie. C'est donc surtout toi, encore, qui dois t'abstenir de déraper...

- Parce-que tu crois que c'est faisable ?

- Bien sûr ! Abstiens-toi d'ouvrir la bouche, c'est tout !

- Eh ben, merci... J'ai bien fait de venir, moi ; pour me faire demander de fermer ma gueule !

- Allez, Carole, ne prends pas la mouche aussi vite ! Ce que je veux dire, c'est que même si tu penses à une question en rapport avec le cul, tu t'abstiens de la poser. C'est faisable, après tout. Et la conversation se poursuivra d'autant mieux, sur un mode moins gras. C'est un peu comme deux amoureux qui ne doivent pas se demander s'ils s'aiment...

- Depuis quand ? On ne doit pas savoir si l'autre nous aime ? On ne peut pas lui demander de nous rassurer ?

- Si, bien sûr que si ! On doit exactement savoir qu'il nous aime ; mais pas le lui demander. C'est là que je dis qu'on peut aimer en silence ; dans ce silence-ci, qui ne conditionne pas la réponse à cause du jeu de positions… On n'a pas besoin d'être rassuré ; et même si on en avait besoin, on ne doit pas céder à l'envie de le faire aussi égoïstement.

- Egoïstement ? Ce n'est pas un truc qui est censé être bien pour les deux, de savoir qu'on s'aime ?

- Non, surtout pas. C'est très égoïste. C'est soi-même, que l'on veut rassurer, par défaut de confiance dans le couple en question. Ou par défaut de confiance en l'autre. Peut-être même par défaut de confiance en soi, ou en ses propres sentiments, va savoir ! Mais ce n'est nullement une question axée sur le couple ; ni encore moins bénéfique pour lui, puisque l'on force une réponse, bonne ou mauvaise, contre l'émergence naturelle et spontanée d'une déclaration. On réduit la formulation au fait d'être une réponse et la réponse à son terme binaire.

- Je ne l'avais jamais vu comme ça.

- On dirait bien. En tout cas, voilà ce que je pense.

- C'est peut-être bien là le problème. »

Maïa note intérieurement que cette phrase est une grosse merde immonde et dégueulasse, et qu'on ne devrait pas la chier inopinément sur le parterre de son voisin sans assumer pleinement son propre statut de parfait trou du cul conséquemment suintant. Cette phrase et ses implications futures. Mais elle ravale sa salive, parce-que cracher sur une boule puante ne l'empêche pas d'atteindre sa cible ; et parce-que la légitime défense n'évite même pas les éclaboussures. Elle laisse donc venir avec panache, droite et fière ; telle une colombe tendant la joue au baveux crapaud vindicatif.

« C'est-à-dire ?

- Est-ce que tu ne penserais pas un peu trop ? Je veux dire, Simon, il va bientôt falloir lui donner un mode d'emploi, une sorte de manuel de l'amour "maïen"... Est-ce que tout ça ne devient pas un peu trop compliqué pour se vivre encore ?

- Pas du tout. On discute toutes les deux d'une structure théorique, certainement préexistante à l'événement ou a minima sous-jacente à tout événement en tant qu'événement. Ce qui ne veut sûrement pas dire qu'au point de vue du phénomène humain, à l'échelle et à l'instant de ma phénoménologie, j'aille la placer avant mon vécu de l'instant ! Il y a comme un court-circuit qui s'opère entre les différents vecteurs constitutifs de notre être, au moment de l'instant, faisant prévaloir un seul de ces vecteurs ; une sorte de primauté phénoménologique, qui fait que je ne peux pas oublier mon humanité à l'instant où je la vis, pas dans sa praticité en tout cas – car quant à la notion d'humanité, c'est encore discutable dans la considération d'une structure plus large, tant dans l'inscription que dans l'historicité... Mais donc, pour le reste, sur le moment, ça collera ou ça ne collera pas.

Tout simplement. Ce qui traduira aussi, par accident, une correspondance entre nos deux modes d'être...

- Tu es vachement raisonnée.

- Je crois, sincèrement, que c'est le prix à payer.

- Pardon ?

- Pour être heureuse. Comme si on pouvait être bien sans ; comme si on ne pouvait être heureux qu'avec.

- Et les moutons ?

- Quels moutons ?

- Ben, ceux que la vie prend pour des chèvres, en leur faisant croire qu'ils sont comme les autres alors qu'en fait elle a sacrément rogné sur la qualité des trois fées ; et peut-être même aussi sur le bois du berceau...

- Les moutons n'ont pas de dessin général, ils n'ont que de tristes et bas desseins par trop momentanés et circonstanciés. Ils ne sont pas heureux, parce qu'ils ne peuvent pas l'être. Attention, hein, je ne dis pas qu'ils ne pensent pas être heureux ou pouvoir l'être, qu'ils ne pensent pas vouloir quelque chose ni penser quelques choses. Je ne dis pas qu'ils ne sentent pas le fumet du bonheur. Seulement, voilà : structurellement, c'est impossible. Le bonheur n'est pas fait pour les moutons. Le bonheur est réservé à un certain niveau de conscience, que les moutons n'ont pas : celui qui sait devoir perdre son droit au bonheur pour encore pouvoir le vivre.

- Je ne te suis pas.

- Ce n'est pas étonnant, ni grave, ni même gênant. Tu n'as qu'à retenir que si je suis raisonnable, c'est pour être heureuse ; pour ne pas pâtir du drame des Hommes, qui ne savent pas se tenir à la Raison. Tu n'as qu'à savoir que le bonheur n'est pas un état de fait à l'accession duquel nous pourrions faire valoir notre droit. Tu n'as qu'à te dire, finalement, que le bonheur est une heureuse surprise et que la surprise se prépare par l'abandon raisonnable. Dans tous les domaines et en toutes circonstances. Sauf, bien sûr, pour les moutons, qui n'ont pas besoin d'abandonner une raison qu'ils n'ont pas ; mais qui, du coup, ne payant pas leur abandon raisonnable, ne goûteront jamais autrement qu'à leur bas niveau de conscience la qualité vraie du bonheur. Ce qui veut dire en réalité qu'ils n'auront rien de plus qu'un ersatz simplifié de bonheur.

- Tu fais des très grandes phrases pour pas grand-chose, en fait.

- Si tu veux. Mais il faut prendre la peine de correctement s'expliquer, malgré la peine de ne pas être entendu, malgré la lourde dîme de ce risque. »

La tête de Carole semble quelque-peu vexée par la petite pique de Maïa, tant elle se balance au bout de son expression. Tant pis. Ne mésestimons pas la nécessité de marteler les crânes. L'omelette vaut bien le prix des œufs. Et il faut encore l'assaisonner, puisque reste à lui exposer le temps d'amour, raisonnable s'il veut dépasser l'amouraché, ainsi que le coup de chance, c'est-à-dire l'impérative obligation de prendre les choses comme elles viendront, à l'instant où elles viendront – autre maxime enjoignant au possible déroulant.

La bécasse, pourtant, n'attend pas de savoir à quelle sauce elle va être achevée et rompt la course réflexive par une onomatopée peu raisonnable en la circonstance, s'abstenant même de déclarer que Simon conserve de grandes chances de ne pas correspondre à tant d'attentes, pour autant encore qu'il finisse par se manifester. Ce qui fait, là, soudain, malgré tout, comme un léger semblant de drame.

« Hiiiiiiiiiii ! »

Maïa fixe la gourde, vide, qui fixe un rien.

« Regarde derrière toi ! »

Elle se retourne et l'aperçoit ; grand, majestueux, beau, brillamment resplendissant, énigmatique, débordant de classe, parfaitement imposant... Bref ; il est là, à quelques mètres à peine.

Chapitre quatorze : L'impérative impératrice mythomane

Si, si. Une masse première fondamentale. Et qui finira demain par se suffire, encore, chez ces quelques-uns suffisamment combatifs pour se faire privilégiés, ou par s'éteindre doucement chez ces autres tout juste correctement pourvus pour se vautrer en la jouissive déchéance de leur être. Une masse variable, en somme d'une certaine mesure ; directement dépendante de l'énergie appliquée à son encontre ; et qui nous gouvernera tous, à l'aune de nos démesures.

Mateo comme les autres, qui prendra sans le strict pied de la lettre ses rêves pour de la réalité, en vertu de ladite masse ; qui altérera son monde en le mode de celle-ci, c'est-à-dire en fonction d'elle. Et ce sera ainsi, alentour et conformément aux principes précédents, à qui portera l'élément-sien le plus lourd, à qui le partagera au mieux, à qui agglutinera de nouveaux éléments – aux natures moins stables ou du moins moins certaines – autour du noyau surgit de son sien-monde et constitutif du nouveau-monde. A qui mieux mieux gravitera – au sens où je gravite et toi aussi, ainsi que les pronoms suivants. Tout ceci sous-entendant bien entendu que le porteur de masse sache entendre par un moyen quelconque la présence ainsi que la qualité des autres masses environnantes, puisqu'enfin l'interaction ne saura jamais s'opérer sans une communauté même partielle de conditions.

Imaginons encore, puisque Mateo ne manquera pas une occasion de nous embêter au possible, qu'en corps de masse se situe bien l'essence phénoménologique – on nous accordera au moins celle d'action. Que cette masse première fondamentale existe, donc, et surtout qu'elle joue un rôle premier en phénoménologie, en appelant le rêve, c'est-à-dire en quelque sorte en enjoignant cette aspiration volontaire ou semi-volontaire qu'est le rêve au rang de principe sous-jacent de la cinquième force, en tant que sa première unité – au niveau individuel et considérant la qualification directionnelle du vecteur subjectif, c'est-à-dire l'impossible commutativité neutre de l'origine avec la source. Autrement dit, et pour résumer : que la masse première fondamentale existe en tant que nécessaire continuité logique et antériorité factuelle soutenant la gravitation phénoménologique.

On ne blâmera pas Mateo de tenter la cohérence systémique, même par accident, de ne pas se suffire d'en rester au mièvre compte d'une invisible force. Sauf à abhorrer la complétude.

La proposition naîtra hasardeusement ou presque d'un nouveau constat, puisqu'à force de loi répétitive on ne se change pas : certains mondes se suffisent, certaines masses se supportent assez pour ne pas nécessiter l'agglutination hors la volonté de conquête. Certaines. Pas toutes. Pas forcément pour ni depuis toujours non plus. Mais enfin Mateo les verra bien, lui. Ce qui ne sera pas sans nous remémorer une démarche et des affirmations antérieures, mais qui tiendra pourtant un lieu très différent.

Ce petit morceau d'humain, par exemple, qu'il aura croisé on ne sait où. Par exemple se révèlera relativement timide ; la faute à qui, dont ne saura pas très bien pourquoi ni d'où il aura pu venir. Tant pis. Tant mieux. Car timide et peu enclin aux massifs processus sociaux, en tout cas, le par exemple. A qui, par exemple n'en voudra pas, puisqu'on ne peut honnêtement, même par exemple, en vouloir à qui, que ce soit lui ou un autre, sans savoir qui est qui. Et puis cet à qui ne profitera jamais de quoi que ce soit, entendu son indéterminisme acquis. Alors, encore une fois, à qui par exemple pourrait-il en vouloir ? Non. Revenons donc par exemple à nos moutons et aux siens : timidité et réserve. Par exemple, de fait exception à la règle de la cinquième force, pourra naturellement nous servir d'exemple. Par et pour l'exemple, son altesse la masse première fondamentale, puisque suffisamment isolée pour mieux se faire saisir, puisque suffisamment circonscrite pour se comprendre clairement !

Par exemple, un rien détaché, n'agglutinera pas ; ou pas vraiment, devant bien se contenter de se mouvoir quasi tout seul, en quelque sorte selon sa propre force et de son propre élan. Par exemple, pour autant que Mateo puisse en juger, tiendra ainsi de l'élément relativement singulier. En pleine navigation restreinte, par exemple. Qui ne comptera que sur lui ; même si qui, lui, n'y sera pas pour grand-chose. Passons, en notant que dorénavant, qui, qui de qui, point final, ne se dissociera plus, ne sera point encore chose autre que qui. Fermée la burlesque parenthèse, restera par exemple, au fait de sa première masse. Mais néanmoins apte au mouvement, et voilà toute l'essence ! Car, réduisant l'interaction au possible, par exemple ne manquera pourtant pas d'exister, en lui et par lui si l'on veut ; démontrant sans plus tergiverser que l'interaction phénoménologique repose sur une masse première propre aux individus, laquelle peut en somme s'autoalimenter en l'absence d'efficace ou de nécessaire du processus d'agglutination des probables environnants : par exemple le premier, qui timidité excessive aidant tracera son bonhomme de chemin en la seule considération de se porter soi bien, dans une close suffisance de son sien-monde.

Nous venons de le voir : par exemple n'aura pas été gâté d'une grande tendance naturelle aux foules, ce qui tout bien considéré en fera un exemple accidentel, mais ce qui d'un autre côté restera purement anecdotique en regard du simple rôle statutaire d'exemple. Ce qui le poussera régulièrement à tourner en sa propre bulle, comme tant d'autres. Ce qui ne l'empêchera pas de la voir grossir, s'épaissir, se tordre aussi en des mouvements vers l'extérieur aptes à captiver tout quelconque spectateur. Ici, la création d'un monde-à-prendre ; enfin, passons pour le moment. Par exemple, moyennement petit, appréhendera le monde selon ses règles propres et quelques-unes communes, et souhaitera devenir artiste. La belle idée, pour laquelle pas un ne le soutiendra en vertu de sa sale gueule et de son accent fort, personne ne croyant comme lui à ses chances de réussite. Sauf par exemple, encore une fois d'une foi bien entendue, qui persévèrera et continuera à produire des chansons, autant qu'à les crier autour, à dégueuler tantôt sa joie tantôt sa peine malgré l'absence d'égards à lui offrir au moins une bassine pour recueillir sa bile. Tant et si bien, qu'à force d'entêtement en son entendement, il décrochera son rêve de la toile des attentes pour l'inscrire en la réalité. Saperlipopette de ce par exemple, qui aura fait sa prose sans même le savoir, en même temps que le lit d'une conception de Mateo ! Car, par exemple faisant, pour lui, sa vie, il n'en démontrera pas moins la pleine véracité des masses, en ceci qu'une première fondamentale sait se porter seule et constituer un monde, même réduit à cette minuscule peau de chagrin. Car, encore, depuis cette suffisance, et une fois l'établissement du nouveau-monde – déjà un peu extérieur à par exemple, en tant que rendu accessible aux autres – avéré, d'autres viendront petit à petit confirmer la valeur de sa masse et le prendre pour monde à leur tour, ou pour partialité de monde, l'adoubant finalement par là exactement où ils l'auront préalablement dénigré, lui octroyant un statut jusque lors passablement déconsidéré hors celui du possible improbable, voire du probablement impossible.

Mateo, brièvement condamné au silence par exemple et par contumace, puisque temporairement en retrait d'un déroulé chronologique, pourra dès lors s'enorgueillir de nouveaux morceaux de théorie venant s'ajuster aux précédents, invalidant de fait l'idée que les absents ont réellement toujours tort : le par exemple, parmi d'autres, se mentant si l'on veut quant à la réalité construite de son statut d'artiste, aura en effet poursuivi ce sien-rêve qui n'aura initialement existé que dans son sien-monde, hors le champ du réel communément admis, pour parvenir à l'inscrire dans le commun-monde après lui avoir entre deux temps donné une existence relative puis semi-pleine. Où, de manière exacte, la masse première nécessite le mensonge du rêve face à la réalité...

Ce qui fera, si nous comptons bien, un enchaînement plutôt complet, depuis ce par exemple exécuté pour l'exemple d'une passagère démonstration de la cinquième force, assise sur la masse première fondamentale. A n'en pas douter, le choix d'une normalité restreinte – en une globalité synonyme de situation expérimentale – à notre exemple n'a rien d'anodin ; mais pour autant, le processus d'alimentation ou de dépérissement de la masse première par son sujet conserve une forme de validité lorsque réinscrite au réel et à son inhérente complexité. En effet, sous condition de prendre par exemple plus normal que son exemplification, c'est-à-dire pour le coup plus classiquement investi de qualités socialisantes et, donc, de rapport à la force gluante, nous verrons sans broncher le déroulement d'une chronologie parfaitement identique en son utilisation de la masse première lorsqu'elle ne se limite pas à un cas d'école hyperbolique par essence un poil poussif – et encore que...

Par exemple, ou tout autre, chargé d'une quantité donnée mais non fixe de masse propre, évolutive en somme, pourra éternellement la valoriser en ne considérant qu'elle seule, autrement dit la faire fructifier ou non, ou la laisser perdre de sa valeur, de son importance ; au moins dans un premier temps. Toujours, déjà, à l'origine, ce rapport strictement à soi de la masse première et fondamentale. A contrario de par exemple, d'autres se seront éventuellement faufilés pour nous prouver que leur masse aura pu se fondre sans problème aucun dans la générale ; mais alors en vertu de la considération initiale de l'état de cette masse en tant que masse première, et non parce qu'elle aura proprement appartenu à la communauté comme fournissant les singularités. Loin de subir l'effet d'un individualisme latent, la théorie des masses, et partant, par extension, de la cinquième force, organise son cheminement logique en fonction d'une échelle proprement humaine : oui pour une communauté, oui même pour une transcendance du singulier par ou dans le multiple, ici synonyme de communauté et non de membre de la multitude, mais absolument non pour la prévalence du multiple sur l'un ! Pas à cette échelle, pas en phénoménologie, donc pas dans le quotidien des Hommes ni dans leur appréhension des mondes en tant que, eux, membres du vivant et acteurs desdits mondes !

Car, toujours embarqué dans son sien-monde, englué sans pouvoir jamais vraiment s'en dépêtrer dans sa propre masse fondamentale née première, ce sera éternellement à l'aune de sa jauge des possibles du réel que l'individu évaluera son environnement ; soit en comparant ce qu'il rencontrera, de brutalité factuelle ou d'autres mondes subjectif, en rapport de ce qu'il aura déjà, dans une cascade originairement ordonnée des mondes sien, nouveau, commun puis leurs. Et si les rapports perceptifs sauront en cours ou en finalité de chaîne s'inverser par réciprocité théorique des considérations, rien ne pourra discuter l'antériorité historique de la constitution du phénomène d'un sur la perception des plus-ou-autre-que-un. Ayant accordé l'hypothèse d'une cinquième force, on ne reculera donc pas en refusant la masse première fondamentale, au titre suffisant que l'individu, tous exemples confondus, commence par soi – même en rapport à l'autre – et se construit, tant qu'il y est parfois, par lui-même, sans appropriation annexe de masse, sans gravitation qui le définisse en propre en retour au déni d'une constitution déjà sommaire.

Mateo, peu ou pas magnanime, n'accordera pas, à la lumière des événements rencontrés, qu'on dénigre son monde en le gratifiant d'une envolée ubuesque. C'est que Mateo n'aura jamais aimé les foires relativistes, où chacun pioche et joute comme il l'entend sans le recul comparatif des conséquences de l'action ni des validités systémiques inhérentes aux propositions de monde. Reprenant par exemple, il insistera pour borner encore un peu plus correctement le champ de son possible, en prenant soin malgré tout de ne pas lui apparaître aussi rigide en ses positions que le laisseront supposer les circonstances de son expression : par exemple aura voix au chapitre contradictoire.

Mais nous en tairons la futilité, consentant par suite sans supplémentaire mot dire à cette masse première fondamentale, fondamentalement modulable par premièrement nous et exigeant comme nécessaire la mythomanie d'une volition aspirant à ses propres rêves ; consentants, en somme, au dévoilement systémique de la cinquième force depuis l'imbrication initiale de ses rouages à l'échelle singulière.

Chapitre quinze : Un amour, deux jeunesses

Ce n'était pas exactement comme une panacée non plus ; rien qu'un simple moyen de faire avec, une sorte de dichotomie existentielle un peu bancale, rendant péniblement mais sûrement apte à la résilience depuis une quotidienneté empreinte de lassitude et de banalité. Comme si Mike était né une seconde fois après le candide enterrement de sa naïve innocence amoureuse. Comme s'il avait dû. C'était une deuxième vie, loin des yeux et du cœur ; sans plus les uns sur Sandra et sans trop le second à l'ouvrage. A moins qu'il n'ait toujours été désabusé...

Ses journées passaient comme ses années, moroses, aux petites pointes de joies circonstancielles, comme des joues rosies par l'émotion mais pas vraiment mieux réchauffées pour autant. Miami valait au moins le détour de son accomplissement professionnel ou social, et plus encore celui de son éloignement d'une mémoire des lieux et des gens. Dédaignant géographiquement parlant son pays, il avait aussi abandonné ses anciennes pratiques : fini, le temps de l'illicite psychiatrie, au profit d'un psychotrope moins dangereux pour sa propre constitution, l'alcool, puisque son premier par défaut, l'amour, faisait par trop sa chienne pour lui offrir reconversion. Ou presque, ou pas que. Mike tenait dorénavant un bar, sur la plage. Ou presque ; ou pas que. Pas un banal débit de boisson, en tout cas, plus un petit lieu sympathique et franchouillard, dans un écrin ce qu'il fallait de kitsch pour appâter le chaland ; origines obligent. Mais à proximité du sable, et au soleil, la plupart du temps. Son soleil à lui, au moins ; sa chaleur. A la moindre contrariété d'humeur, il pouvait ainsi se réfugier sur la plage, relativement seul au monde sans avoir besoin de le quitter vraiment, tandis que le reste du temps lui offrait la satisfaction d'avoir touché son but.

Restaient, tout de même, ces quelques variations à la ligne, cette inconstance régulière consécutive et sans doute aucun directement subséquente à l'acte qui s'était fait à la fois ciseleur et créateur de possible, sorte de maïeutique du drame d'où ressuscitent les torturés pour une tentative nouvelle, ternie d'une illumination au prix astronomique en regard de ses éducatrices cicatrices. L'avant et l'après, en quelque sorte, telle une histoire de sa grande guerre à lui, sans les années glorieuses pour suivre...

Car s'il tenait ses ambitions, c'était sans le plaisir d'y être. En se vautrant dans l'événement, à l'intime prise avec sa propre vie, Mike avait accouché d'un Mike bâtard, quoi qu'il décide de faire irrémédiablement lié à l'expérience Sandra, encore à demi teinté par elle et en elle intriqué tant qu'il en resterait intrigué. A dépatouiller, ça faisait une drôle de mélasse pour un joli bourbier, une chanson à l'air bien connu qui ne proposait au jeune homme que de sombres refrains quotidiens, sans l'âme poétique des assoiffés du monde, sans l'altération réconfortante autrement concédée à qui peut gracieusement s'y désaltérer. Chaque jour comme un autre, d'ailleurs.

Il avait quand même embarqué toutes ses affaires, celles de Sandra laissées par elle, sans considérer plus avant que le bât l'y blesserait probablement. Des souvenirs physiques, matériels, qui de toute façon ne changeaient rien au fait qu'il ne la mettait pas de côté en ne tournant pas la page émotionnelle. Avec ou sans cette matérialité mémorielle et son aisance à la parcourir si régulièrement, il se torturait tout aussi bien, avançait toujours aussi peiné d'avoir à mettre un pied devant l'autre comme si l'un ou l'autre devait finir par effacer cette autre empreinte, lorsque la collection aurait été suffisamment complète en sa longueur. Ce pour quoi, finalement, était né le hiatus : ne parvenant pas à intégrer la perte, il avait mis de côté comme une partie de lui, qu'on pouvait à sa guise nommer innocence, et puis avait tranquillement laissé l'autre avancer. Le renouveau existentiel s'était de fait exécuté au risque avéré d'une accomplie scission de l'être, lequel n'avait plus dès lors pu affronter l'extérieur en son entièreté propre ; lequel n'offrait plus logiquement qu'une maussade et légère amertume, demi-goût d'une existence dont on se protège en la circonstance aussi bien qu'on ne l'apprécie plus. Là était donc né demi-Mike, qui errait, fantomatique, en les couloirs de sa propre vie, tombant en un tiroir ou un autre sans ni vive inquiétude ni réel soulagement, si commode avec les événements qu'il n'en espérait rien !

Des fantômes taillés – sans la forme du même dessein – à son image, son commerce américain lui en proposait une nouvelle flopée à chaque service, tous et chacun venus prétendre que tout allait bien tout en refusant de sonder autrement que saouls les profondeurs de leur mal ; tout un chacun, sous un généreux couvert de fête, venu brûler le résultat du travestissement de son instabilité chronique en cette joie partagée sur l'instant mais nécessairement éphémère, propice comme pas deux à l'éclosion du doute peu savamment enfoui…

Mais il appréciait leur compagnie et le flottement léger de cette communauté des improbables abîmés du comptoir. Il affectionnait aussi particulièrement, cela va sans dire, cette sienne dénomination de l'affaire – pour peu originale qu'elle puisse être ! Entouré de cabossés, il se rendait moins pressamment compte de sa propre douleur ; la plupart du temps en tout cas. Et puis le spectacle, humain en sus du distrayant. L'un dans l'autre, sans approfondir autant, l'ambiance n'était jamais si mauvaise que cela. Alors les gens revenaient. Comme toujours : pour la double fête. L'officielle, entraînante, et l'officieuse, du désespoir. Lui encaissait, les petits sous qui valaient les bons amis, et ça valait bien aussi son silence à lui-même. De toute façon, celui qui aurait pu parler, c'était celui-là même qu'il avait laissé derrière, l'autre moitié de Mike. Alors à quoi bon s'offusquer pour un détail si petit qu'il avait pu se trouver, déjà, mis de côté, et qu'il se résumait ou s'expliquait approximativement en la vacuité générale des êtres ?

Et quand bien même il pouvait lui en prendre l'envie, la ville proposait encore une longue liste de distractions. A chaque heurt sa passion : Mike partait en jet-ski, en bateau, en plongée ou en hélicoptère ; tout plein d'activités fort peu enrichissantes mais dont le mérite premier consistait à remplir pieusement l'office d'insatiable dévoreur de temps. Et puisque l'appétit vient en mangeant, on n'en avait jamais fini. Et puisqu'il fallait mourir comme on avait vécu, la promesse d'une tendre rapidité de l'exécution valait bien la vive futilité des journées, enchaînées sans excès d'empathique compassion, à la manière des cartouches du ball-trap ou de celles des cigarettes.

Parfois, Mike songeait à rentrer ; à la possibilité de. Un retour au bercail assez tentant en l'idée, mais dont l'idée justement ne faisait jamais long feu. C'eût été admettre une erreur, reconnaître qu'il n'avait pas pleinement réussi, qu'il restait touché par sa vie d'avant et que le garçon supposé enterré n'était pas complètement mort ; que l'assassinat pragmatique de son espoir secret n'était que de la poudre aux yeux. Alors il tenait bon, s'accrochait coûte que coûte à grandir malgré lui, à poursuivre cette croissance amère.

Rentrer pour faire quoi, d'abord ? Au-delà de ses radieuses ambitions, il n'allait tout de même pas changer encore de contrée pour reconstruire à l'identique sa structure quotidienne... Ici ou là-bas, il ne renaîtrait plus, puisqu'il l'avait déjà fait, puisque perdurait la cause de cet état de fait. Il pouvait donc parfaitement rester là, à se contenter de tranches de vie sans leur assaisonnement. Ce qui ne signifiait nullement qu'il ait dû renoncer à toute socialisation hors la partie professionnelle : il avait bien des amis, des proches auprès desquels il aimait passer du temps et qui appréciaient en retour de lui en accorder. Des proches qui le connaissaient un peu, ou un peu plus que ce dont ses clients pouvaient se targuer, même si la superficialité inhérente aux contacts humains favorisait parfois au milieu d'une incompréhension chronique les tristes générosités valant présentation d'hypothétiques âmes sœurs, ou de coups d'épée dans l'eau pour refroidir le bouillant métal de la lame... Et comme Mike ne souhaitait toujours pas froisser les gens, il jouait le jeu de la rencontre sous l'apparence de son double, demi-Mike, fréquentable en ses absences.

A l'instar de cette soirée et de cette belle, proposition vainement émanée d'un tiers : Mike l'écoutait, l'œil et la personnalité même par moments correctement enjoués, mais l'être profond infiniment placide, parfaitement contemplatif, avec le retrait, de ce déroulé de vie résolument actif, de cette singularité pleine d'une vitalité dont il ne se faisait plus, lui, que quelques vieux souvenirs à la saveur désuète. Mike sourit, tandis que demi-Mike poussait du couteau les minuscules choux de Bruxelles dans sa cuillère, lesquels accompagnaient fraternellement une viande en sauce ; il n'avait pourtant rien contre elle, sinon sa non-exacte correspondance identitaire avec Sandra. Absolument rien contre elle, du tout, sinon l'absence de goût. Un légume éclata, presque, se délestant brutalement de son trop-plein de jus comme pour mieux se rappeler au bon souvenir de la molle et distraite dégustation. Il aurait pu en être de même avec la blonde, pourtant Mike préféra sortir s'en griller une, non sans s'excuser de ses vilaines manières en une confusion très à propos. Comme si, détail anodin pour tant d'autres, l'explosion buccale et son appel aux sens requéraient immédiatement par suite une totale liquidation par le vide des ouvertures de possible. La tentative généreuse contre le néant absolu de la vacuité dissipée en fumée, dans une démesure des mesures à la mesure de l'équilibre. Surtout, ne pas laisser perdurer l'ouverture sensitive, ni même son hypothèse.

Elle ne proposa pas de le suivre, ce qui lui évita de dépasser plus avant, encore, le point d'impolitesse rendu nécessaire par ses siennes circonstances.

Mike pensa, aussi gratuitement qu'inopinément, que celle-ci ne changerait rien au compte ; l'après ne manquerait certainement pas de se poursuivre terne. Doté d'un brin de courage – ou de goujaterie – supplémentaire, il aurait même volontiers filé en douce, si ne l'avait retenu sa bonne vieille éducation. A bien y penser, justement, tout ceci était peut-être bien tout aussi bien pour elle, à défaut de lui profiter singulièrement. A force de le dire on s'en convainc, et c'est toujours le con de soi qui de l'autre, pas moins con ni moins soi, ducon vainc. Une certaine idée de la tendance naturelle à la symétrie…

Oui, en y repensant, mieux valait qu'elle n'espère rien de plus, qu'elle ne se persuade pas pouvoir prétendre à l'intéresser vraiment. Non que ce soit intrinsèquement vrai, tant il aimait le genre humain, mais autant qu'elle se le figure, reléguant à l'improbable tout futur entre eux deux et s'épargnant l'exposition raisonnée du devoir de réserve. Car Mike ne se gardait pas inutilement de tout engagement volontaire : il savait en conscience tenir beaucoup à Sandra, beaucoup trop à vrai dire pour se permettre à autrui la promesse d'un impossible retour en arrière. Si elle avait dû revenir, pour conserver le simpliste enrobage de praline de ses termes un peu cul-cul dans le fond et bien aisément compréhensibles en la forme, il n'aurait pas dit non ; mieux : si elle devait revenir demain, il ne dirait pas non. Et si c'était après-demain, ça n'en serait pas moins oui, dans une étape courant vers la fin de l'année et passant aussi par la semaine prochaine, sans se dépareiller d'une éternelle approbation. Partant, comment pouvait-il inscrire quelque sincérité à long terme que ce soit dans une seconde relation amoureuse ? C'était là un impossible auquel il refusait de se tenir, par honnêteté peut-être. Non, décidément, mieux valait ne pas laisser d'opportunité d'éclosion à l'ouverture sensible. Et tant pis, encore, pour ceux qui auraient voulu y lire, en prélude à une délectation malsaine, l'inaptitude post-traumatique à la réouverture de soi, voire la complaisance au mélancolique entretien situationnel. Ce n'est pas parce-que quelqu'un manque la plaque qu'il faut par pure bonté d'âme obligatoirement le lui signaler ; ou alors s'il n'en tombe pas trop loin. La charité pour les nécessiteux, mais par les partisans du moindre effort. Ici comme ailleurs...

Il acheva de pourrir ses poumons au gré du dépérissement de ses pensées et rejoignit, malgré tout, la table et sa lumineuse potiche. Très jolie, au demeurant ; brillante à point pour ne plus demander qu'à se faire polir ! On dit des choses, et puis le verbe perdu autorise la différence, jusqu'à même la contradiction du souffle précédent...

Ils avaient aussi commandé du vin, qui, couplé au digestif et additionnant leurs effets d'un arrondi généreusement supérieur, enrobait de magnifique bien des vues rendues vagues, autorisant les frileuses résolutions à prendre un peu le large. Chemin faisant, Mike régla la note et tous deux prirent celui de la maison, tandis que lui se risquait à la direction des choses. L'instant vaporeux s'annonçait oublieux, qui de Mike ou de demi-Mike se moquait bien, semblait-il, de savoir à qui il allait devoir s'adresser pour l'entraîner au loin et se poursuivre encore...

Elle était vraiment belle à souhait. De près aussi. De très près ? Toujours ! Et puis elle sentait bon. Sa peau, aussi. Douce, du reste, à l'image de ses lèvres, du bout desquelles elle disait oui et du plein desquelles elle ne savait toujours pas mieux dire non. Lui non plus, qui préférait la joute corporelle aux politesses chantées. Finalement, la messe était dite, du haut de ces ébauches de chair : il allait tricher, se mentir pleinement à lui-même par action, et puis à elle par légère omission...

Alors, achevant d'un même geste la soirée et ses scrupules, il entretint la fabuleuse tentatrice de sa visite et du conte de son menu, ainsi que de quelques autres plus fins détails, sans néanmoins déroger à la requise application aux coquetteries ! Sans autant de délicatesse que d'émotion, l'entreprenant sauvage, inondée et mêlés de ces liqueurs colorées et d'autres savoureuses, enivrés de glissements parfois peu attentifs et d'autres frottements plus courtois, bercé, lui, du tendre ravissement exhalé par ces étranges délices au parfum jusque lors interdit. Il y eut du bon, par où tout cela passa...

Chapitre seize : Quand les jeux sont faits

Rien ne va plus, Carole doit partir. Maintenant. Par principe de précaution, au cas où la connerie soit contagieuse.

« Mais tu es complètement folle ! On t'a finie à la pisse, ou quoi ? Tu cries comme ça pour un panneau ? Allo, un panneau, Carole !

- Non, je (...)

- (...) tu rien du tout ! D'accord, il est super classe, tout beau, tout grand, tout propre... Mais ce n'est qu'un panneau, et je le connais déjà, et il est inutile de me détruire l'oreille pour ça !

- Ok. Et pour Simon ?

- Oui, pour Simon, tu aurais pu. »

Forcément ! Cette cruche est vraiment gourde...

« Ok, alors retourne-toi... Y'a quelqu'un qui te fixe !

- Ce n'est pas drôle, Carole, pas drôle du tout. Je sais très bien qu'il me regarde ; enfin, qu'on a cette impression avec sa tête imprimée aussi grande sur l'affiche ! Mais enfin, ce n'est pas lui, et tu n'es, vraiment, pas sympa du tout de te payer la mienne ! J'attendais mieux, bien mieux, de ta part !

- Non, non ; tu ne m'as pas comprise : il, je veux dire, lui, il te regarde !

- Oh mon Dieu ! »

Maïa se tourne à nouveau et croise son profond regard, qu'elle vient à peine de manquer sans bien savoir comment. C'est un fait, dorénavant : Carole n'existe plus, n'est plus digne d'attention, toute entière focalisée sur le fraîchement débarqué. Lequel prend la parole.

« Alors toi, on peut dire que tu ne lâches pas le morceau, hein ? Tu ne crois pas que tu en fais un peu trop ?

- Non, je... »

Le silence est gêné. Inhabituel, aussi.

« Et ça t'arrive souvent ?

- De m'accrocher ?

- Oui. Non, de demander à tes voisins de te rapporter ton homme, en criant au monde ta pureté nasale soi-disant retrouvée !

- Je... Je devais te dire, mais je ne pouvais pas te joindre... Je suis désolée, si (...)

- (...) non, c'est bien... »

Simon sourit, tandis qu'il se rapproche, au point de la coller pour de bon, à tel point qu'elle sent son être, là, respirer lourdement à la bordure de ce corps qui pulse ; il souffle, pendant que ses mains lui enserrent la taille, et tandis que ses lèvres l'embrassent ; pendant que la gauche glisse dans son dos, entre le tissu et sa peau, et tandis que la droite éparpille quelques-uns de ses doigts à lui dans ses cheveux à elle, oubliant le précédent glissement du bas en haut de sa nuque ; pendant que ses baisers s'égarent depuis l'arrête du menton, au creux de son oreille, jusqu'à la base du cou, et tandis qu'on interroge timidement la bordure des dessous ; pendant que sa langue revient à la charge, et tandis qu'une fesse se fait saisir en dentelle, puis, soudainement mise nue, empoigner fermement ; pendant que son désir la presse, tandis qu'elle apprécie le sien ; bandant un tissu trop serré, tandis qu'elle le libère ; on abandonne la première moiteur de sa croupe, tandis qu'on s'invite en ses hauteurs, et pendant qu'elle cambre ses reins libérés, c'est un téton qui s'avance, à qui l'on souhaite comme il se doit la bienvenue en dosant savamment, sur les dents, l'usage pinçant de deux mordantes incisives, tandis qu'un genou pousse une cuisse à l'ouverture ; pendant que les derniers obstacles décoratifs prennent la poudre d'escampette, profitant de la forme jouée des faux-semblants de fermeture, et tandis que les phalanges, en sages cohortes d'éclaireurs, entament plus avant leur escapade ; pendant qu'on se renverse sur le lit, tandis que la saveur des peaux témoigne, traîtresse, du travail acharné pas encore complété. Pendant que l'on débat, avec force détails et contre-propositions, ni moins osées les unes que caressants les autres, de l'adéquate tournure des ébats, une mélodie se fait entendre…

« Je crois que mon téléphone sonne.

- Je crois plutôt, moi, que ton sexe m'appelle ! »

Le reste n'est que bestialité, puisque Maïa ne l'entend pas de cette oreille ; et puisqu'il l'appelle, il va le goûter, puisqu'elle n'oublie pas, elle, son amour des choses en main ni du taureau par les cornes ; puisqu'il est l'heure, pour le filou braconnier, de s'arrêter un poil à la barrière et de payer la douane ; puisqu'elle encadre la barbe glabre de ses cuisses soyeuses, le maintenant de facto allongé, puis s'abaisse et lui impose lentement son origine, toujours un peu courbée ; puisqu'au bruit qui émane, le récépissé coule de source, attestant de la montée du plaisir ; puisque lui, pas en reste, en prend autant qu'il en partage, n'oubliant pas à son tour de visiter chacune des poches de confession pendant l'exécution appliquée de son office, l'eau bénite à la bouche ; puisque la surprise de la petite incursion en l'arrière-cour est délicieusement pousse-au-jouir, agréable contre-pied de l'admirable instrument à la corde sensible ; puisque ses jambes se raidissent, contraignent les tempes, et qu'elle se pâme encore ; puisqu'un long cri s'échappe du vertige, sans provoquer la moindre gêne...

L'appareil électronique donne à nouveau de la voix, manifestant une velléité noblement participative, bien que notablement incongrue. Alors Maïa se dégage, comme agacée, pour aller éteindre cette concurrence improprement déloyale à son personnel embrasement. Mais Simon la retient aussi sec au vol, qui ne veut point qu'elle s'évapore ni perde la moindre goutte. Alors il se plaque contre elle, la fierté dans son dos, comptant momentanément y manger son plaisir, dépendant, peu pendant, qui l'en informe, puis il s'assied au bord du grand lit, la retourne face à lui, tandis qu'il l'enjoint, rendue accueillante par un nouvel écart de soie, à venir prendre pied sur l'ancre. Enfonçant la porte ouverte, il veille sur ses boutons avec une angélique et consciencieuse application, tout en profitant à plein de la vue, en agréable ballotage, comme un sournois démon trompant une vierge. Le combat ne dure pas, et l'enfer se déchaîne bien vite en une blanche et apocalyptique apothéose, paradoxalement paradisiaque, puisque pécheresse à la virginité des lieux et coupable, de par sa finale relaxe, au plaisir de son hôte. Le mâle râle, le membre saccadé qui crache, là, au bout du rouleau, son dernier morceau, les deux sacs vidés, puis s'effondre, éreinté par l'étreinte. L'ambiance est au parfum d'achevé.

Le couple passe la nuit plus ou moins seul au monde, ne se privant surtout pas de remettre le couvert, puisqu'on ne renonce pas à une table sachant ravir nos sens. Maïa non plus, au régime depuis fort trop longtemps pour se refuser quoi que ce soit ; qui plus est avec le mâle.

Ce n'est qu'au matin qu'elle se souvient du téléphone et consulte enfin sa messagerie. Le mâle, rapide mais c'est d'époque, se fait un brin inquisiteur.

« Qui c'était ?

- Carole. La femme que tu as croisée hier...

- Et ?

- Et elle ne va pas bien.

- Jalouse ? »

Maïa s'approche et lui baise tendrement le front, le remerciant avec bienveillance de cette candide touche d'inutile naïveté.

« Elle pourrait, je t'assure. Mais non. Carole est un peu bête, certes, mais elle ne tomberait jamais aussi bas.

- Alors quoi ? »

Alors, pour tout dire, la pauvre ne va vraiment pas bien. Elle se repose à l'hôpital, en convalescence d'une mauvaise chute et d'une mauvaise rencontre, nocturnes et simultanées. C'est le bon quart d'heure, tiens.

« Ça va ?

- Non, ça ne va pas. Tu vois, j'étais tout juste bien, là, avec toi, depuis peu, très peu de temps. Je veux dire que j'avais enfin réussi à t'avoir, si tu me pardonnes l'indélicatesse. Et voilà qu'autour de moi, il arrive une tuile. Et attends, potentiellement, ce n'est que la première de toute une série !

- C'est la vie. Tout n'est pas toujours tout rose...

- Je crois que c'est bien pire que cela.

- Un complot ?

- Moque-toi, vas-y ! Non, je crois qu'il s'agit d'une sorte de dérivée de la loi de Murphy, applicable au bonheur, et qui dirait qu'à toute personne accédant à un état heureux, correspond un entourage en nette diminution de cette même valeur ! Comme si tu ouvrais la fenêtre, en hiver, pour avoir de l'air, et que toute la chaleur sortait d'abord, ou en même temps, on s'en fiche, puisque de toute façon la pièce autour de toi serait froide, au final ! Je crois que c'est souvent ainsi que cela se passe, quand je suis heureuse, moi.

- Tu connais la loi de Murphy, toi ?

- Je connais plus de choses que ce que tu peux croire... Et alors ? Il y a un genre de quelconque interdiction à ça ?

- Non, pas du tout. Tout ce que j'en dis, en fait, c'est que ça pourrait très bien être une simple impression, et qu'il te faut peut-être relativiser un peu... Ne pas te laisser sombrer dans l'induction. Et quand bien même, si vraiment c'était le cas : est-ce que ton sentiment de culpabilité, bien ou mal placé, doit t'empêcher d'être heureuse ? Je ne crois pas. Car en acceptant ton droit au bonheur, ou ton simple état de bonheur ou de bien-être, tu peux encore affronter jusque la pire des situations de ceux qui t'entourent, jusqu'à même les soutenir au besoin... Sans compter qu'à la base, déjà, tu as le droit d'être heureuse ; tu n'as pas besoin de noyer ta satisfaction dans un océan relativiste !

- Ce n'est pas faux. Et puis, si Carole va mieux demain, et que moi pas du tout, est-ce qu'elle se sentira coupable, elle ?

- Là, j'ai l'impression que tu dérives dans l'égoïsme.

- Egoïste, moi ? »

C'est mal, et ça ne s'arrange pas.

« Egoïste, tu es bien sûr de toi ?

- Ce n'est pas exactement (...)

- (...) pas exactement quoi ?

- Ecoute, tout ce que je dis, c'est que tu mérites ton bonheur. Alors prends-le sans trop faire la fine bouche !

- Non, ce que tu as dit, c'est que j'étais égoïste !

- Ecoute, on ne va quand même pas s'engueuler, là, de bon matin ! Après la nuit qu'on vient de passer ?

- Ne me donne pas matière à dispute, alors !

- Bon, au final, je crois que tu t'inquiètes juste pour ton amie, et qu'il serait peut-être temps que tu ailles la voir...

- Ok ; tu penses que je suis égoïste, mais tu ne veux pas en parler et tu suggères que j'aille prendre l'air !

- C'est petit, Maïa, c'est petit.

- Ben tu sais quoi, on va passer de petit à minable : tu sors d'ici, puisque moi, je dois aller voir Carole ! »

Et tandis que la loi secondaire, en cette circonstance dite de love-Murphy, contemple, certainement ravie, l'étendue de ses premiers emmerdements consécutifs, chacun s'apprête de son côté. Maïa finit de s'habiller, pour la forme et avant Simon, mais ne tient surtout pas à surenchérir, alors elle s'installe devant son ordinateur, commence le visionnage d'un épisode de série télé et s'y lave le cerveau. Lorsque le malin s'en va sans mot dire mais en claquant la porte, elle reste même encore un peu et douche consciencieusement les derniers petits recoins disponibles, au cas où ; pour ne pas admettre qu'elle s'inquiète effectivement pour son amie, que donc le mâle n'a pas complètement tort...

Reste, tout de même, que Maïa s'inquiète. C'est un peu de sa faute, après tout, si Carole se retrouve à l'hôpital, aussi seule que la veille… Allez, tant pis : ses atermoiements se font la malle et la colérique décomplexée prend la tangente, direction le service des urgences et son inattendue victime ! Tandis qu'elle pense s'y rendre depuis le début, dès même l'écoute de son répondeur, Maïa lutte inexplicablement contre l'aspect performatif de l'énoncé de Simon. Sans raison. Juste parce qu'il l'a dit, au pendant d'un échange houleux. Alors stop. On arrête. Et tant pis si pendant ce temps-là, il continue à faire la tronche ; pas de cadeau tant qu'il fait du boudin. Elle se rappelle encore ses propres mots de l'autre jour : ça colle, ou ça ne colle pas ; et si tout va au mieux au plumard, cela ne lui donne pas, à elle, une raison suffisante pour aller jusqu'à accepter le bébé avec l'eau du bain ! Ça rentre, en quelque sorte, comme papa dans maman, ou alors on divorce ; il n'y a pas de demi-mesures.

Putain de saloperie de copine de merde, quand même ! Elle vient de tout gâcher ! Sans le savoir, sans le vouloir…

La chambre est triste. Carole aussi. Elle lui raconte sa nuit, tandis que Maïa, attentive, s'en abstient : le bus qui refuse de la prendre et qui ne s'arrête même pas, normal, en grève collégiale depuis l'arrêt précédent à cause d'on ne sait pas trop quoi. La recherche d'un taxi, nulle, le long de l'avenue. Sa décision d'en appeler un. La quête du téléphone dans son sac encombré ; le coup de fil à la centrale de réservation. L'attente. Le dragueur, lourd, dont elle ne se méfie pas ; pas assez pour ne pas lui tourner le dos ni s'éloigner du lieu de rendez-vous tout juste convenu avec l'opératrice. Son refus de la bagatelle, qu'on propose peu cordialement. L'attente, encore ; avec un point de butée, cette fois-ci. Et puis le drame, l'incident : le charmeur qui se révèle voleur, peut-être par pur opportunisme. Peu importe. La conscience qui se focalise et, se réduisant comme peau de chagrin, se concentre sur le larcin, la main qui tient le téléphone, puis l'autre qui s'obstine à ne pas lâcher le sac ; le mécréant non plus, qui tire plus fort encore pour tenter l'arrachage. Les pensées qui s'affolent à propos de la tournure potentielle de l'affaire. Les cris. Le bras qui faiblit. L'homme qui frappe, pour en finir. La chute, fatalement. La fracture. Le vilain qui s'enfuit, avec son butin. Les gens qui passent. Celui qui stoppe, enfin, avant de joindre les secours. L'ambulance. Les médecins. Le plâtre. L'absence de réconfort…

« Et vive la France. »

Chapitre dix-sept : Genèse des origines

Ce sera là une fin comme on aura vécu, se dira le petit Mateo, après avoir – en ce fait peu novateur – postulé d'alternatifs univers utopistes. Un rien différente, tout de même, que cette uchronie-ci, ou utopie des mauvais choix : un monde aux lois étranges, la principale surtout, puisque vase clos dans lequel les nouveaux Adam et Eve, dans le même ordre peu galant que les précédents, refusant d'infléchir les volitions, agiront sur leurs environnements au détriment des véritables sources problématiques, suivant le principe vicelard de déviation du résoluble par solubilité.

Un monde où, si Adam débutera sa singularité nue, alors Eve aussi ; à l'image de la paire de leurs pairs. Où, initialement, si l'un aura vu, pour soi, les choses d'une certaine manière, alors l'autre aura égalitairement pu tenir sa propre façon. Mais si, la tournure changeant, l'un se confrontera à l'autre, alors les masses de mondes s'affronteront, échangeant quelque gravité, puis de plus sombres légèretés ; et pas toujours de la plus douce des manières, ce qui fera encore la façon du lit de notre propos…

Adam, littéralement nu depuis l'origine jusqu'au fondement, appréciera sans gêne aucune l'identique version féminine visible à son côté. Pour ne pas biaiser, disons qu'il appréciera par moments, restant indifférent à d'autres, et que, pas en reste, Eve variera d'autant voire plus sur l'échelle des possibles, allant jusqu'à ne pas se ravir du ramassage d'une pomme sans la génuflexion, parce-que la terre est basse et force alors le buste à se pencher, exposant la vacuité qui, elle, remonte. Et comme ils auront été seuls, la belle totalité du monde de tranquillement se garder, jusqu'au premier ennui, puis jusqu'au premier couac consécutif. Car, alors, plutôt que de chercher la cause dudit ennui, on en réclamera distraction. Et quoi de mieux qu'un plus grand nombre de fous pour amuser des sains d'esprit ? Petit à petit, du concours de l'un à la mise en la demeure de l'autre, on peuplera ainsi le coin de tant d'appels à divertir pour nouveaux demeurés. Lesquels, tout autant involontaires partisans du mauvais choix, s'appliqueront à son exécution dans un parfait déterminisme des veaux à l'orée de l'abattoir : sans plus de souci de la porte que nécessaire, sans la crainte de cet enfer qu'elle cache.

Au gré du fil générationnel, Eve, ne se couvrant lors toujours pas un brin de plus que son Jules, en croisera un qui ne sera pas sien, ou pas celui du moment. Le bonhomme, entreprenant à l'excès, tiendra à se réjouir charnellement de sa contemplation et posera la main sur son sein, espérant bien qu'on lui rende le salut. Mauvaise idée, mauvais moment : Eve, plus prude que pudique, s'enfuira en criant au loup impudent, puis réclamera à Adam qu'il aille donner de sa voix, rauque et intimidante, masculinisée par la pomme homonyme. Et si la réclamation restera en travers de la gorge du pauvre sieur, frustré de devoir subir sans avoir rien demandé, elle ne le gênera pas tant que l'outrecuidance du Jules. Aussi la pilule passera-t-elle, aussi l'action s'engagera-t-elle. Pourtant, loin d'accepter de se frotter à son indélicat rival, Adam proposera à Eve de se vêtir et de couper ainsi court à toute tentation future de Jules, de Pierre ou de Paul, voire de faire cesser le qu'en dira Jacques ! Eve s'indignant de ce que Jacques n'aura encore absolument rien dit, et notant la trop hypothétique supposition, il ira même jusqu'à promettre de se vêtir aussi ; et, chemin faisant, la communauté entière pourra bientôt s'enorgueillir d'affriolants effets de mode en la coupe des tissus ! Sans pourtant cesser de choisir en ces mêmes termes qui l'auront préalablement définie…

Car, de là, telle une gangrène, la sournoise habitude se répandra d'un contournement des subjectivités, autrement dit de la persistance du défaut d'éducation : de manière systématique, on préférera l'option, facile et lâche, du réaménagement systémique, à celle de l'enrichissement des unités passant par un travail sur elles.

Car, de là, le défilé de se poursuivre, l'anecdote loin de s'arrêter : Adam et Eve, habillés pour l'hiver comme pour le reste des saisons, maintiendront en effet leur choix de vie, de manière toujours aussi collégiale et bâtarde. Jusque lors, la communauté générée se sera rassemblée sur de simples bancs, de manière aussi aléatoire que presque spontanée, au gré des nécessités ou des occasions. Mais, à force, la nouvelle donne vestimentaire changera tout, puisqu'ils se battront alors, à qui pour une place à conserver ou à conquérir, à qui pour une qualité de tissu meilleure que celle du voisin, à qui pour un fauteuil plus pompeux ; à qui pour tout et n'importe quoi, finalement. Et, plutôt que de dire à chacun de se cuire tranquillement un œuf le temps de la méditation et de la réflexion sur soi ou sur le monde, on instaurera des coques sociales protégeant les susceptibilités : tour de parole, tour de position, tour de décision, etc. Mariant en somme les différents egos pour le meilleur et pour le pire, au lieu de tuer les pousses d'excès des uns dans l'œuf et au lieu de cesser de faire tout un plat des bêtes reconnaissables…

Et ne croyons pas, toujours pas, connaître là le fin mot de l'histoire. Un des fils d'Adam, vantard de son état, se réclamant d'un rang très fabriqué et jugeant qu'un autre aura eu sa place, achèvera sa rancœur en l'opportunité d'une pierre faisant deux coups sur la tête, se délestant – lui et son banc – de l'encombrant personnage. Ce sur quoi, parant au plus pressé, les autres le puniront en l'enfermant dans une grotte voisine, arguant qu'il pourrait bien y réfléchir si besoin, mais que, de l'éduquer pendant le temps de la vacance, il n'en serait pas question puisque personne n'accepterait de donner de son effort pour l'odieux ; pas plus qu'à sa sortie, d'ailleurs. Ajoutant, surtout, qu'on aurait tout aussi bien pu le tuer en représailles, de manière immédiate, et qu'à sort clément accordé le cœur sur la main, il ne s'agirait pas non plus de mordre celle qui ne vous achève pas...

A ce stade, on commencera déjà à distinguer ceux qui auront de beaux habits de ceux qui n'en auront pas, ceux qui siégeront à tel endroit plutôt qu'à tel autre, les gueules sociales d'anges des vilains petits canards. On dessinera déjà des classes catégorielles. N'arrangeant rien, viendra par suite le temps monétaire, lorsqu'un quidam pérorera d'un approximatif titre de propriété, et que pas un autre ne lui détaillera l'étendue infinie de sa bêtise, au vu de sa prétention à l'appropriation du bien de tous et de personne. Alors, tant qu'à faire des parcelles du monde, on divisera aussi la valeur de chaque chose, ainsi que de chaque morceau de temps communautaire : on créera de l'argent, pour pouvoir compter sans avoir besoin d'apprécier. Devant les revendications les plus farfelues, sans considération qualitative, on cherchera, fier encore de son pragmatisme, à faire avec ; avec celle-ci aussi, strate inutile et fâcheuse dont on aurait su se passer en ne conservant que la praticité des nombres, sans leur valeur propre, secondaire en l'idée. Mais puisque d'aucuns auront voulu croire tenir là quelque chose, tous se rangeront à la satisfaction de posséder et au possible de l'addition, au lieu de tenter de convaincre du peu de cas réel d'une telle tentative d'appropriation de l'éphémère par des êtres eux-mêmes parfaitement temporaires.

Longtemps, les fils d'Adam auront crié plus fort que les filles d'Eve – hors les douleurs passagères, voire celles du passage. Plus gravement, surtout. Se seront emportés, parfois ; physiquement, bien souvent. De ce fait principiellement anecdotique, et par omission du reste de la liste des aptitudes, aura résulté une organisation quotidienne peu respectueuse de l'égalité théorique des êtres, voire une méconnaissance de cette supputation, potentiellement très socialement construite en l'idée et pour le coup extrêmement rétrograde en la présente manière : quoi qu'il en soit, les hommes auront là-bas grandi certains de leur pouvoir et les femmes doutant de leur devoir d'obéissance. Puis, un jour, une plus grande gueule que les autres, féminine pour la petite histoire, s'indignera de la catégorisation peu délicate, et, écoutée par des oreilles plus attentives, elle se rebellera, enjoignant à la cessation immédiate de l'injustice : on décidera alors l'inversion, le cliché négatif, au lieu de repenser les places. De là que les femmes auront le droit de marcher sur les hommes comme les hommes auront déjà maintes fois marché sur elles : dans l'espace public, chacun pourra indirectement médire sur son voisin, chacun pourra surtout clamer la supériorité d'un sexe sur l'autre, à condition de n'engager que sa propre crédibilité et de se garder d'aborder la question sous l'angle d'une infériorité brute et unilatérale. Encore une fois, on s'abstiendra bien de proposer une éducation des esprits, sous couvert d'éviter tout formatage liberticide. Et les défiances de classes – entendez la générale catégorie – s'affronteront, au lieu de se réconcilier...

Le droit ou la prise de droit factuelle : elles se mettront ainsi à siffler les hommes dans l'espace public, ou à les complimenter à haute voix et sans détour sur la rondeur de leurs fesses ou la fourniture de leurs biceps, prétextant rendre là, sinon sagement du moins justement, la monnaie d'une vieille pièce à la moitié de l'espèce, confondant l'inscription historique d'une classe sociale et celle phénoménologique de certaines de ses instanciations.

D'ailleurs, le même mouvement s'opérera à la suite de la mise en esclavage de certains êtres humains par les autres : après qu'on y aura mis fin, non content d'une cessation pure et simple du phénomène, certains tiendront à demander réparation aux descendants d'esclavagistes, ou à invoquer leur légitimité à plus de droits en vertu du sort de leurs ancêtres... Et l'on marchera sur la tête comme on aura marché sur d'autres, le mécanisme logique valant malheureusement pour de nombreuses notions.

D'ailleurs, le même mouvement s'opérera toujours lorsque le quidam suivant, pensant vivre après sa mort et s'en sachant convaincu, demandera à ne pas vivre sa vie selon la complétude de ses fonctions biologiques, et qu'on demandera par suite aux autres de se restreindre aussi pour ne pas le choquer ni interférer avec sa position. Un quidam plus un autre, si nécessaire, pour l'effet boule de masse. Restera la destruction de l'objectivité intelligente et de l'entente cordiale. Reste qu'on restreindra par le vide, quand on aurait raisonnablement pu noter qu'en attendant, de vivre sa mort ou de mourir sa vie, chacun souffrira éternellement les mêmes conditions, physiquement humaines, d'existence…

La communauté de nos nouveaux semeurs de mondes évoluera encore sur une longue période, et Mateo aurait fort à faire que d'aspirer avec peine à la décrire entièrement, sur la totalité de son déroulé historique. Pourtant, les mêmes effets significatifs correspondront encore ensuite à cette seule et principale cause du mauvais choix.

Ainsi, par exemple, un peu plus tard, lorsque l'on interrogera communément les assignations sexuelles ou les modes de concubinage : mouvements d'opinion aidant, on ne pratiquera que la faible alternance modale des concepts, ce qui reviendra à subir des effets cycliques, de mode donc, mettant en exergue une option plus qu'une autre au lieu de permettre à toutes d'exister et de s'atteindre ; ou à certaines de s'éteindre. On emploiera toujours les plus vils stratagèmes pour ne pas changer une société, au nom d'une modification plus crainte que refusée… Et l'on vendra à chaque époque ses mœurs, ou plutôt son us principal investi d'une fictive valeur première, sans plus chercher que cela à ne pas fermer l'évolution du paradigme social, se rassurant tant singulièrement qu'en multitude d'un immobilisme de fond permettant à tout moment de savoir où l'on va.

Ainsi, encore, des formes du politique, après les premiers ébats des origines, ou presque : petit à petit, on en sera en effet arrivé à la création de sous-communautés du vivant en sur-communautés de vivants, c'est-à-dire à la mise en place et à la pérennisation d'états-nations, semblants de primauté à l'organisation spatiale des êtres et mensonges quant à l'unité interne des peuples, mais reflets de constructions historiques des peuplades, reliquats typiquement bancals pourtant considérés comme très utiles stabilisateurs a-mobiles, armes de choix contre les instabilités chroniques imputées au facteur humain et à ses vicissitudes – armes oublieuses des conséquences universelles du manque de confiance ; arrivé aussi le règne monétaire à l'échelle planétaire, au rang d'unique et indéboulonnable paradigme sociétal. Pour preuve de ladite vue, fondamentalement non-évolutive, fils et filles d'humanité ne proposeront que de nouvelles sur-communautés, sourdes à l'étantité, avec pour seul signe de progrès une éventuelle course au gigantisme structurel…

Au fil des travers, la vie politique s'organisera partout de manière à ce que ceux aptes à gouverner n'accèdent pas au pouvoir, et à ce que ceux aptes à la victoire élective ne sachent se départir d'une pathologie du mauvais choix ; entendu que l'aptitude au pouvoir consiste en la capacité à la prise des bonnes décisions, celles dépassant le pragmatisme de bas niveau, celles traduisant le juste et son essence au lieu de ne faire que cristalliser les tensions catégorielles – sans quoi nous n'élierions jamais que des gestionnaires d'infortune, nom d'origine incontrôlée des hommes en paille de bois. De façon aussi terrible que bien souvent involontaire.

Mais, donc, le dogme financier : les enfants de ce monde auront bien, antérieurement, essayé d'autres voies, sans pourtant à l'époque parvenir à ne pas subir les mauvais effets de leur chronique lâcheté éducative vis-à-vis du singulier. Aussi se seront-ils encore fourvoyés en de cruels errements à l'encontre de l'altérité, à la suite desquels ils auront condamné non seulement l'idée d'alternative, à travers les modèles examinés, mais aussi le principe idéologique lui-même. Aveugles à leur état et à celui du monde, ils tiendront une sainte horreur du mot comme du concept correspondant, sans savoir se garder d'y verser. Les gens continueront à avoir peur des idéologies comme, dans une moindre mesure, de l'éducation ; pour n'être pas assez sûr de soi, pour ne pas se rendre compte que d'une manière ou d'une autre, ils seront tous idéologues comme ils seront tous éduqués et comme ils éduqueront tous, parfois malgré eux. Car oui, ils seront idéologues, tous et chacun, en choisissant un mode de vie, en s'y inscrivant volontaires ou contraints par la masse et ses échanges ! Ou bien alors ils seront contre-idéologues, sortes de contre-utopistes qu'on taxera d'utopisme, refusant la dominante ou seule idéologie proposée ; mais il s'agira, là encore, d'idéologie – car, en somme, d'une approche négative du concept.

Et Mateo, misanthrope kantien estropié cynique par ses pairs puisque nul n'est prophète en son propre monde, constatera à la faible lueur de la poursuite de son examen, qu'à un rythme si soutenu d'abandon, de l'effondrement gravitationnel généralisé induisant entre autres exemples la banalisation de l'acte polluant quotidien au nom d'une économie ou d'une sauvegarde de structure, on n'observera là qu'un bien triste et très peu relatif début…

Chapitre dix-huit : Hier était un autre jouir

Il est un drame universel : les bonnes choses ne durent pas plus que les mauvaises. Mike fit donc avec sa lassitude du petit matin, comme il le faisait d'habitude, chaque jour après l'autre : il la jeta aux oubliettes, comme coutumier d'une date de péremption relative à son glorieux quart d'heure de bonheur dépassée depuis fort belle lurette.

Deux fesses jusque-là engourdies par leur nuit remuèrent furtivement à la lisière du drap, probablement rendues frétillantes par le lever du jour telle une carpe sous la surface du ruisseau, et le jeune patron torturé examina l'opportunité de s'en servir comme tremplin, sorte de marchepied à sa convalescence émotionnelle. Après lui avoir offert une brève montée d'extase physique la veille au soir, peut-être ce cul pouvait-il, avec le concours plus ou moins anodin de sa propriétaire, l'aider à aller mieux. Et s'il ne s'agissait certainement pas de grimper tout l'escalier, peut-être pouvait-il juste gravir au moins une marche ou deux, en acceptant de s'ouvrir à l'occasion, ou en acceptant l'occasion des ouvertures. Mike réfléchissait, les yeux fixés sur ce fondement, comme un poivrot sur celui de la bouteille, cherchant en somme l'inspiration sans pourtant souffrir un esprit aussi graveleux que ne le laisserait supposer la présente description dudit spectacle. Il n'y pouvait rien, de toute façon, si la beauté l'inspirait ; et puisque, endormie, elle ne disait rien, on pouvait alors bien dire qu'elle consentait au jeu de muse. Au pire, il prendrait du bon temps.

Il se leva en prenant déjà soin de ne pas la bousculer et partit préparer du café. L'odeur la réveillerait sûrement bientôt, et lui le goût aussi. Accordant préalablement une brève vidange à la nécessité, il se réfugia ensuite sous la douche. On y était plutôt bien. L'eau coulait sur son corps, chaude, et le lavait au passage de quelques-uns de ses soucis, se chargeant de ses lourdes interrogations qu'elle emportait temporairement au loin sous le coup sensitif, tandis que l'autre, dans la machine, s'imprégnait sombrement de café en traversant le filtre. L'ensemble faisait un tableau à la cohérence agréable.

Mike abaissa le mitigeur, interrompant sèchement l'écoulement accidentellement doublement purificateur, puis héla, fendant le vide d'une invitation à la dégustation de la boisson désormais certainement prête. La proposition resta pourtant sans réponse ; sans doute dormait-elle encore. Alors il se rasa, sans se presser ; il s'occupait toujours de sa barbe après la douche, parce-que sa peau était de fait plus détendue. Une légère touche de lotion, et il fut fin prêt. Beau comme un camion, comme n'aurait pas manqué de lui lancer sa mère, qui, fort heureusement, résidait dorénavant bien loin de lui. Tout propre, il quitta la salle de bains, la serviette nouée. La gorge aussi, mine de rien, par la brusque remontée d'une boule stomacale lorsqu'il découvrit l'absence de la jeune femme et le spectacle désolant de ce lit déserté, puis le petit mot près de sa tasse, visiblement tout juste vidée : le café était délicieux, la nuit avait été bonne. Il chiffonna le morceau de papier en une petite boule minuscule qu'il aurait bien voulue plus ramassée encore pour éteindre celle qui le gênait en lui. Puis l'expédia sans vergogne par la fenêtre. Autant pour ses interrogations, mauvais temps pour ses expéditives ambitions. Visiblement, la journée commençait bien…

Ce serait donc café-clope, à la fenêtre, pour tout petit-déjeuner. Pourquoi s'embêter à manger, quand déjà il se forçait à ne pas boire si tôt ? Question de sérieux, surtout, puisqu'il se devait d'arriver à peu près sobre à son rendez-vous ; qui n'allait pas se présenter tout de suite. Alors il alluma la console. La chose se voulait foutrement bien ficelée : à astiquer la manette, encore et encore, on en oubliait tout le reste !

Pourtant, Mike ne tint pas très longtemps sans laisser vagabonder son esprit ni fleurir ses pensées ; le jeu, connu, usé et abusé, devenait en effet très vite par trop rituel et mécanique. Les divagations mentales aussi, sauf qu'il n'existait pas, à sa connaissance, de routine supplémentaire à lancer par-dessus celle-ci lorsque, déjà, elle avait pris le pas sur une autre ; sauf, bien sûr, conjointe vertigineuse, celle de l'accompagnement destructeur par alcools et fumées, qui ne tarda pas à s'inviter sournoisement, dédaigneuse du carton comme de l'hôte, savoureuse malgré tout de chacun des dérangements improvisés.

Le fait lui pesait beaucoup, pourtant il n'avait pas laissé que Sandra derrière lui : sa mère, aussi, malgré la première apparence libératoire et au-delà du rêve atteint. Elle l'appelait encore, à intervalles réguliers bien qu'espacés. Elle lui manquait un peu, même s'il ne voulait pas le reconnaître. En certains moments, comme ce jour-là, par exemple, alors qu'il écrasait son mégot dans le cendrier. Pas vraiment son personnage, auquel il ne s'était jamais fait et à qui il ne pardonnerait jamais certaines choses. La mère, par contre, oui. La présence à peu près éternelle, celle dont on sait qu'elle ne vous quittera pas, aimante et rassurante par principe. Même si le mérite premier de cette ascendance tenait au fait, simple, unique, d'être celle se tenant encore en vie. La fuite, ou la partie de son voyage tenant indéniablement d'une fuite, l'avait coupé de son épaule comme du reste. La conséquence d'un choix par ailleurs plutôt positif.

Mike changea de jeu, dans l'espoir de renouveler le divertissement ; par souci, aussi, de ne pas sombrer définitivement dans la mélancolie ou le remord, pente suffisamment entretenue en l'instant par les quelques verres nonchalamment goûtés. Le subterfuge fonctionna l'espace d'un petit quart d'heure, après quoi il fallut encore réitérer la boucle. Et encore quelques fois après, tant la fuite une fois initialisée conserve cette fâcheuse tendance à s'insinuer exactement partout en mode existentiel. Nécessairement, car ça se passe toujours comme ça, qu'on soit chez l'oncle Sam ou ailleurs : refusant d'affronter ses douleurs, ou incapable de les faire taire, on les enferme au loin et elles reviennent, inlassables, répéter leur écueil ; le processus refoulant n'est pas totalement viable, puisque les démons reviennent mourir en vagues atroces, espérant peut-être finir par remporter la course à l'âme où tant d'entre eux concourent. Alors on repousse les marées successives, on fait des boucles au sein desquelles on va alternativement bien ou mal, mais toujours dans le même et identique processus, au fond très peu progressif et en tout cas très pathologique d'une insatisfaction latente, même très bien camouflée ou travestie. C'était tout à fait comme sa matinée : il cumulait les jeux, les essayait l'un après l'autre, mais restait sur la même putain de console, la manette dans la main, à ne plus trop savoir qu'en faire, sinon jouer, par automatisme peu ou prou confortable, pour s'oublier, investi de la bête sensation d'être-là sans bien savoir pourquoi ni comment. Les manquements à la certitude faisaient insidieusement système…

Il songea à l'appeler. Puis se ravisa : le risque était trop grand de tomber sur Georges, depuis qu'elle avait emménagé chez lui. En plus, il ne faisait jamais attention aux horaires. Quelle heure pouvait-il bien être là-bas ? Certainement trop tôt, ou trop tard. L'excuse suffirait. Et puis quoi, à son âge, il n'allait tout de même pas se résoudre à pleurnicher dans les jupes de sa mère ! Non, il se ravisa plutôt pour de bon, se limitant à espérer qu'elle aille bien, et ravala sa salive – une attitude assurément connue, longuement éprouvée au contact de ses autres sentiments sur la question féminine. Restaient quelques heures à tuer. Il pouvait peut-être dégommer une cible…

Le club de tir ne se situait pas loin. Mike y déchargea de nombreuses douilles, lestées de légères touches de rancœur. Aux grands maux les grands remèdes ! L'usage de l'arme à feu s'avérait un remarquable défouloir, comme si la puissance dégagée à l'expulsion des balles permettait aussi de percer la lourde chape sentimentale, à la faire presque voler en éclats. Elle revenait vite, pour sûr, mais sautait à nouveau immanquablement à chaque détente suivante. C'était comme un Big Bang de son univers restreint à lui, à chaque pression de la détente, qui ne durait qu'une demi-seconde, immédiatement après suivie par un Big Crunch, un effondrement aussi rapide le ramenant à sa position initiale, pesante et contraignante désolation fermée. Comme une explosion contenue dans une sphère de caoutchouc ; avec la tête coincée dedans, qui se vide un bref moment en éparpillant ses soucis. Comme une éphémère aération de l'âme, soudainement plus à son aise dans plus d'espace. C'était littéralement jouissif. A la hâtive réflexion, il se dit qu'il aurait dû y penser beaucoup plus tôt ! Cette activité surclassait véritablement toutes les autres tentatives de diversion ! Et si elle ne durait pas suffisamment longtemps, ce n'était cette fois-ci pas si grave que cela : on pouvait toujours recharger. Il n'y avait pas l'ennui plat et morne des heures passées sur la console. La force percutante des explosions, peut-être...

Mike ne disposait pour autant pas de toute la latitude temporelle souhaitée ; il ne pouvait s'éterniser plus – puisqu'il y a une fin à tout. Dommage, car le tir faisait, hors l'élastique effet caoutchouc de la bulle de compression, correctement office de suprême éloge mécanique de la fuite, extirpant comme des morceaux de peine avec chaque balle fuyarde partant se ficher au loin dans une cible indéterminée et sans vie...

Le trajet, miraculeusement dépourvu des pépins inhérents à la circulation automobile, fut plus bref que prévu. Aussi, embêté de son avance, se posa-t-il sur un banc, au beau milieu d'une large place, entouré de fait de nombreux gens pressés, grouillant entre ces commerces les vomissant les uns après les autres sans distinction de race ni de couleur mais à coup sûr de portefeuille. Lui, tout à son intérieure logorrhée sentimentale, resta peu ou prou immobile, l'œil curieux, la force d'interaction sociale éteinte. Il pensait, tout seul, pour changer, nu de ne piper mot ni partager autrui, de marbre à s'en faire tailler une statue par un Rodin en bois des temps modernes, auguste thuriféraire et improbable participant d'une systématique et appauvrissante réédition des classiques en leur bête reprise inutilement recopiée, passablement redondante et ô combien révoltante, répugnante en sa paupérisation du créatif par récréatifs interposés.

Les gens passaient, rapides flux ininterrompus d'informes badauds occupés et distraits, en l'essence aussi éloignés de lui qu'il pouvait l'être de lui-même, matérialité fixe à l'impalpable mais profonde dérive. La jouissance rasante des coups de feu retombée, la table à nouveau encombrée, le naturel torturé revenait au galop, infatigable coursier des plus sombres interrogations du porteur de souffrance, ces fatalistes lettres de créance du destin imposées à toute humanité en mouvement pour qu'elle se sache inscrite au vivant. Il n'avait peut-être pas si bien fait que cela. Voyant dorénavant parfaitement clair dans son propre jeu, il savait ne pas s'être un brin guéri dans l'affaire : le phénomène tenait pour sûr bien plus d'une sorte de procrastination que de nouveau départ ! Qu'on y regarde de suffisamment près, et l'on conclurait aussi irrémédiablement que lui à un indécrottable échec : tout lui manquait toujours, les distractions s'enchaînaient sans lui suffire ou alors de moins en moins, rien n'était honnêtement résolu… Il persistait à s'enfoncer chaque jour en sus du précédent, totalement hors de son propre contrôle, en une danse infernale rythmée par le refrain si connu de deux grands pas en arrière pour un tout petit et très minuscule en avant, sonnant encore si proche de la faute imputable en la similaire situation aux colossaux joueurs de rugby. La lassitude l'emportait indéniablement sur sa propre volonté de la remiser au fin fond d'un placard pourtant agrémenté de toutes les serrures additionnelles qu'il avait pu trouver et en l'efficacité desquelles il avait su croire au-delà de l'ornementation. Il en revenait invariablement exactement au même originel point problématique : tout avait été bien mieux avant, et les multiples révolutions n'y changeaient absolument rien, qui apparaissaient comme autant de futiles et vains tours sur soi-même ; le deuil relationnel, seuil ultime de la réminiscence causale, ne s'établissait pas mieux qu'hier, vicelard coquin traversant tortueusement les fantasques étourderies semées par ses proies, évitant les pièges prétentieusement tendus à d'autres naïfs de la résilience que lui, sans jamais finalement se laisser conter les merles pour des grives d'une façon plus vraie que la simple et gratuite fanfaronnade. Il perdurait, ce deuil fantomatique, en perpétuel horizon, inatteignable orée de la tranquille et apaisante clairière où il eût fait bon vivre, hypothétique couperet contre mélancolie, menaçant mais pour toujours suspendu, refusant obstinément de se lier aux malheureux incapables d'une thérapeutique transformation de l'essai d'aller-mieux.

Parce qu'il n'avait que cela sous la main, Mike fuma. L'antidote considéré possède cette fumeuse et légère qualité de se pouvoir emporter à peu près n'importe où, permettant en toute occasion de répondre aux malignes et subites envolées de morosité. Une qualité première que n'égale que sa relative discrétion en regard de l'encombrement tant tangible que social d'une désuète flasque de whisky. Enfin ; n'importait plus de toute façon que le processus, encore teinté d'un espoir qui, bien que là circonstancié et du reste interminable minable puits miné, valait encore l'effort de sa dénomination, tandis qu'il avait été depuis déjà fort longtemps retiré au flacon comme à l'ivresse, tous deux termes déchus du droit d'un titre qu'ils n'avaient pas su correctement porter.

Achevant de contempler l'ordonnancement de son royaume, Mike tira sa dernière bouffée, tentant avec application d'y condamner une énième fois sa triste moitié récalcitrante au silence le plus complet possible. Il ne s'agissait surtout pas qu'elle ose venir perturber le bon déroulé des négociations à venir…

Il se leva, fier conquérant de lui-même, vérifia l'heure à son poignet, inspecta l'horizon d'une foule inconséquente, fit encore quelques pas et pénétra dans l'immeuble tel un général tant satisfait de la bonne tenue de ses troupes qu'assuré de sa victoire à venir et de son art de la guerre.

C – Vautre l'ailleurs

Chapitre dix-neuf : Amoureusement

Mateo tiendra dorénavant la première place, pour peu que l'on n'ait pas nécessairement jusque-là remarqué la distinction, et outre que cela n'aura vraiment rien d'anecdotique en tant qu'instanciation particulière du placement théorique renseignant cordialement sur celui-ci de manière générale, ce le sera bien très parfaitement ne considérant Mateo qu'en tant que tel. Ayant été notée la sincère requête en nullité du fatidique soupçon d'orgueil, il pourra être de ton tout humblement bon de relever que la primeur, en effet, à compter qu'il en faille une, est à la théorie sur l'action – malgré même leur inextricable intrication à l'échelle humaine et pour celle-ci, malgré tout de même encore la préférence majoritaire pour la seconde qualité. Une malhabile tentative de préemption sensitive en sus de l'inductive numéraire, puisque, oublié le fallacieux argument d'une exécution préexistante à la réflexion, personne n'affirmera honnêtement que tout être conscient ne sait pas, à défaut d'où il va, comment à peu près il y va ; ou alors c'est qu'il n'est pas de conscience pleine, si nous ne naviguons pas même à flou, en logique propre homonyme, et qu'on peut donc allègrement mélanger les préalablement dits niveaux de conscience, du capacitaire au temporel pour n'en tenir que deux, comme autant de futiles catégories du vide, décorations inutiles de fumées par vapeurs secondaires encensées.

Personne non plus ne pourrait affirmer sa certitude – catégorie surclassant croyance – d'une volition plus satisfaite que l'autre de ne pas savoir la forge de son monde, puisqu'en vertu de l'examiné principe régissant la cinquième force, qui ne dit mot consent à l'externe gravitation et la subit, jusqu'au risque dernier d'extinction singulière par absorption ou dilution totales de masse. Les mondes utopistes, le dernier en date compris, auront en la matière beaucoup enseigné : le mauvais choix n'y aura pas soigné le mauvais choix.

Alors Mateo se proposera le bon, embrassant l'altérité comme singulière à chaque fois et valable en toutes – ladite bonne qualification n'engageant en premier lieu absolument que lui et ne souffrant donc aucune nécessaire humilité, puisque non relative à une quelconque inscription en structure permettant l'échange puis la comparaison ; manière d'affirmer sa liberté qualificative par l'unicité. Un bon somme toute en forme de bond en avant : il testera l'amour de son prochain institué paradigme social, sans la pseudocouverture d'une instance supérieure enjoignant à l'affaire, et sur le mode amoureux encore, c'est-à-dire de cette façon qui ne connaît pas l'autre et demande instamment à le découvrir, pour ce qu'il est ou peut être. Comme un droit retour à l'utopie, potentiellement aussi peu éloignée de notre réalité qu'aura pu l'être l'uchronie en son temps, à même quoi qu'il en soit d'examiner une singularité de masse seconde – ou énoncé situationnel transcendant ses conditions pour s'établir point nouveau et entier de gravité, singularité paradoxalement hors-sujétion-au-sujet – à défaut de la dire. Cette sorte de vérité étant une façon de fluctuation gravitationnelle, au sens où celle du vide peut créer depuis rien, comme potentiellement tout concept d'ailleurs peut aussi renverser l'artificialité bancale de son être premier pour s'établir en pleine factualité interactive : c'est alors là la naissance d'une masse annexe aux subjectivités, qui conserve son possible d'existence hors elles, et qui pèse comme elles ou presque sur le reste universel. Quid alors – dixit Mateo – de l'interaction entre ces nouvelles masses et les nôtres ? Qu'en sera-t-il, si nous postulons une telle masse, telle aussi qu'elle conduise les premières à coexister plus sereinement entre elles, sur un mode à la fois plus cordial et plus complètement conscient ?

Mateo saisira donc au vol le principe amoureux, pour voir, et sans le secours d'aucune drogue – aux tendances parfois momentanément similaires mais aux élans sensiblement différents en l'essence, peu éducatifs pour le coup. Il se renseignera au détour indiscret d'un dialogue, histoire de conforter ses vues relatives au mécanisme d'altérité sur le mode curieux de sa désintéressée découverte. Les rôles respectifs en seront tenus par deux autres banales instanciations – entendu puis considéré le présent besoin d'exemple sans l'absolue nécessité d'une précision unitaire – dont nous tairons conséquemment pour l'heure les noms.

« On peut peut-être se tutoyer ?

- Bien sûr, si ça te dit !

- Je crois que c'est plus simple et plus sympa.

- Alors, qu'est-ce que tu aimes faire, dans la vie ?

- Déjà, si tôt, la grande question ? Je crois devoir te dire que je sais à peine bien ce que je fais, alors quant à ce que j'aime faire...

- Ah... Des choses, des activités qui te plaisent, au moins ? Comment occupes-tu tes journées, en ce moment ?

- Avec pas grand-chose...

- Quoi, rien ne te plaît ?

- Si, bien sûr ! Mais je suis rentré il n'y a pas si longtemps que cela, alors je n'ai pas encore repris de véritables habitudes.

- Le travail non plus ?

- Non. Pas encore besoin...

- Ok. Qu'aimerais-tu faire, alors, si tu étais libre de choisir ? »

On retrouvera bien entendu tout au long de l'échange conversationnel tout autant de vocables aussi charmeurs que charmés, indiquant à chacun les détaillées affections passagères de son interlocuteur ;

pourtant, il ne s'agira pas que d'une appréciation de l'autre, mais bien d'une volonté profonde et sincère d'examiner la masse première fondamentale d'une altérité là-devant, de découvrir ce qui structure la considérée phénoménologie en allant pêcher délicatement les marqueurs du mode de l'être à la source même de ses motivations. Ainsi, lesté d'une force à l'autre creusant ce sillon d'altérité sous l'effet de sa masse conceptuelle comme une planète courbe le tissu de l'espace-temps, l'individu rencontre son voisin sans s'offusquer de ce qu'il n'aime pas forcément trouver en lui. Sans quoi la conversation aurait été potentiellement tout autre, puisqu'elle aura pu, dans une prime alternative, par exemple, s'arrêter dès l'énonciation d'inoccupation sociale par un travail ou un autre, voire même pourquoi pas dès la demande initiale de tutoiement...

Observateur attentif, Mateo appréciera par suite la réciprocité de la conjointe imposition massive du concept aux parties en présence, les masses premières, attirées et intriguées aussi l'une par l'autre, qui n'enclencheront pas derechef leur propre mise en avant des orgueils, pas avant en tout cas d'avoir vu de leurs cœurs l'externe noyau, à la vertueuse différence, d'ordinaire bien caché.

« Parce-que, bien sûr, tu as, toi, des plaisirs quotidiens qui en viennent à suffisamment te définir ?

- Oui. Pour la première partie de ta question, au moins. Ce qui n'est déjà pas si mal, non ?

- Apparemment. Et quels sont-ils ? »

La succincte exposition du sommaire des passions des deux parties achevée, on poursuivra alors – sans transition sinon l'abord – la parade par le dévoilement progressif des blessures, doublé d'un certain recul à la prétention qualifiante. Si les particuliers détails s'en perdront immanquablement, quelques véridiques affirmations survivront cependant, s'offrant à la lecture de qui se sera malgré tout accroché jusqu'ici.

« Je crois que nos souffrances nous déterminent bien plus essentiellement.

- Je crois, moi, qu'elles sont plus marquantes, plus immédiatement perceptibles à la reconstruction consciente ; mais pas nécessairement plus réellement constitutives, sur le fond. C'est un peu comme le quotidien relationnel : on a plus facilement tendance à relever les petites choses qui ne vont pas et à les transformer, parfois petit à petit mais toujours très sûrement, en gros obstacles, plutôt qu'à se féliciter de ce qui tourne bien ou du simple fait que cela tourne bien. Pourtant, ce qui tourne bien, justement, définit tout autant le chemin phénoménologique, l'exacte factualité d'une relation ; et peu importe d'ailleurs son type.

- Les souffrances plus lourdes que le reste, ça ne serait qu'une apparence, un trompe-l'œil, une inévitable étape abusant notre sensibilité vivante, une sorte d'attrape-cœur en somme ?

- Oui, un véritable attrape-nigaud ! »

Le principe vaudra plus généralement que pour la seule double rencontre, de manière plus globale que la découverte en marche d'un probable deux pas encore établi mais à tout le moins fonctionnel sur l'instant. Envisagé en société, il pourra même valoir maxime des jours, comme d'autres après tout souffrent, toujours prêts, la constante recherche d'une bonne action choisie pour praticité du vivre-ensemble. En effet, sans la mise en avant des orgueils, des démonstrations de soi par vantardise sociétale, on abaissera – suivant la maxime en question qui embrassera cette fois-ci la multitude indéfinie des particuliers organisés – les limites auparavant imposées aux rencontres, c'est-à-dire qu'on enrichira l'échange théorique : on ne sélectionnera alors plus seulement sur de surprenantes communautés de points de vue à l'identité agréable, stricto sensu concordes du détail, ni sur des similarités post-historiques, mais on pourra s'ouvrir à l'autre en possible, à travers justement le possible de cette altérité véritablement considérée comme singularité pleine, au sein de laquelle on découvrira de fait quelque chose de plus que la simple copie de soi ; une brève affaire de statistique, en somme, où les chances de voir les étoiles sont objectivement plus élevées si vous ouvrez préalablement les yeux – l'extrémisme du cas ne devant pas invalider l'argutie.

La compréhension d'autrui, essentiellement dissociée de l'approbation tous azimuts à n'importe quel mode d'être, tiendra lieu correct de paradigme appréhensif, permettant la relativité sans la totale négation des valeurs, puisque déjà – à tout le moins, donc, mais cependant sans limitation principielle aucune

– influencé par celles-ci que seront les masses secondaires, forces gravitationnelles annexes aux individus mais non moins actives cependant, tant dans l'interopérabilité journalière et sensitive des masses qu'à l'échelle structurelle du système.

« Ce garçon est imbuvable !

- Je ne crois pas. Je crois qu'il est surtout bien énervé. Il a peut-être passé une mauvaise journée, va savoir ! Ou un mauvais client juste avant nous...

- Ce qui ne l'excuse pas d'être con.

- Ce qui relativise tout de même l'aperception.

- Comment ça ?

- Depuis ta cohérence de bulle, que vois-tu ? Un serveur énervé, voire sinistre. Ce qui, depuis ta bulle, autrement dit depuis ton quotidien à toi, te semble déplacé pour le rôle que tu attendais qu'il tienne. Tandis que si tu examines son inscription en sa propre situation, tu peux découvrir, par exemple, qu'il n'a pas dormi de la nuit parce-que son ami s'est retrouvé à l'hôpital, ou que sais-je encore... Et que son irritabilité, certes inconvenante, pourrait presque s'excuser, ou au moins se comprend, se pardonne – ce qui est de fait très différent mais revient, pour le moment, à peu près au même.

- Comment saurais-tu tout cela ?

- Je ne sais rien, je postule, du probable ou du possible, sur ce monde à appréhender vierge de tout préjugé situationnel ! Tout ça pour dire que tu peux le trouver ronchon, mais que d'un autre côté, lui, il a probablement pris la mouche de ton indifférence à son abord, lorsque tout à l'heure tu boudas son salut...

- Mais j'étais en train de te parler ! Il pouvait bien attendre, non ?

- Si, bien sûr. Ne vois-tu pas pourtant, en plus des points d'offuscation possibles, le possible négatif qui s'offre à la lecture des mondes, lorsque tu choisirais exactement là d'offrir plus de chance que d'habitude à la découverte des altérités et de leurs situations réciproques, de la même manière qu'elles te paieraient en retour d'un similaire présent ? »

Le garçon reviendra plus tard tout aussi peu aimable qu'à l'accoutumée, ne détruisant pourtant pas l'ensemble de la rhétorique développée en l'échange, puisque celle-ci aura plus tenu d'un exposé du possible, d'une démonstration d'étape, que d'un fidèle récit événementiel ; puisqu'on refait souvent le monde en paroles, sans toujours parvenir à les traduire. Nos deux rhéteurs, eux, en seront pour leurs frais de bouche, sans aucune gratification immédiate de leurs efforts relativistes par une quelconque attentionnée réduction de l'addition.

De son côté, Mateo dressera un tableau de plus en plus complet de la cinquième force et des structures phénoménologiques affiliées, comprenant de mieux en mieux la manière de l'influence des singularités entre elles ; des individus aux concepts, notions, idées ou sentiments, toutes masses – fondamentales ou secondaires – porteuses l'une sur les autres du possible d'une courbure gravitationnelle de la trame évolutive, où chacun par nécessité conditionnelle s'inscrira.

De fait, après s'être propulsé soi, après en avoir attiré quelques-uns – ou aucun – dans son sillage, sous le coup de sa masse, l'individu-source-de pourra encore, au sein pourtant initialement de son monde élargi, créer des masses nouvelles au lieu du simple échange de parties ou d'influences. Lesquelles gagneront ensuite une autonomie aux mondes, lorsque suffisamment chargées elles alimenteront pour ainsi dire seules la continuité temporelle de leurs masses. Ainsi de l'animateur de camping, entre autres joyeux drilles, rapidement dépassé par sa bonne humeur et son entrain, valeurs communiquées à d'autres puis potentiellement pérennes après lui, actives et évolutives encore après la cessation de leur alimentation énergétique par lui. Une persistance faisant taire l'idée d'un simple effet résiduel d'interaction entre la masse source de bonne humeur et les temporaires bénéficiaires de ce surplus d'énergie, puisque pouvant se transmettre à d'autres sans aucune déperdition de masse relative au transfert, voire encore à nouveau s'alimenter à leur contact, c'est-à-dire gagner en importance et en effets sur mondes ; puisque pouvant en fait exercer une palpable influence à son tour, n'étant donc pas uniquement dépendante de l'apport qu'on lui fait, la masse secondaire tiendra là le la de son être !

Un peu comme un enfant, finalement, dont le processus de normalité conduit à une douce construction de masse, laquelle achève un jour ou l'autre de se suffire, puis porte étantité…

A contrario, qu'on observe donc le sort historique de la magie, au sens paranormal du terme : autrefois masse plénipotentiaire, jusque dans nombre de singuliers quotidiens, elle se sera éteinte au fil du temps, vidée de sa masse comme de sa gravitationnelle propension à influer sur l'évolutivité des autres particuliers. Pourtant, elle aura bien existé, en tant qu'influente, en tant que participative au phénomène massif.

Hors la problématique génératrice, considérée seule la mécanique en marche, Mateo admettra donc que masses premières et secondaires obéissent au même paradigme interactif, que toutes et chacune peuvent encore se réapproprier aussi bien en bien qu'en mal, et que de la disposition amoureuse, on ne saurait user trop généreusement ni auprès d'un trop large public, tant les effets sur la communication entre les êtres se révèlent conséquemment en l'idée réellement bénéfiques.

Chapitre vingt : Les faims incompatibles

Il avait tout vendu. Sur un coup de tête, au prix de quelques paraphes contractuels et avec la certitude du retour au bercail qui s'annonçait sonner un peu comme la tendresse retrouvée d'un antique berceau, encore poussiéreux des proches amours, en leur temps, à son chevet et avec gratuite bienveillance répandues.

Oui : il rentrait. Pour finir d'achever l'incohérence sévissant en sa vie, pour en cesser avec elle en cessant de la combattre ; pour retrouver son être entier. Parce-que l'arrêt de la fuite ne pouvait substantiellement sonner comme une défaite. Parce qu'il ne supportait plus d'être si loin de tout, même s'il était parti pour ça. Parce qu'il n'aimait pas tant son bar d'accueil qu'il ne restait viscéralement attaché aux rues de sa ville natale. Parce qu'il avait voulu s'émanciper d'un quotidien destructeur en la perpétuelle recherche d'une rédemption qui l'enterrait en tout état de cause chaque jour un peu plus.

Parce qu'il se rendait compte de son renoncement, même s'il s'efforçait d'alimenter l'illusion. Parce-que tout ça ne pouvait pas durer, malgré son indéniable jeunesse. Parce que Sandra l'avait joint, aussi, et aussi peu réjouissant que cela s'annonçait, puisqu'elle n'avait demandé que de simples nouvelles, précisant d'emblée l'absurde prétention de tout espoir poussif. Grand bien ne lui en fasse pas : le reste suffisait à lui justifier le voyage !

Les premières heures furent pénibles. Après quoi il s'endormit plus ou moins paisiblement jusqu'à l'atterrissage, restant ensuite approximativement éveillé pour la récupération des bagages et la prise de sa correspondance. Arrivé à destination, Mike fut content ; singulièrement, à chaque seconde, content. Il s'assit dans un parc et savoura. Il aimait bien s'asseoir. Il était rentré. Il était là, chez lui. Ce n'était ni Miami, ni la Riviera, ni même un de ces tiers lieux magnifiés par la générosité d'un imaginaire collectif. Non. Ce n'était que très justement chez lui, et c'était très exactement et très parfaitement bien.

Il vit Sandra le lendemain. Hormis la tendance de sa garde-robe et l'ostentatoire fourniture de son maquillage, rien n'avait trop changé : elle portait toujours les mêmes longs cheveux bruns, presque bouclés, presque sauvages, qu'on aurait pu décrire en pétard pour oser un indolore parallèle caractériel, ondulant en tout cas librement depuis la fine scission opérée par une raie subtilement décentrée ; les mêmes pommettes, surplombant des joues à la surface autrefois vicieusement grignotée par endroits par une acné dévorante, comme à sa façon le cœur en-dessous par les tristes peines accumulées ; les mêmes yeux marrons s'irisant d'éparses pointillés tendance noisette sous l'effet de quelque grand rayon de soleil et se couvrant d'un brillant vernis sous le coup de quelque brève malice ou nette inspiration ; le même regard, peu sûr de lui au fond et bientôt plus instable encore, lorsqu'il venait à s'attaquer au monde et y chercher son ancre ; le même bout du nez rond, tout petit, tout mignon, qui s'était autrefois gentiment brûlé près d'un cuiseur à riz sans en garder mémoire ; le même sourire quasi en coin, plus timide que discret, qui trahissait la gêne de convoitise comme une friandise se sachant regardée ; la même cicatrice cachée à rebours du menton, pour le coup indélébile souvenir d'une gaminerie ayant tourné à la petite catastrophe ; la même preste fraicheur au monde d'une attitude corporelle en lutte sourde et silencieuse avec la grotesque nonchalance des autres ; la même démarche, un brin trop volontaire et trop rapide, pensée ou pas mais pour ne pas paraître hésiter ; le même fragile personnage, fier colosse manquant foncièrement de confiance en soi, qui se mentait sur sa place en s'excusant d'être là comme d'aucuns quand on leur marche sur le pied, d'y être ainsi comme s'il fallait s'en justifier et comme s'il ne devait jamais se pardonner de tenir le plus souvent son rôle, ni même de le lâcher parfois dans les plus délicats moments, comme si la faute de ne pas s'aimer soi devait pourrir chaque circonstance ;

la même belle, grande et géniale combativité, malgré tout, trahissant une force intarissable et donnant quand bien même un change parfait et plein d'audace à la morose normalité, avec la digne pugnacité du piment oiseau égaré en soupe de courge ; le même cul superbe dont la gracieuse générosité la complexait inexplicablement depuis toujours, avec la même frustration que celle relative à la pingrerie de dame nature à lui fournir des ressources mammaires en quantité suffisante à son sens. Et puis la même rancœur, aussi, à son égard ! La même tenace rancune d'un choix du rouge, comme si celui-ci s'était produit la veille au soir à peine, et avait irrémédiablement chamboulé tout l'univers en un dantesque enfer dont la responsabilité originelle et le fardeau monstre de la culpabilité lui incomberaient en une définitive solitude ! Comme elle les sortait de leur étui, il s'aperçut que Sandra avait renouvelé la monture de ses lunettes, optant d'ailleurs pour un cadre beaucoup plus exubérant ; pas pour autant son mode d'être, ni sa vision du monde…

La rencontre fit long feu ; car, même après tant de temps qu'il n'en faut plus, pour les avoir paresseusement laissées en l'état, les affaires classées en conservent leur raison, et les raisons les motifs de leurs griefs pour juste cas de guerre. Dont acte. Mike, candide, n'attendait rien de Sandra ; elle, résignée, n'attendait plus rien de lui. Toute la messe était dite sur cette nuance du vide.

Ce ne devait pas être si grave, puisqu'il n'était pas rentré rien que pour elle, puisqu'il n'en avait jamais vraiment rien attendu ou presque. Sans renier leurs débuts, il avait toujours tenu à se laisser surprendre, à ne surtout pas la rentrer dans un moule. Il ne souhaitait pas qu'elle devienne telle ou telle, parce-que cela lui aurait plu à lui. Enfin, plus aujourd'hui, en tout cas. Il ne tendait qu'à être avec elle, un point voilà c'était tout juste ici. Mais Sandra ne l'entendait plus de cette oreille ; pour elle, la page était définitivement tournée. Non qu'elle ait abandonné la recherche de l'amour, mais la certitude dominait, tapie en son sein, que ce ne serait plus jamais auprès de Mike, dans ce partage-là. Elle l'avait affirmé sans plus de détours que de précautions, quelques instants auparavant, confirmant que la demande de nouvelles n'avait jamais dépassé le cadre d'une informative visée.

Mike se sentit soudainement orphelin. De ses cigarettes. De son exutoire rituel vaporisant la peine en lourde et crasseuse fumée. Pour l'occasion, il avait en effet arrêté de fumer, puisque Sandra aussi, depuis quelques années, parce qu'elle n'en supportait plus ni l'idée ni l'odeur, pour ce qu'elles lui rappelaient trop vivement le cancer de son père en la façon viciée d'une madeleine rassie. Il se mit en quête d'un tabac, histoire de rattraper le retard accumulé au long des derniers jours ; et pour l'épidermique réaction du conte d'emmerdement. Mais ne trouva pas un commerce ouvert, du moins pas un de ceux qui distribuent la mort par paquets de vingt aux éclopés dans son genre, prêts à payer si cher l'entourloupe d'une fumeuse promesse.

Alors il se mit en colère, ce qui ne lui arrivait presque jamais. Ce qui ne lui était plus arrivé depuis fort longtemps. Il sut aussitôt qu'il retrouvait là son être entier, même s'il perdait aussi ce même jour la moitié qu'il considérait jusqu'ici pouvoir un autre encore tenir pour sienne. Il sut ainsi l'indicible poids d'une souffrance qu'on accepte de vivre.

Son énervement retombé, il s'enquit d'une bonne âme suffisamment charitable pour le tirer du besoin. Sauf que ce semblait malheureusement être la journée des cons – de celles où ils s'enchaînent interminablement les uns après les autres en ne faisant honneur qu'à la bêtise par leur répétition et celle aussi de leur succession, comme si l'un entraînait encore l'autre après lui, et après lui un autre, et un autre encore qui ne luit pas – et qu'au décompte dernier des braves cœurs sur la main, il ne croisa pas un chat vaillant. Pourtant, certaines fourmis fumaient. Qu'à cela ne tienne, après tant de refus, il osa tout de même insister auprès d'une femme isolée. Le plan sentait mauvais, assez pour qu'il s'y soit jusque-là refusé : sa tête de six pieds de long, son accidentel caractère esseulé, son accoutrement et son allure, visiblement d'un autre rang social et d'un autre souci de mode que les siens, son livre, aussi, qui l'accaparait totalement, et puis le risque de paraître vouloir draguer. Seulement, il voulait une cigarette, à tout prix, et la belle tripotait nerveusement un briquet...

La méprise ne manqua pas : elle prit le gratteur pour un charmeur, repoussant des avances qu'il n'avait pas faites et desquelles il se dédit sans convaincre. Qu'à cela ne tienne, elle déclara que, du juste moyen ou de la correcte fin, il pouvait bien avoir une clope ou deux et même un prêt de flamme, malgré le prix du gaz. Mike n'en demandait pas tant et n'accepta qu'un seul des cadeaux en sus de l'usure du feu. Il n'avait pas, de toute manière, la tête à cela ; aussi la remercia-t-il avant de prendre congé, non pourtant sans avoir une dernière fois vainement déclamé toute la sincérité de son innocence au regard de ce fortuit emprunt aux règles de courtisanerie. La clope miraculeuse au bec, il vagabonda serein le temps de son évanouissement.

Sa mère ayant vendu la maison depuis belle lurette, il retourna à la chambre d'hôtel qui, moyennant moyenne finance, lui offrait un asile courtois depuis la veille. La décision n'avait pas encore été arrêtée, de s'installer ou non, d'acheter ou pas, de s'établir chez lui ou point. Et puis celui final de Sandra, clair et définitif…

Chaque chose en son temps. Pour le moment, en cet instant précis, son ventre criait famine, réclamant l'occasion de se sustenter. Fortune ne l'aidait pas, puisque la maison ne proposait que le petit-déjeuner. Il lui fallut sortir à nouveau, en quête cette fois d'un restaurant. Ce graal-ci nécessita moins d'errance, à croire qu'on pouvait en providence plus aisément se pourrir le corps avec de la malbouffe qu'avec du goudron ou de la nicotine. Tant pis tant mieux. Il avait faim, pas du tout l'envie de risquer faire chou blanc ailleurs ni de crapahuter plus longuement, et l'établissement ne payait pas une trop mauvaise mine. Faisant de bon cœur confiance aux apparences, il entra, s'assit, lorgna, sourit, commanda, mangea, et but. Il n'aurait pas craché sur un dessert, mais fortune semblait l'avoir réellement pris en grippe, puisque qu'au hasard d'un improbable incident électrique, pas un seul mets sucré n'avait survécu en cuisine. Tant pis tant pis. Un café et l'addition, avant l'air frais du dehors et la cigarette digestive. Le vent sec, aussi, invité sans se gêner. La futile dispersion des étincelles. La main, pour protéger du souffle, au plus près du mur. Et tandis qu'il se retournait, victorieux sur la nature, il remarqua la passante, de dos, un rien frigorifiée, qui détaillait le menu en tremblotant sous son léger manteau. Elle paraissait toute menue – un frêle détail de circonstance – et arborait du reste de très jolis cheveux. Sur le départ, il déconseilla poliment la halte à cette anonyme chevelure, au titre d'une incapacité de l'hôte à fournir un repas complet, sur quoi l'inconnue, ne daignant pas encore lui faire face, répondit qu'elle n'y comptait nullement et se contentait pour le moment d'examiner la carte au détour d'une balade. Tant mieux tant pis, autant pour son avis. Saisissant peut-être au vol quelques volutes, la chevelue lui quémanda négligemment l'aumône de quelques blonds arômes, amorçant enfin le virage corporel à même de permettre des présentations de visu par dévoilement du visage. Prêtant une attention supplémentaire au nouveau tour pris par l'échange au gré du face-à-face, il ne fut subitement plus qu'horreur et stupéfaction : fortune riait encore de lui, tandis que la femme de l'après-midi, elle, lui souriait juste ici là-devant ! Tant mieux tant mieux, au moins lui rendait-il la pareille. Il la fournit selon son vœu puis l'alluma, puisqu'elle l'en priait encore instamment et qu'il n'avait déraisonnablement rien contre. Un rien gêné, il prévint au hasard que celui-ci était seul responsable de leur présente entrevue, qu'il n'avait d'aucune manière abusé de particulières recherches pour retomber sur elle. Elle, justement, fut, un brin, éphémère moue déçue. Ils entamèrent un indéfini chemin, copains clopant sans s'en rendre bien compte, puis parvinrent à l'hôtel, devant lequel Mike ne manqua pas s'étonner se trouver – avec elle. Rien de plus normal, puisque la mystérieuse lui apprit y être descendue depuis peu. Luttant sans vraie réussite contre le cliché, l'intrigué proposa d'aller boire un verre en lieu des places de coucher…

Les grandes décisions sont telles les identiques déceptions : tues, silencieuses ; on ne les dit pas, par mysticisme superstitieux ou par peur plus singulière de se trouver contredit là exactement où l'on aimerait mieux pas. Ou même encore parce qu'on ne les comprend pas.

Elle avait accepté, et l'entrevue était loin de s'être mal déroulée, pour toute gratuite qu'elle eût été de part ou d'autre supposée. Ils avaient quelques atomes crochus ; des vrais, pas de ceux des cartoons télévisuels, pas de ceux de ces personnages qui se seraient comiquement attirés, puis alternativement tapés l'un sur l'autre, embrassés d'une manière ou d'une autre puis éloignés définitivement. Non ; quelque chose de plus tendre, de plus doux, de moins volatile mais non moins passionné. Quelque chose de profond. Quelque chose en rapport avec cette manière charmante qu'elle avait d'être au monde, au-delà de ce corps longiligne – mais fourni – sur lequel, déjà, personne n'aurait su rechigner à s'éterniser. Mais on n'accepte pas ainsi que n'importe qui nous fasse tout et n'importe quoi ; il faudrait en premier lieu qu'elle se laisse gagner. C'était ça : quelque chose avec son être, qui n'échappait pourtant pas à la vue. Quelque chose, un truc, comme une grande force intérieure, une assise au monde qui aurait pu passer pour de la nonchalance. Oui, une combativité constante, sans même savoir pourquoi, et sans qu'il ait d'une quelconque façon souhaité retrouver la qualité depuis sa récente perte. Un truc bien, pourtant, qu'elle s'y trouve incarnée...

Mike actionna l'interrupteur ; la chambre ne fut plus qu'ombres chinoises et réverbération lunaire, jeu calme projeté sur la fresque verticale offerte par le fin rideau de nuit, presque figé du reste en ses éparses répercussions intérieures. La relative tranquillité du patelin épargnait à cette heure les perturbations automobiles, qu'elles eussent dû être sonores ou lumineuses. Le bâtiment entier rendait un silencieux hommage à sa nouvelle quiétude, ne se trahissant pas même d'un ronflement de voisinage ni d'un quelconque reliquat fonctionnel ennuyeusement bruyant en la circonstance. Tout était bien ; tout était au moins mieux ; repu d'un indicible appétit, il s'endormit en paix.

Chapitre vingt et un : Bourreau des plaintes

Le chiant n'entend rien de rien. Les récriminations de Maïa, pas forcément toutes infondées, lui passent au-dessus de la tête. Il doit certainement écouter, mais écarte soigneusement chaque point de litanie d'une constante et détestable indifférence. Il se penche à la fenêtre, observe un spectacle au demeurant parfaitement inexistant, feint la trouvaille d'un second divertissement dont la valeur n'égale que son imagination, se tourne, appuie ses coudes sur la balustrade, la regarde bêtement s'égosiller, perd un mauvais rictus au passage de la condescendance, rentre ses deux mains au plus profond des poches et hausse enfin les épaules avec des yeux trop ronds pour lui, puisqu'il n'a rien à ajouter. Engoncé dans son hautin mépris, drapé de tant de suffisance, Simon agace terriblement Maïa, à un point tel que les claques peuvent facilement s'y perdre. Mais à lui abandonner une impulsivité autre que celle du verbe sale, elle sait risquer de l'embrasser juste après, puis aussi de le baiser derechef, sauvage et compulsive, sans même prendre le soin d'un esthétique et déshabilleur souci contemplatif du muscle, par ailleurs très également et très noblement travaillé. Alors qu'il ne faut pas, car il abuse un poil, d'un poil si peu soigné qu'il doit venir du cul. Qu'il soit un alcoolique sur le retour, soit. Mais de quel extraordinaire droit cette espèce d'ahuri se permet-il de lui demander à elle de ne plus boire, et d'arguer en sus tout naturellement d'un logique soutien moral, voire compassionnel en seconde chance ? De quel irrecevable droit ce connard se permet-il de décevoir ainsi les grandes espérances que Maïa place en lui et de ruiner aussi tous ses efforts en une bornée persistance à la stupidité ? A quel ignoble devoir se contraint-il pour ne surtout pas considérer les objections pourtant raisonnables qu'elle oppose dignement à son fantasque commandement ? Quel incroyable devoir se prête-t-il en fait de commander quoi que ce soit, avouant là quelque-part sa propre double incapacité à la maîtrise de soi ?

Les choses ne s'arrangent pas et le temps lui non-plus ne change toujours rien à l'affaire. Le chiant peut maintenant partir, puisque tout est dit en à peu près rien du tout ; et d'ailleurs il s'en va. A force, la tendre déçue devrait le savoir : les bons coups ne font pas les bons amis ; ils n'ont pas cet usage, ils ne sont pas faits pour ça. N'empêche que c'est extrêmement embêtant, pour user d'un protecteur euphémisme. Elle ne mérite pas tout cela, bien au contraire. Mais le hasard, capricieux, reste sourd à son tour aux attentes qu'on lui montre. En cela, Simon en reste un très correct fruit, à son exacte image. Peut-être ; mais peu lui en chaut, à la bonne poire du jour, qui craint dorénavant même l'eau tiède, pour se noyer tout juste dans ce bain à remous, dans ce mâle aimer qui la submerge, pourtant promesse première du meilleur des agréables !

C'est tout comme avec Carole, chez les parents de qui elle se retrouve à devoir aller chercher des fringues et d'autres fanfreluches, parce-que la première ne peut se déplacer à sa guise depuis l'agression mais tient inexplicablement au réconfort d'antiques bibelots, et puis parce-que ses vieux sont vieux ! C'est tout pénible, mais n'empêche que Maïa y va quand même, puisqu'elle ne sait laisser les gens dans le besoin et qu'elle se trouve officiellement chargée, aussi, de rassurer de vive voix les anciens.

Avant tout, toute entière ou presque déception, la belle-Hélène se rend chez le coiffeur. Quitte à voyager, quand bien même ce serait pour la porte d'à côté, autant ne pas le faire la tête en l'air de n'importe quoi. Elle visite aussi son amie, pour prendre les dernières recommandations et ne rien oublier ; c'est qu'il ne faudrait pas devoir y retourner pour rien, justement. Rien, c'est aussi ce que fait la loque, sauf à considérer l'occupation du canapé comme une activité à part entière, estimable et valorisable en potentialité. Le plâtre n'est pas si gros, pourtant. Le coup au moral un peu plus, sûrement. Petite princesse attend sa cour et se plaint de la faible fréquence des visites à chaque bouffon venu la divertir, ne se ravisant pour cette fois que lorsque déception la menace de la laisser se débrouiller seule. Alors le ton se fait plus doucereux, vise le mielleux sans l'atteindre et verse même un instant dans le précieux ridicule ; celui-ci ne tuant que la crédibilité de son porteur, et comme une loque ne s'en soucie pas plus que de son dernier haillon propre, déception se retient sans relever, se contentant d'acquiescer puisqu'elle en connaît fraîchement la leçon. N'offre à autrui que le bien qu'il t'aura généreusement été donné de goûter !

Maïa se met en route, avec chauffeur, car les taxis sont certainement là-bas une espèce disparue dont personne ne doit parler, une de ces choses qu'à coup sûr l'on croit trop exotiques pour que l'existence en soit possible en dehors de l'agitation ubuesque des grandes cités ; des licornes, en somme, qui peuvent bien subsister en quelque fantastique imaginaire mais ne servent nullement le présent monde. Les ancêtres habitent non près de ce qui déjà relève de la décevante bourgade pour la citadine ; très éloigné en tout cas de tout ce que le petit rat des villes connaît. Lentement, les grandes routes disparaissent et laissent fleurir une multitude labyrinthique de chemins cahoteux et étroits, sur lesquels règne encore la loi du plus fort : c'est le tracteur qui s'impose, et Maïa qui attend, puisque chauffeur refuse de tenter ce bougre de diable en avançant plus avant. A ce petit jeu-là, même les vaches sont reines.

Claude et Patricia l'attendent sur le pied de la porte, divertis par le chien qui joue, innocents d'une époque électronique permettant l'exacte communication de sa mobilité. De gré ou de force, d'ailleurs, puisque le réseau ne passe plus depuis l'orée de la forêt. A l'ouverture de la portière, on entend des oiseaux qui chantent, et c'est un peu l'Amérique en carte postale qui s'annonce en aventure de fin de semaine, la grande nature fraîche et sauvage, et vivante et grouillante, et rampante et baveuse, et tout plein partout de petites choses auxquelles il vaut mieux ne pas penser. Il pleut, inévitablement, alors on rentre rapidement. Tout juste après les chaleureuses présentations des hôtes et des lieux, l'envoyée spéciale commence à mettre de côté chaque élément de la feuille de soin éditée par Carole, où trônent en bonne place quelques robes délavées, un carnet symboliquement cadenassé cachant à coup sûr de boutonneux et dépassés secrets, ou un doudou fatigué, qui tapisse comme si de rien n'était le fond d'un coffre à jouets. Ces objets d'un autre âge et la volonté de leur rapatriement trahissent la dangereuse régression de son amie ; ils rendent en même temps cette maison agréable, lorsqu'elle sent le doux cocon éculé en sa fonction protectrice, là où celles de Maïa demeurent aseptisées par de fréquents déménagements et d'incessants renouvellements d'univers au fil des modes et des tendances de ces époques d'alors.

Silence... On entend les grosses gouttes indélicates éclabousser la terre, l'herbe, le bois, les feuilles et puis le toit sans exhaustivité ; quelques-unes ruissellent dans la gouttière, s'enfuyant toujours plus bas que le bas de la terre, comme si le ciel en colère les terrorisait tant qu'elles dussent s'en éloigner si loin ; il y a aussi d'autres bruits éparses, distribués sans pingre parcimonie, avec cette sorte de folle et précise minutie des notes de musique sur la partition du compositeur, que petit rat pourtant ne connaît ou ne reconnaît pas au milieu de ce vaste et bordélique opéra ; des craquements humides, des froissements feutrés, d'invisibles déplacements, honorables participants au calme brouhaha d'ambiance, diffus fond de sonorités aussi variées qu'harmonieuses ; quelques souffles de vent, perturbateurs inopinés, puissances si éphémères qu'elles s'inquiètent de leur extinction prochaine et se rassurent en hurlant des sous-bois jusqu'aux cimes, à l'image du tonnerre qui s'éprend, là, à gronder son caractère mélomane ; quelques coups désolés sur la porte : c'est l'heure du repas !

Les deux morceaux de préhistoire sont de cette sage génération qui ne sait pas ou plus qu'il y a des choses dont le goût n'est qu'interdit et d'autres dont la saveur n'est qu'exactement là. Toute adulte et de passage qu'elle soit, il est des règles auxquelles on ne déroge pas : il faut manger à telle heure, se retirer dans sa chambre à telle autre, et même presque ne plus bouger après vingt-deux ; oh, et bien sûr ne pas se promener de nuit dans le bois. Retranchés en leur vieille école, rangés des affaires du monde, de ses turpitudes et des dangereux excès de ses jeux, ils n'en sont pas moins sympathiques et âgés, alors la maligne capricieuse tâche de ne pas les contredire et feint connaître la leçon en répétant la sienne, au détour de laquelle couve, insidieuse et lascive catin, la mauvaise déception du matin. L'heure n'est pas au questionnement des éducations, péril inutile en la demeure, et elle peut tout aussi bien sortir en douce par la fenêtre, faire le mur sans prévenir ni blesser puisque la maison épouse convenablement le relief du terrain. L'appel du dehors, peut-être, ou l'étouffant dedans, qui par comparaison glisse doucement de l'agréable à l'oppressant en une implacable démonstration de ce qu'elle n'a pas. Au fond du jardin, la cabane et sa serre adjacente abritent de la pluie qui ne cesse pas et offrent une cabine de fortune où se dévêtir pour se sentir plus libre et respirer un peu : Maïa sort nue, ou presque, habillée de l'épaisse obscurité proposée par la nouvelle lune, couverte par la liquide humidité de la météo, se trempe jusqu'aux os et rince déception jusqu'au cœur. Biche gambade timidement, les pieds dans l'inconnu, les sens à l'invisible, aveugle et réceptive comme jamais. Ses cheveux sont gouttières, qui du bas de son dos jusqu'au débord du ventre, font enjamber aux larmes les racines de la plante, et comme elle lève ses avant-bras, faisant un lac petit en le vase de ses paumes ouvertes au ciel, l'extrémité de chacun de ses dix doigts créé pour elle seule le spectacle sensible de frêles torrents graciles aux courbures et directions instables et changeantes. Zeus zèbre soudain ses flancs d'éclairs incandescents, aussi Nyx ferme-t-elle les yeux pour préserver la virginité des ténèbres et la pureté de ses sensations. Le vent la dénude, un peu plus encore, lorsque, par saccades en bataille, éphémère commandeur aux autres forces faibles, il sépare les eaux de sa peau frissonnante. Elle inspire les mêlés éléments, hume et sent la campagne à son œuvre nocturne, et goûte une vitalité dont le jour en son sein la surprend. Le climat s'adoucit ; dans la noire forêt toute proche, on n'entend momentanément plus rien que les derniers ruisseaux qui s'étiolent et le silence suspect d'un monde animal à l'affût du changement. Lorsque l'arbre voisin s'ébroue sous l'effet de quelque cause assurée, précipitant alentour la large ondée de ses perles en une myriade de petits pointillés chus, Maïa doute entendre en le mouvement quelqu'un, rompt l'exercice sensitif et court se réfugier sous les verres avant de rejoindre sa chambre en panique, haletante, ses vêtements sous le bras, sa dignité sous elle.

La couverture a la triste rugosité du bois. Ça fait comme une écorce séchée, comme une carapace à l'envers, comme un réchaud brûlant, ou comme des égratignures, vilaines, à la toute fraîche douceur de son être. Au réveil, on ne parle de la nuit que pour s'enquérir de la qualité des sommeils respectifs, plutôt bonne chez chacun même si Patricia ronfle fort et n'aime pas qu'on le dise, signifiant sans plus attendre sa réticence aux confidences matinales par la petite vengeance domestique d'un café marital servi sans son usuel morceau de sucre ; d'où découle le murmure d'un grossier juron dont la bienséance ne permet pas la répétition mais qui finit tout de même par provoquer un enthousiasme général après quelques esquisses de sourires entendus. Le chauffeur sonne à la porte : il vient chercher les bagages, et si madame est prête, elle peut monter aussi ; et puisqu'il n'en est rien, on lui sort une tasse aussi, ce qui ne manque pas d'incommoder le sieur, peu accoutumé aux nobles politesses. Pourtant l'ambiance le gagne et la matinée passe, hors du temps mais dans l'eau puisque surgit, de prune, quelque liqueur bien née. Et puis fatalité reprend ses droits sur l'Homme : l'eau-de-vie se tarit, alors la mort dans l'âme on se promet visite, lettres et coups de fils, sans la conscience qu'il faut pour voir que dans l'alcool point ne vaut de salut. On croit chercher midi, c'est déjà quatorze heures : il est grand temps d'y aller, et l'on ne consent au départ que sous condition de prudence, dont on épuise réserve en la disant. Comme la journée se veut belle, on fait peu attention à ce cocher qui fouette un brin trop fort, alors il ne coule pas beaucoup d'eau sous les ponts avant que le carrosse ne verse sa stabilité au caniveau. Plus de peur que de mal, la modernité a du bon ; sauf bien sûr pour la voiture, les quatre gommes en l'air et la parure froissée, le fond à la renverse et la forme en cabosses. Tout le monde emporte cependant un ticket de camion rouge, la palme revenant indiscutablement au conducteur, dont la convalescence s'annonce devoir durer quelques jours et qui manifeste le souhait de rentrer ; et d'ailleurs il s'en va.

Maïa, elle, n'a aucune envie de partir. Quelque chose lui plaît, dans cette extrémité de monde – de son monde au moins – qu'elle ne cerne pas tout à fait. Sans définir un nouveau terreau, petite fleur se sent bien, pour la première fois bien. Ici. Ce peut être anecdotique, accidentel. Peut-être n'est-ce que le coup sur la tête et le chambardement de l'accident ; peut-être est-ce l'expérience de la veille ; peut-être a-t-elle juste envie d'écouter ce sentiment d'avoir envie d'être là, et peut-être est-ce tout assez suffisant pour rester ! La ville abritant le centre de secours ne paraît plus si petite aujourd'hui qu'hier ; ses habitants plus seulement provinciaux par catégorie. Elle peut certainement trouver quelques balades à faire, quelques rues à voir, quelques galeries à visiter, quelques magasins à vider, et que ne sait-elle pas encore. Toujours est-il qu'elle reste, pour voir, parce qu'elle le sent bien…

Chapitre vingt-deux : Automates négatifs

On n'empêchera pas les préjugés paradigmatiques de fleurir au gré des mondes ; voilà le poids de la masse, le prix des expériences d'altérité. Pourtant, certains de ces a priori mériteraient amplement le sort de Babel, voire celui de Sodome et Gomorrhe, tant leur productivité tend au néfaste et au vilain. Ainsi de celui-ci, qui fera encore demain le lit de nombreux enfants, réels ou spirituels : la propension à la réactivité négative, ce qui sera à dire pour tous et chacun la tendance toute humaine au contraire de l'éprouvé, dans la lignée logique des duplications mécaniques de schèmes – prenez un nombre, accolez-lui un signe ou positif ou négatif ; notez qu'il en sera toujours essentiellement du nombre. Le cas le plus couramment répandu, peut-être aussi le plus parlant, restant celui du cadre éducatif.

« Comment va-t-on l'appeler ?

- Dans un premier temps, on ne l'appellera pas, on ira le chercher ! Ou bien on appellera pour rien !

- Tu m'énerves ! Tu ne sais pas être sérieux.

- C'est faux.

- Alors prouve-le. Comment l'appellerais-tu, toi ?

- Je ne sais pas. C'est déjà important ? Ce n'est encore qu'un petit morceau de rien, pour le moment...

- Tu es sérieux, là ?

- Ok, ok. Mais je ne sais pas comment je veux l'appeler. On a encore le temps pour tout ça, le temps de voir venir, parce qu'on n'en est qu'au début, parce-que rien n'est vraiment encore fait. Non ?

- Et les visites à la famille ? Il faut qu'il voie ses grands-parents souvent, quand même ; déjà qu'il n'aura ni oncles ni tantes !

- Oui, certainement...

- Et les heures de coucher ? On ne doit pas lui apprendre à pouvoir déborder !

- Ta liste est encore longue ? Tu ne crois pas que tu vas un peu vite en besogne, que tu mets la charrue avant les bœufs ?

- C'est vrai, ou pas faux. Mais je ne veux pas qu'on laisse tout ça au hasard des circonstances à venir, qu'on prenne les choses comme elles arriveront sans se soucier d'une ligne directrice, avec cette forme latente de laxisme à venir qui s'installe sans rien dire. J'ai vécu ça, et ça ne me convient pas ; je veux faire les choses bien, je veux lui offrir un cadre...

- Le cadre, j'ai connu ça ; je peux te dire que ce n'est pas toujours rose. C'est même souvent très lourd.

- Arrête ! Tu vois très bien ce que je veux dire.

- Oui, très bien. Et toi ?

- Tout à fait : tu dis de ne pas nous précipiter. Mais les choses vont arriver, sans prévenir, et nous allons nous retrouver débordés. Tandis que je tiens, moi, à bien faire les choses. Je ne veux pas répéter les erreurs de mes parents, ou ce que je considère comme telles.

- Ce qui est tout à ton honneur. Pourtant, ne prends pas non-plus le parti simpliste de ne te positionner que par rapport à ces dites erreurs. Parce-que là, tu me parais foncer tête baissée dans un sens, juste pour avoir éprouvé son exact opposé.

- En parlant de mes parents, quand est-ce qu'on leur annonce ?

- Que tu es enceinte, ou que nous sommes ensemble ? »

Et ce n'est pas qu'on n'en croisera qu'un seul, de ces couples de singularités réplicatives qui copient les masses secondaires héritées, sans les interroger plus avant que le bon ou le mauvais de leur vécu. Il n'y aura qu'à regarder autour de soi, qu'à tourner légèrement la tête pour croiser partout des mimétismes, positifs ou négatifs – acceptions purement mathématiques des signes.

Tant qu'on n'y remédiera pas principiellement – et ce principe est illusoire en son atteinte directe, il faudra au mieux en tenir la tangente – les masses premières s'accommoderont sans conscience de ces secondaires encombrantes, réductrices ontologiques du possible des êtres : le puni ne punira pas, ou ne voudra idéalement point, jusqu'au premier écart, pour lequel il se châtiera très parfaitement tout seul, soi, encore ; le claqué ne touchera pas, ou se contiendra la plupart du temps, évacuant son agressivité dans un sport de combat ou dans d'autres batailles ; le trahi ne trompera pas, ou si peu profondément qu'il pourra persévérer, continuer à se mentir à lui-même sur la tendance humaine aux apartés, et tenter transmettre ainsi son rêve ; l'unique voudra une grande famille, nombreuse, pour ne pas répéter la solitude de sa vie, sans se demander si les suivants ne souffriront pas, eux, du fait de leurs histoires et de leurs inscriptions propres, de cette même multitude tant voulue précédemment ; l'accidenté ne roulera plus, par crainte anticipatrice, par appréhension, sans noter qu'il se fera tout aussi bien abîmer en vagabondant sur ses pieds ; le désolé ne s'excusera plus, se désolant malgré tout en secret de ne plus intervenir au monde en se retenant trop ; le déçu ne convoitera plus, se prévenant des prochaines déceptions ; l'incommodé ne puera pas, se lavant à outrance, par obsession, négligeant les atours impromptus des odeurs comme l'agressivité épidermique de sa quête de neutralité ; le mal-vêtu communiera la nature dans un illusoire semblant de subversion de la norme en l'expression nue de son innocence revendiquée ; le gros, moqué, ne mangera plus, jusqu'à craquer et avaler trois repas en un seul, histoire de rattraper sa faim et de combler la ruine de ses efforts ; le foudroyé de colères ne s'emportera pas, pas même en de menues disputes, épargnant ses états mais s'interdisant aussi la douce tendresse des réconciliations ; et tant d'autres encore, formant des paires – ou plus – de canards, boiteux de leurs automatismes. Tous, en somme, cumuleront les incohérences, faute d'agir au lieu de réagir, car la motivation importe, en ce qu'elle emporte alors par instants en des réflexes incontrôlés, dont on subit la venue puis la portée.

Voilà l'importance de la relative autonomie des masses secondaires après leur création, voici l'impératif d'une mémoire fonctionnelle : peu importent le nombre et les formes qui en adviendront, lesdites masses secondaires ne seront point, jamais, figées, tant qu'on ne refusera pas de remettre l'ouvrage sur le métier ou la main à la patte ! Fixes de leur nouveau statut, oui ; mais non figées en ses formes. Dès lors qu'on se rappellera leur potentiel évolutif, on pourra modifier autre que leur seul signe !

Car il sera toujours triste, dommageable, et regrettable car évitable, de relever ces positionnements automatiques avortant immanquablement les cours d'échanges. Ainsi, parfois, déjà, du premier niveau conversationnel.

« Parce-que tu es un romantique, toi ? Un fin et délicat seigneur, qui prend soin de ses atours et puis des gens autour ?

- Bien sûr ! Je n'enfonce jamais un cul sans l'avoir salué du doigt !

- Oh ! Un gentleman cambrioleur ! Amis de la poésie, vos vers sont au coquin gourmet que voici quelque vile et futile ambroisie !

- Amen.

- Tu es ignoble ! Ignoblement vulgaire, même.

- Sûr ! Et attends, je ne t'ai pas encore parlé de l'état de mon doigt après l'intromission... »

Ce qui ne manquera pas de provoquer réaction plus dégoûtée encore, colère et emportement, reproches et quolibets, bouderies et mépris, indifférence et éloignement, rapprochements et empathie, puis confusion ; puis confessions.

« Pardon. Je réponds n'importe comment, dès qu'il s'agit de romantisme. Ce doit être ma manière de dire que l'on galvaude le terme, qu'on en fait tout et n'importe quoi en des travestissements excessifs, tandis qu'il tient d'une disposition de l'âme avant tout et que quelques mauvaises s'y cachent sans grand honneur...

- Oui, ça, ou ta façon de te protéger.

- De me protéger de quoi ?

- De la lecture de toi ! De ce que les autres pourraient voir en toi de romantique et que tu ne tiendrais pas trop à montrer. De cet état de toi, justement, peut-être un peu trop prude ou sensible pour se laisser saisir.

- Peut-être bien. Qui sait ?

- En tout cas, la façon de ta réaction est ignoble.

- Je sais bien, désolé. Parfois, je me laisse gagner par le jeu, je réagis sans maîtriser tout ce qui se passe... Et cet ignoble arrête la plupart des gens, ce qui est aussi bien au final.

- Tout aussi bien ? Cela te satisfait ?

- Peu ou prou. Au moins ne m'embêtent-ils plus à ce propos, au moins puis-je sélectionner ceux qui s'arrêtent à ce premier niveau. Un peu comme quand on te demande si ça va, espérant se servir de la question comme d'une introduction, et que tu réponds du tac au tac que oui, ça va, pour ne pas t'appesantir ni offrir l'occasion d'un début de conversation potentiellement très inutile.

- Certes. Mais du coup, ce que tu es toi, personne ne le vois, puisque tu perds tout le monde dans un faux-semblant de toi parfaitement réactif, puisque tu aiguilles les autres vers un monde qui n'est pas nécessairement le tien, duquel à force ils ne peuvent pas tirer l'enseignement du vrai ou du faux, autrement dit si tu vas bien ou pas... Est-ce qu'il n'y a pas un manque, juste là ?

- Je ne sais pas. Peut-être. Est-ce bien important ?

- Oui. Je crois bien que oui, à la lumière de cette disposition de l'âme dont tu parles toi-même et qui, du coup, échappe à tes interlocuteurs à cause de ce jeu qui te déborde. Parce-que répondre que ça va, par exemple, devient vite une habitude dont on ne se passe plus. Tu te voiles alors à tes interlocuteurs et un peu à toi aussi, à force. Et puis merde, quel exemple vas-tu donner au petit ?

- Dit-elle en disant merde.

- Cela n'a rien à voir.

- Je prendrai donc la même chose. »

A merde, on répondra le plus souvent merde et demie, puisque l'entrainement gravitationnel des mondes et des masses, qui ne portera pas de pire façon que lorsque les fondamentales y mettront de la mauvaise volonté et que celle-ci, gluante inextricable, fera lieu unique de la symbiose entre elles. Puisque la peur fabrique la peur qu'elle nourrit.

On saura sans transition rétorquer que l'automatisme est un réflexe, un instinct que rien n'enferme sans difficultés, ni conséquemment fuites, comme tout silence sans gré face à son impossible. Un argument que le fair-think – ou équité intra-pensée, racolage putassier en mémoire du fair-play sportif – retoquera pourtant derechef, puisqu'au compte des lâches, les braves n'existeront jamais : qui ne tentera rien n'obtiendra jamais rien, pas même la bonne étoile sur un autre mode que la pathétique reconstruction rétrograde du hasard. En prime, de sus, saura jaillir l'idée que tenter la maîtrise n'est pas nier la puissance : dire qu'une parole est infecte, odieuse ou subversive, ce n'est pas interdire de la prononcer, tout comme inviter à ne plus flatter le plénipotentiaire instinct – messager, alors, d'un miraud fond d'humanité – ne sera pas considérer qu'il saurait ne plus advenir, ni qu'on pourrait ou devrait tenter de l'empêcher ; simplement qu'au stimulus surgissant, à cette gravitation en marche, la phénoménologie pourra bien se conditionner, c'est-à-dire s'habituer une réponse constructive, une interne parade à peu près consciente, à ce qu'elle sait un rouage déclencheur de fatras, afin de ne plus se laisser traverser sans mot dire par la bousculade indélicate des remous de sa masse.

On saura sans doute ensuite développer, plus ou moins poétiquement, que des montagnes de fange les plus infâmes émergeront occasionnellement et tout aussi inopinément quelques saintes et sublimes unions ; que des échanges entre individualités mêmes réflexivement conditionnées pourra malgré tout naître quelque beauté partagée. Certes. Potentiellement. Dans un hypothétique potentiel ou en de trop rares occurrences. Ne seront-ce les automates négatifs lestant ainsi la situation, que pourra pourtant donner ce principe d'émergence aléatoire, au sein d'un creuset de consciences pleines – ou plus pleines, en action d'elles-mêmes ? Ne sera-ce pas là un meilleur terreau, plus prolifique aussi, d'un prolifique tant numéraire que qualitatif, que celui, apaisé, des singularités qui se connaîtront elles-mêmes et adouciront les effusions de leurs instincts, sans pour autant totalement les taire, circonvenant habilement la nécessité ? Ne seront-ce les épineux efforts des masses premières, c'est-à-dire l'énergie de leurs impositions et son altération en diverses influences de circonstances, le fondement même de la bienheureuse manœuvre ne tiendra-t-il pas tout justement originellement d'elles-mêmes, créatrices de possible en leur manière volitive, c'est-à-dire en leur façon de volonté en acte de volition ? Au sein, de fait, d'une inscription contextuelle parfaitement accidentelle au vu de la structure fonctionnelle primaire…

En regard du système des masses, la création d'automates négatifs sera éternellement une résultante conditionnelle – issue des conditions, fruit du conditionnement. L'enfant, l'idée de l'enfant, valant alors meilleure exergue du processus, puisque classiquement entendue, et puisque tournant répétitif : la source parentale aura su ou non – ou partiellement – se libérer de ses propres automatismes, dont celui de l'enfant – envisagé comme reproduction de soi, nouvelle chance de soi, ou nouvelle pleine étantité possible, pour ce qui ne sera que de l'ordre croissant et parcellaire des plus ou moins positifs – qui, lui-même, même intentionnellement chargé d'une pleine neutralité, pourra encore réagir en automate malgré tout le soin parental.

Même dans le meilleur des mondes possibles, même dans le jardin le mieux cultivé qui soit, la pulsion garde sa libre advenue, le choix – s'il en fallait un – de son grain de sel dans les belles mécaniques. N'est-ce pas à dire que l'on peut favoriser la bonne pousse des plantes en veillant à la qualité du terreau, en ne renonçant jamais à l'épurer, en ne comptant pas ses efforts, en ne baissant pas les bras devant l'ardu gigantisme de la tâche, en n'oubliant pas que la route de l'inatteignable impossible sait produire, sous réserve de ne pas s'y perdre, quelques belles avancées ?

Chapitre vingt-trois : Troisième terme

Le rai solaire, traversant depuis sa source lointaine toute la noire étendue du glacé vide spatial en un semblant d'instantanéité, ne s'attardant pas plus au croisement des premiers oisillons carillonneurs qu'à celui des bigarrés végétaux à la fraîche, brune humeur automnale, vint heurter les présomptueuses et horizontales brisures métalliques dressées là par quelque insolent humain mégalomane contre son univers, les lois de sa nature ou l'indiscrétion de ses semblables, y adoucit son droit éclat matinal et pénétra la pièce en décompositions parcellaires et ordonnées, se faisant à l'échelle des lieux comme on entre sur la pointe des pieds pour ne point perturber la quiétude d'une maisonnée que l'on aime ou respecte, frappant plus doucereusement les tissus auparavant déjà caressés par un sommeil gentiment partagé, figeant presque cette torpeur nocturne, que l'éveil lui-même capricieux de l'endroit et de ses compagnons en chambrée peinait encore à dissiper, en le milieu d'entrelacs silencieux, intersections impromptues de niveaux d'existence enchâssés au hasard de leurs venues, carrefours circonstanciels de phénomènes variés, ici temporairement unis, dont la luminosité de l'un pâlissait sans le dire devant l'intense ontologie de l'autre, lequel, fatalement, ne se privait pas, sans retour, de lustrer son moment en brillant au possible.

Mike, les yeux mi-clos, le corps engourdi et l'esprit brumeux, émergea timidement, tâtant maladroitement son inscription à la matérialité de ce monde au sein gauche d'un corps chaud dont le toucher moelleux raviva sans aucun déplaisir ses cotonneux souvenirs de la suave veille, soir d'un état agréable qui avait très correctement préparé la qualité toute savoureuse du présent réveil, comme une finalité rétrograde dont la splendeur planificatrice n'apparaît qu'à l'échu de son terme et selon son seul prisme.

Le drap, blanc manteau léger à cette douce peau crémeuse, étoffe encore froissée de leurs corporels mouvements nocturnes, de ces peu conscients et très innocents retournements quêtant le sommeil en une plus parfaite disposition du lourd organisme attendue berceuse d'âme, lui faisait un plaisant cache-beauté, trompant l'œil fouineur et hypothétique de qui n'aurait rien vu du spectacle précédemment joué, masquant avec égard la superbe de cette belle idée à sa rêveuse affaire, corporéité généreuse que la tendre providence, toute en dignité, se refusait visiblement à laisser contempler sans mot dire à la postérité ni dérangement défausser à l'incommodité potentielle du voyeur sur sa chose, ne laissant paraître de la chair délicate que de menus morceaux éparses et prometteurs, même au déjà converti, alléchants au passant de tout poil, interdit, là, lui, de dévorer son plat, contraint de patienter jusque la tardive disponibilité de la grâce, et de ne faire en l'instant de son tort insatisfait qu'un usage singulièrement meurtrissant à l'encontre de la plaie de sa propre impatience.

Dernier soubresaut des relents d'une nuit reposante, la crêpe humaine s'agita soudain, greffant subitement le recto au verso de sa présentation à l'œil, ce qui ne manqua pas de la dénuder un peu plus, sans pourtant se réveiller pleinement, laissant un rien le mâle oiseau piaffer toujours l'accoutumée de sa solitude sans gré.

Le moment était de ceux, graves mais sympathiques tout de même de leur lourde harmonie, où l'apaisement général dicte l'unicité de sa règle aux présents dont la lecture s'y offre : les poires s'étalaient sous le poids d'un air imperturbablement figé, ou bien d'une bête gravité, murant en une éphémère façon d'éternité la sainte vue de leurs disques, eux-mêmes auréolées d'un autre teint laiteux déjà plus tôt goûté ; le ventre, à la faible voire miséreuse proéminence, malgré tout irréductiblement volontaire en sa respiration, peinait à joindre aux cieux le sommet de son merveilleux petit mont, puis retombait aussitôt en son creux le plus naturel, retournait lentement et avec force de régularité affaisser son nombril au point le plus bas de son monde, l'extrémité est de ce petit bassin restant pour sa part à sa timide et couverte réserve, accommodante voisine, aimable frontalière de l'instable nuage tapisseur ; les épaules ne se cherchaient plus de conscient placement figuratif à l'appui d'une position particulière ou d'une autre attitude également parlante ; les cheveux, décoiffés, pas encore complètement emmêlés, se révélaient lâches au studieux exercice de l'artistique ordonnancement soigné, irrévérencieux aussi à son discours social, en l'occurrence futile ; le visage, flegmatique mime moqueur à l'image de son prédécesseur détail, ne se souciait pas ni de son masque ni de sa comédie ; les paumes des deux mains inertes embrassaient sans savoir ni pouvoir le restant complet de l'univers par une ouverture somme toute tant involontaire qu'accueillante ; les muscles inactifs, formidablement détendus, se reposaient pleinement, avec une douce sérénité, en épousant au mieux leur rectiligne couche ; les pieds n'étaient que bosses imprécises, sournoisement repartis se lover en leur miséricordieux voile de gentille discrétion, incapable au-dessus de couvrir et cheville et chaînette ; le dos, enfin, dorénavant exilé du dévoilement joué, sans pourtant plus le secours de la pâle couverture, signifiait à lui seul la présence têtue, nécessaire par structure, de ces participants d'instant que pourtant l'on y tut.

De cette foule de minuscules aspects atemporels et passablement désordonnés émergeait une sorte de phénomène suspensif, perceptible en sa globalité, cohérent en son ensemble, appréciable en sa teneur, qui gravait un souvenir mielleux dans un écrin d'ambre assurément suffisamment solide pour affronter demain, intact, l'examen de la subséquente recollection nostalgique.

Soucieux d'un urticant poil de trop, il questionna sa barbe et son progrès, assez peu avancé depuis la dernière visite du rasoir, puis approcha à tâtons sa toute ouïe grande oreille de la disponible et accueillante poitrine, pour la poser tout auprès le cœur en-dessous la thoracique cage, espérant sans nullement douter capter-là quelque vivante et vibrante palpitation.

C'était plaisamment comme naïvement écouter ronfler la mer dans un coquillage alors qu'on n'a pas plus écoulé d'années que compté de doigts sur ses mains, fébrilement comme prêter avec précaution une lointaine et inquiète attention à la sempiternelle disputée vocalise parentale au milieu des enfantins couchers, craintivement comme se rendre compte sur le tard de l'extraordinaire fragilité et de l'impossibilité promise à protéger cette pompe animée, ni non plus le chétif atour mécanique tout autour, face à l'annonce de leur inéluctable statut de petites choses insignifiantes aux grandes et du reste follets feux éphémères de tendresse, mourant après ; c'était étrangement comme entendre la vie, comme voler en secret toute la magie d'un souffle.

Les régularités croisées de cette percussion, battant langoureuse mesure, et du poitrail nacré, qui échangeait allègrement un pas en avant pour un autre en arrière sur un tempo tranquille, l'intrigue aussi du suivant double coup ou bien d'un de théâtre, lui firent une perfide berceuse, dont l'entrain – peu avare de son don – le surprit à sombrer sans lutter en la sage résonnance assoupie de feu son précédent endormissement.

Ce furent les chaleurs combinées de sa muse-oreiller et de l'étoile de Terre qui le réveillèrent un peu plus tard, dans un sentiment paradoxal d'excessive béatitude, lorsque le store, visiblement dépassé, immobile multiplement pendu à sa large fenêtre, n'arrêta plus du même efficace les rayons pourtant pâlots du jour plein, alors que l'astre de son matin le massait gentiment à travers la fournie garnison de son cuir chevelu, et tandis que lui, heureux d'un repos juste, gisait presque encore évanoui, somnolant sur le départ de ses songes, le lobe à force endolori de cette longue sieste tout auprès du sternum.

L'atmosphère, elle, n'avait pas évolué d'un gros iota, restait trou très bizarre dans la couche temporelle et son usuelle continuité chronologique, moment mort du vivant, dicible balise des récits romantiques à venir : on pouvait noter quelque chant animal en la mélodieuse succession de petits cris aigus fièrement roucoulants, imaginer quelque suintante rosée pour embellir le tableau d'autres perles fugaces, éparpiller encore, de-ci, de-là, une ou deux bougies à l'enivrant parfum, disséminer aussi, ou par-ci, ou par-là, d'autres couleurs de fleurs et quelques chatoyants pétales rougis de leur esseulement de tige, tinter deux verres à pied pour sonner la célébration d'une ivresse, voire pourquoi pas souhaiter la mignonne candeur de curieux ou intrigués observateurs sciuridés ; n'eurent alors honnêtement plus manqué qu'un clavecin, quelque léger hautbois, ou n'importe quel autre violon d'Ingres dûment émoustillé pour combler renommée, si seulement l'on avait concédé napper cet étage d'une céleste espèce musicienne aussi gratuitement fleurissante que les folles variétés de lichens, d'écorces, ou d'adorables et délicieux champignons.

Il n'empêche que Mike dégustait son moment sans matière à reproche, en en dévorant le faste sans le souci des décoratives breloques, avec l'insatiable gourmandise, l'ingénieuse malice de l'affamé nécessiteux devant un somptueux banquet, sachant se satisfaire d'une abondance d'essence sans le superflu de sa robe, certain surtout de ne plus là la trouver bien longtemps, cette supercherie splendide qui comblait par trop plein son besoin, laissant planer l'épée tragique du brusque et inévitable terminal rappel à l'ordre : si les bonnes choses ont une fin, les meilleures ont la pire.

L'explication lui manquait, sourde logique implicite proprement silencieuse mais pourtant bétonnée de sa bonne fondation, insaisissable petite catin qu'on sent du bout des doigts mais qui – sans raison – décide de ne point venir au très égoïste motif disruptif de l'insipide platitude bassement prévisible, fugitive bornée à ne point satisfaire les attentes que même on lui montrerait sans fard, indécrottable putain toute entière pétrie de vénale vilenie, toujours déjà la tête à son client suivant ou à son compte rond.

Elle se tenait là, moitié sur lui ou lui sur elle, passive, lascive, quasi inoccupée sauf à sa chevelure en digitales pressions, et pourtant le vidait d'absolument tous ses soucis, et pourtant l'obnubilait si tôt de sa simple présence, et pourtant enchantait chaque mouvement du temps jusque son flottant moratoire, et pourtant qualifiait sans vergogne, et de jolie manière, chaque adjectif apposé à la ligne de sa sensibilité, le guidant en toute confiance vers un parfait terminus de félicité.

C'était grandement suffisant, excellemment succulent, puis indubitablement perturbant, aussi, puisqu'il ne l'avait rencontrée qu'hier et qu'il en dépendait déjà, au regard de cette drôle d'alcôve phénoménologique, énigmatique en sa condition structurelle, couffin subtilement captivant dont il ne souhaitait absolument pas se défaire alors qu'il ne le découvrait que tout juste.

C'était un peu comme cette télévision, qui trônait au sud de leur lit et remplissait une bonne part de son champ de vision dès lors que l'une ou l'autre de ses paupières daignait délivrer un effort : il n'y a fondamentalement presque rien de plus plat qu'un écran en termes d'inspiration, quasiment pas de plus mauvaise muse au poète, mais il pouvait ici en aimer le mat aspect du cadre, relever l'inutilité muette de ce triste appareil en ses éteintes périodes, si ce n'est même penser librement au travail fourni par de dociles fourmis en diverses étapes de conception, de fabrication ou de décorative livraison pour que l'objet soit là, en cette pièce, prêt à se distraire des vagabonds du lieu depuis le haut belvédère de son austère mutisme de forme.

Ainsi, au plus il tentait de se concentrer, au plus il se perdait en sornettes distractives et en balivernes suspectes de trop de particularité, et au moins fatalement il approchait la source miraculeuse de son bien-être.

Qui pouvait dire, peut-être l'acuité intellectuelle engendrait-elle une perte sensitive, perte qu'il n'était rigoureusement pas prêt à assumer, et peut-être alors se retrouvait-il pris entre deux eaux, entre le marteau langoureux des stimuli et l'enclume restrictive de son inquisitrice raison, impuissant à ses choix ; peut-être la confusion grandissait-elle à chaque percée qu'il tentait en l'élucidation de sa grâce, comme pour mieux le perdre et le garder ainsi, perturbé chercheur, songeur et curieux, consciencieux mais flemmard, insuffisamment avare des efforts dépensés ; peut-être...

Alors il abandonna, s'abandonna lui à l'un de ces lâchers-prise qui ne sont que temporaires à défaut de tout à fait volatiles, aidé en cela par le contact labial goulûment proposé par sa nymphe aux très hospitalières lèvres fines, fermes de leur décidée galoche, onctueuses d'un accueil désiré, humectées plus encore par l'accroche de ses propres baisers à l'insolente répartie.

Comme ils cessèrent, ils restèrent chiens de faïence, exploratrices pupilles de leurs nations réciproques, provocations d'iris contre pacifications des humeurs, cinglants ébats de cils en courtoises distances, courtisanes courbettes sous austères sourcils, sclérotiques échanges des émissaires de l'âme, vaines et improductives armistices pour tout autre coquin, étranger non rompu à l'ubuesque code du fantasque combat.

Ce n'était certes pas celui du cycle naturel, mais cette parenthèse lui fit un très joyeux printemps, dans ce laps d'étant gonflé de tant de consistance qu'elle en dilate le temps, une vertueuse saison, la naissance d'un jour, fontaine d'éclairantes promesses, qu'interrompit très inélégamment le service en chambre du petit-déjeuner, lorsque son humain porteur toqua à la porte et s'annonça d'une voix aussi peu cordiale que celle d'un gardien de prison.

Mike l'eût volontiers fustigé.

Il se fit pourtant prendre de vitesse.

Chapitre vingt-quatre : L'abruti du comptoir

Puisqu'il n'est pas de meilleur moyen pour découvrir une ville – ou pour seulement prendre son temps – que de s'y promener, et comme elle n'a momentanément plus de véhicule sous la main, ni non plus de chauffeur pour un hypothétique engin de substitution, du reste hors de ses vœux, Maïa prend son courage à deux pieds et entame un tour du coin, flâne sans objectif précis de boutique en boutique, se charge malgré tout de quelques parures pour les jours à venir, erre deux ou trois mètres en sus, croise un restaurant qu'elle juge minable et dépasse sans tarder, tombe sur un autre un poil plus attrayant, s'y repaît, se choisit un hébergement sur les conseils du commerçant, s'accorde un succinct somme, se douche, se branle sous l'eau pour évacuer le stress résiduel, se savonne, rase les récalcitrants rebelles au lisse de l'épiderme, se shampouine, achève de se laver, s'enquiert d'une librairie auprès d'un réceptionniste peu avenant, acquiert quatorze ouvrages pour les prochaines nuits, très certaine de compter-là un assuré minima, les apporte à l'hôtel car la pile en est lourde, dépose encore la clé parce qu'on le lui demande, oui, même pour cinq minutes, ainsi va la règle et c'est ainsi on ne peut rien y changer, sort enfin, fume, jette son mégot, rentre, récupère son sésame, se change, se couche, dévore un premier roman, se tourne, se retourne, dort, se réveille et découvre que le petit-déjeuner n'est pas là, appelle le service d'étage, apprend qu'il faut le réserver au soir, s'habille, descend, râle, s'époumone avec véhémence, gagne en lucidité sur l'efficace, quitte l'établissement, joint une boulangerie, achète un croissant et une brioche au sucre, rejoint un banc public, savoure ses viennoiseries, entame un deuxième ouvrage, offre une cigarette à un gentil mignon maladroit, poursuit sa lecture, a passablement froid, c'est la faute au dehors, passe par l'accueil toujours aussi peu accueillant, monte, s'accorde une sieste, s'éveille trop tard, a formidablement faim, pisse d'abord, boit une gorgée minérale, comme pour équilibrer les ballasts, sort encore, revient sur ses pas, crie au vilain serviteur qu'elle entend bien se faire livrer chaque matin maintenant son croissant et son café, tourne les talons sans plus de politesse, cherche une brasserie, n'a plus tant envie de se sustenter, opte pour une salade, parcourt rues et cartes à titre de comparaison, n'a vraiment plus la dalle, lit quand même, pour s'occuper, tout en vaquant, se fait apostropher devant un énième menu, reconnaît le mignon, remonte le premier filet, papote incidemment, en route pour son château, qui est aussi le sien, propose un verre au pauvre bar du lieu, apprécie le whisky, discute toujours, se découvre fatiguée, termine seule dans sa chambre, repense à la journée, embrasse Morphée, tique au petit matin devant le manque de douceur du garçon d'étage, le fait savoir, précise qu'elle tient quand même à celui du lendemain, voit presque la porte claquer sous son nez, se précipite pour l'engueuler, croise l'autre de la veille dans le couloir, accepte un tour de ville, se vêtit avant, raconte une bribe de vie, découvre une confidence, livre une seconde anecdote, reçoit un conte entier, touche en fait d'un doigt sondeur et se laisse entraîner par le courant de l'opinion, mange sur invitation, est malade, barbouillée, peut-être le fort alcool du soir, peut-être le froid général qui s'installe, s'excuse, mais doit rejoindre le confort de ses commodités, s'y rend en quatrième vitesse, s'impatiente du pitoyable de la réception, se tord les boyaux, s'excuse, monte, s'enferme, relève, abaisse, s'assied, évacue, se sent mieux, respire, mauvaise idée, s'essuie, chasse, se rhabille, vaporise, rince ses mains, ressort, s'excuse, propose de prendre à nouveau l'air au mignon bien patient, pour se faire pardonner la grossière interruption, insiste, affirme qu'elle va mieux, bien mieux, convainc, le second aussi en passant dans son dos sans rien rendre, profite comme une gamine de sa petite fourberie, est heureuse, tient un bras du sien pour ne pas s'envoler, à deux doigts de chanter sous la pluie, vit une excellente après-midi, ne crache pas dans la soupe, n'a pas deux langues, partage déjà la sienne, comme le temps passe vite, ne refuse pas les réponses sur sa bouche, tombe à la renverse, avec un peu d'aide, déboutonne, dé-zippe, caresse, débusque, saisit, libère, branle un coup, salue du bout des lèvres, accueille littéralement, se fait rendre la léchouille, jouit, introduire aussi, héberge, couverte, qui va, qui vient, presque, recueille, c'est la mort de la bête à deux dos, ne s'occupe plus de rien, ne combat pas, s'endort, en compagnie, ouvre un œil, s'agite, se tourne, somnole encore, masse le crâne qu'on oublie sur elle, roule un patin qu'on lui galoche, scrute le fond d'une âme, entend le désagréable sieur s'annoncer sans aucune courtoisie, se lève, court à la porte, remet le personnel à sa place, crûment, demande du rab pour son compagnon, s'énerve, s'emporte, s'insurge, renverse le plateau, achève la conversation, referme la porte, prévient qu'il faut descendre si on escompte manger, comprend qu'on veut bien manger mais qu'on veut aussi bien baiser, pourquoi pas et que chacun s'échine, se détend, remet sa culotte, enfile une robe, un léger manteau, descend, jette sa clé au comptoir, promet de changer d'hôtel, n'en prévoit pourtant rien, attrape une main, sert un peu autour et puis les doigts dedans, avance, commande, paye, boit, mange, regarde, observe, contemple, dérange, s'en moque, s'en moque toujours autant, persévère, suit lorsque l'on sort, se promène, en compagnie, toute la journée, souhaite remettre ça dans un endroit saugrenu, choisit collégialement l'escalier de l'hôtel, joue au premier qui arrive, court, court plus vite, gagne, personne, l'attend, son sous-vêtement à la main et son désir au bout des doigts, le veux, sans capote, tant pis, mauvais tant pis mais s'en moque, le veut, s'ouvre, décolle ses pieds du sol, les fesses en le berceau de ses mains, l'a, l'agrippe, se plaque au mur, laid, l'essore, encore, vient, vient bien, revient sur Terre, l'embrasse, lui, la ramasse, la dépose en réclamant son passe, feint l'inattention, puis l'oubli, sourit quand seul le mur la voit faire, dandine, avance, monte, dans l'autre chambre, parle longtemps, se couche, dort, se sent, se lève, se douche, se fait rejoindre, se douche avec l'amour du partage, s'habille avec la veille plus un nouveau coton, se dirige vers sa chambre, trouve un croissant devant, avec un café froid, le tout sur un plateau, rit doucement, toute seule pour elle, écrase, ouvre, pénètre, se retire du monde en sa lecture, ne décroche pas le téléphone, ne vérifie pas le judas, ne finit pas le roman, n'en aime pas le style, n'en trouve pas le message, en commence un autre dont elle connaît l'auteur – tant pis, mauvais tant pis – et la résolution, l'achève, ne se bouleverse pas, tant pis, s'allonge, fixe le plafond, songe, télécommande le flux télévisuel des informations, écoute, se distrait, n'apprend rien, a faim, va chercher son mignon, puis une table, se lasse du rythme, pense à changer, à rentrer, mange, en parle, se raconte, encore, découvre, encore aussi, on n'arrête pas le progrès, convient d'une sortie de ville, trouve un loueur de voitures, choisit, se fait conduire puisqu'on a le permis, aime beaucoup la route pour ce qu'elle est si route, rêve devant le paysage qui défile, aperçoit une auberge, décide d'y dormir parce-que la nuit s'installe, ne se trouve pas contredite, c'est aussi bien, suit l'hôtesse jusque leur chambre, remercie, explore le balcon, reconnaît la douce et fraîche ambiance nocturne de la forêt toute proche, garde le secret sur son histoire, confesse ensuite sa non-prise de pilule, jamais, au grand jamais, se fiche des conséquences présentes comme déjà des passées, ne se fait pas rejeter, se couvre d'un plaid lourd, s'étend sur une chaise-longue et se blottit tout contre lui, échange, dialogue, découvre, se love, aime, peut-être, trouve que c'est un peu tôt, ne dit rien, le laisse sûrement transpirer, tant pis, doux tant pis, se réconforte, l'enlace, change pour le lit, se raconte et apprend encore, fait d'une chemise celle de sa nuit, somnole, dort, se réveille, câline, embrasse, caresse, roule en-dessous, mouille la chemise, met du cœur à l'ouvrage, guide, détend, reçoit, crispe, soupire, cesse, n'a donc pas à se soucier de sa fertilité, pas pour ce coup-ci, entraîne dans la salle de bains, se lave, se sèche, embarque, voyage, sourit, de son plus vrai ou plus béat sourire, doit être en une certaine façon heureuse, presque, car revient à l'hôtel, au triste hôtel et à son triste sire, tant pis, l'ignore, fait récupérer sa clé, même si ça les ennuie, envoie rendre la voiture, pointe au hasard un exécrable doigt d'honneur, retrouve sa chambre et ses bouquins, son bouquin, s'évade encore, entend toquer, se lève, ouvre, invite à entrer, discute, passe une nuit tranquille, s'éveille, décroche le téléphone, demande le passage de la femme de ménage, envoie l'homme sous la douche, réceptionne l'employée, indique la salle de bains, précise qu'elle s'y rend sur l'instant et qu'il n'est pas utile de la nettoyer, seulement la chambre, y va, rassure le mignon, se dévêt, assure la tension sans trouver grande résistance, pose son derrière sur l'avant du lavabo, impose le silence, la main sur la bouche, appelle la jouissance, le trombone dans l'étui, du bruit dans les coulisses, sent la pointe de stress monter puis se partager, touche le faîte, ensemble, reprend pied, vérifie la présence, l'envoie s'habiller, part sous l'eau, interrompt l'écoulement, savoure la surprise de la ménagère, et la gêne, et l'embarras, et la confusion, anticipe le récit qu'elle en prépare, rouvre le robinet, sourit, finit, se sèche, rejoint, s'excuse, pas nécessaire, invite, sort, tient la main, suit, ne choisit pas, commande, n'aime pas, change, c'est mieux, termine par un thé, marche, à deux, papote, aussi, jusque dans le couloir, détaille son envie de lire, explique que c'est bien mieux toute seule, dit au revoir, avec la langue, s'enferme dans la pièce, fait pipi de manière préventive, s'enfonce sous la couette, parcourt l'œuvre de page en page et de pages en monde, suppute, touche juste, se trompe, s'amuse, se peine, s'inquiète, termine, pousse l'entame d'une autre couverture, allume, regarde l'heure, éteint, éclaire, continue, jusque tard, trop tard, se perd, rêve, sursaute, éteint, se tourne, dort, se réveille, note sur le pas qu'on ne toque même plus, ne se prive pas, elle, ailleurs, entre alors qu'on lui ouvre, s'installe, discute, échange sans lassitude, informe d'un départ prochain, un jour ou l'autre, attend, prend note de la superficialité des attaches géographiques, ne boude pas sa joie, remercie simplement, en un merci qui n'est que signification de plaisir, en une bouche un peu pleine, ça y est, s'éclipse pour la rincer, ne décide rien pour l'instant, peut encore profiter, accepte de sortir, de s'enchanter d'une autre heureuse balade, présente auparavant la clé au disgracieux concierge, explore le centre, farfouille ses derniers recoins, mange au passage, prend un rien de temps pour collecter des nouvelles, en aparté, n'annonce rien de rien, raccroche le téléphone puisque tout va bien, se rapproche de son homme si mignon, ne l'interrompt pas dans sa conversation, s'inquiète de sa gravité, patiente, trépigne, se calme, attend, voilà, interroge, calme, relativise, donne son feu vert sans qu'il en ait besoin, mais tout de même, promet de s'occuper de ses affaires, de ne pas s'enfuir, d'être encore là à son retour, le laisse partir en trombe vers la gare puis normalement plus loin, se retrouve seule, erre, finit par retrouver l'hôtel, sa clé, sa chambre, méprise au demeurant le demeuré, n'est pas d'humeur, ouvre un livre, n'est pas d'humeur, allume le poste, n'est pas d'humeur, se caresse, n'est pas d'humeur, tente de dormir, n'est pas d'humeur, n'a pas l'homme sous la main, veut au moins sentir son odeur, sur ses vêtements peut-être, descend réclamer la clé de la masculine chambre, ne l'obtient pas, n'améliore pas son humeur, se met en colère, entend bien l'inutile mais ne se calme pas pour autant, n'aime pas du tout ce petit ton ni ce petit air, se fiche bien de la réciproque, est une cliente, est une emmerdeuse mais une cliente, n'aime vraiment pas ce ton, ni ce petit con, renonce pour le moment, remonte, tente de s'apaiser, réfléchit tant bien que mal, appelle l'homme, fausse alerte, belle-maman va bien et le lui rend sous peu, souhaite sincèrement que ce petit peu n'en fasse pas trop, susurre quelques mots doux, signifie un baiser imaginaire mais pas du tout platonique, signale le blocage du bouseux, convient que ce n'est pas si grave, raccroche, est tout à fait contente, s'habille, sort, trouve un supermarché, achète deux cabas à roulettes, en immonde toile plastique, façon grand-mère, dévalise le rayon champagne, cale bien les bouteilles en quinconce, et puis tête-bêche, les emmitoufle un peu pour éviter le bruit, en garde deux de côté, regagne péniblement l'hôtel, demande une nouvelle chambre, au rez-de-chaussée et avec baignoire, insiste calmement, fait les yeux doux, offre ses deux cadeaux, obtient tout ce qu'elle veut, comme quoi ce n'est pas si compliqué, prend possession des lieux, récupère ses affaires dans l'ancienne chambre, en rend définitivement la clé, prévient déjà l'homme du changement de numéro, passe quatre nuits sans beaucoup sortir le jour, se contente bien souvent de lire, puis se fait toute belle et toute propre, opte pour l'auto-fixant comme petite touche en plus, ne doute pas un instant qu'elle plaise, tâche de ne pas trop s'impatienter, prépare consciencieusement la scène de crime, met en place le bouchon, vérifie la parfaite étanchéité du bazar, débouche le premier liège, verse, débouche encore, verse encore, et encore jusqu'à mi-hauteur, réserve une bouteille au frais, s'installe presque nue dans ce charmant bain de bulles, n'oublie pas son bouquin, s'y occupe en s'imprégnant, entend la porte qui s'ouvre, comme elle l'a convenu, pose vite son livre, travaille son plus beau sourire, conserve le silence comme on appelle son nom, répond comme on toque à la salle d'eau, dit bonjour et surprise, bonne apparemment, se relève, oui, est une éponge à champagne, oui oui, il n'y a qu'à goûter pour voir, si si, allez, hop, s'approche, se propose, s'offre, dénude, transmet d'une peau à l'autre, arrose encore, se réhydrate aussi, fixe ces yeux qui regardent dégouliner jusqu'en bas, jusque sa légère toison pubienne, cette bouche qui la dévore déjà, et puis littéralement, chevauche, dirige, choisit, embrasse, apprécie, jouit et fait jouir, finit de gaspiller le bouillon doré en évidant le bain, se lave, se sèche, se blottit, parle de tout et de rien, dort un peu, se décide avec son accord à fermer la parenthèse, à travailler la suite, prépare le grand départ, chacun à sa chambre et à sa valise, se prend d'un doute, se dirige vers les toilettes, se positionne, décapuchonne, pisse, attend, lit, relit, positif, souffre un paradoxal moment de solitude, se bloque, se fige, s'arrête ; respire…

Chapitre vingt-cinq : Avec du foutre

On ne badinera jamais assez avec le foutre ; on ne dira jamais assez : « jouissez, n'en ayez, au moins pour commencer, absolument rien à foutre ! » Ou alors pour la morale des mœurs, éternellement bercée du seul plaisir pervers de ses interdictions. On aura beau le perdre à la cuvette, l'égarer sous la douche, l'essuyer dans un mouchoir, le gaspiller dans un cul ou l'enterrer au fond d'un con, ce ne sera jamais que du foutre, c'est-à-dire, en l'essence immédiate : rien ! Du rien potentiellement en devenir, s'il est couplé, partagé, mais du rien en cet état. En la matière, il s'agira de noter qu'elle se comporte dans ses variations d'excès à la façon des idées qui la portent : par un sournois jeu des extrêmes, au sein duquel l'équilibre offre productivité ; équilibre, rappelons-le, qui n'est pas, surtout pas, synonyme d'égalitarisme, ni de stérilisation.

Partant, le foutoir ressemblera pour l'heure à un énorme bordel passablement chaotique, s'il ne doit correspondre qu'à une concurrence des mondes entre eux, entre qui pèsera le mieux de sa masse pour écraser les autres, qui s'enfoncera le plus bêtement dans un cycle d'aveuglement statutaire, niant tout et partout, qui refusera le mieux le syncrétisme ontologique, qui oubliera le plus complètement l'adage fondateur : « virez vos protections, si vous voulez créer. »

Bien sûr, il ne s'agira pas de dire que l'unique intérêt des mondes est la fertilisation physique, ni qu'il tient d'un aboutissement quelconque ; non, l'assertion ne peut être valable qu'en question d'éternité, voire de figuration d'éternité, du point de vue de l'humaine espèce et selon son échelle ; elle ne peut être qu'une illusion de grandeur, une autre part de l'ailleurs, d'ailleurs parfaitement castratrice du possible présent des êtres. La fertilisation douce des autres mondes par éparpillement des graines d'étantité *(ou par échange des masses, pour reprendre notre vocabulaire dorénavant commun)*, par contre, fera un excellent conditionnel, tant de la postérieure symbiose logique – postérieure, car la condition première restera pour toujours factuelle et antérieure, ne se posant ici que la question du possible post-événementiel, succédant à l'émergence de la conscience, et sans considération de ses niveaux hors l'acception d'un moyen terme peu ou prou général – que de l'éducation singulière au vivre-ensemble ; c'est-à-dire que l'injonction tiendra pour le corps cohérent des unités comme pour la libre volatilité de celles-ci.

La gravitation phénoménologique transcende ici celle source des planètes : les corps y sont conscients des autres, en la capacité au moins, aptes à relativiser – le gros mot ne tient qu'à l'unique extrémité du concept – leurs positions, à mêmes de s'enrichir des encombrements de leurs cieux ; ils ne font pas que coexister platement sans incidence volontaire sur leur masse, comme figés en leur état, abandonnés à leurs frontières. Accepter l'image d'une cinquième force, c'est – et ce sera – accepter son dessin, tendre une oreille non sourde à son dessein, lequel dira, in fine, que l'univers est ouvert et que la clôture des mondes est un impossible, vilain de ses essais : la trame inclusive, égale au chevauchement des mondes, à un pan d'univers universel, réduira déjà parfaitement le nombre des possibles de par son harmonisation des masses ; inutile, alors, de refuser voir les autres ou s'y frotter, l'équilibre se faisant malgré nous, le choc des masses ayant lieu dans tous les cas. Car à ceci conduit la force en question : à un creuset des mondes, au milieu mouvant de leur commune partie, à ce croisement où les diverses agglutinations créent une tierce essence, sans nécessairement donner jour à de la masse *(comme dans le processus des secondaires)* ; c'est là bien plutôt comme un vecteur de cheminement, dont la continuité, bon an mal an, tient en l'ensemble de ce qui est partagé entre les masses, parfois indirectement, reconnu de l'une à l'autre en la teneur au moins d'une émergence. Soit en plus large le présent paradigme.

Sur l'autre ailleurs, ainsi, persistera l'effort capacitaire sans lequel, en le vecteur considéré, nous

nous laisserions porter à tout faire sauf agir, à tout vivre sauf nous, à courir après des fantômes et à ne pas manquer le mur, faute de l'avoir regardé ; car infléchir sa propre masse est une chose, lutter ad vitam aeternam contre le bloc complet de toutes les autres réunies en est une autre – et nul ne foule l'impossible, de ce qui est impossible en sus de s'appeler ainsi. Manière de rappeler que tous les combats ont une échelle d'efficience.

A propos de l'autre ailleurs, on pourra prendre l'exemple de deux êtres poussés l'un à l'autre par un destin aussi droit qu'un zigzag, devant encore après la rencontre s'amadouer, portés là chacun par une quelconque espèce de fuite ; si l'un, ou l'autre, ou tous deux ensemble, mais séparément, persévèrent en l'instant à s'enfuir, alors l'histoire s'arrête et le récit s'effondre, alors seul le manquement fait suite et subsiste, alors le « deux », tout juste potentiel, se meurt avant même d'être né, avant d'enfanter quoi que ce soit. Le vecteur communautaire subsiste par l'identité relative des conditions de masses, mais plus pour l'échelle singulière. Au risque d'une répétition dont l'abus troublerait : la cinquième force n'est pas plus gratuite que ses aînées ! Elle porte identiquement à conséquence : dans cette optique, dépenser trop d'énergie pour mouvoir ou étendre sa masse, ou se laisser imposer trop grossièrement par d'autres, c'est courir le grand danger d'un délitement de la cohérence, d'un effondrement de l'être ; courir, toujours, après la projection de soi, après l'accomplissement, sans se donner les moyens d'une concrétisation, voilà le péril premier de la demeure consciente. Ici se rejoignent l'évolution des masses et la vie de leur présent : ne pas simplement rêver d'un autre soi, ni d'un soi ailleurs, sans comprendre et prendre acte des implications conséquentes, sans s'y investir pleinement.

Car oui, l'on pourra naviguer vers l'ailleurs, vers l'autre aussi, et escompter en tirer bénéfice ou évolution ; personne ne pourrait nier la qualité de l'élan à l'extérieur. Mais alors en conscience, jamais gratuitement, jamais futilement ; ou bien de manière très temporaire, sans quoi c'est le début de la perte. L'équilibre est instable, à la vérité très difficilement appréciable en l'instant. Soit. La difficulté ne doit pourtant pas être une excuse à l'immobilisme, ni au n'importe quoi.

On pourra bien chercher à se réaliser à travers autrui, comme on prenait autrefois des maîtres ; ce n'est pourtant qu'en intégrant une leçon, que finalement l'on apprend. C'est donc toujours en soi, que se joue la partie. On pourra bien trouver une place en ayant fui partout ; ce n'est pourtant qu'en s'arrêtant, à un moment ou à un autre, qu'on atterrit quelque part. C'est donc bien toujours en soi, que se joue la partie. On pourra bien rêver d'un autre nous que nous, plus malabar que têtard, ou plus acerbe qu'imberbe ; ce n'est pourtant qu'en se modelant, à force de volonté, qu'on peut changer ce que l'on paraît. C'est donc bien toujours en soi, que se joue la partie. On pourra bien tout recevoir, sans jamais rien demander ; ce n'est pourtant qu'en sachant donner, qu'on apprend à compter. C'est donc bien toujours en soi, que se joue la partie. On pourra bien attendre un monde meilleur, rien qu'en croisant les doigts ; ce n'est pourtant qu'en se les sortant énergiquement du cul, que l'on attrape une chance de construire l'avenir. C'est donc bien toujours en soi, que se joue la partie. On pourra bien vouloir une différence ; ce n'est pourtant qu'en allant la chercher qu'on l'obtient. C'est donc bien toujours en soi, que se joue la partie. On pourra bien chercher une réponse ; ce n'est pourtant qu'en cernant la question, qu'on peut espérer l'exactitude de la sise première. C'est donc bien toujours en soi, que se joue la partie…

Mais jamais pour soi seul, puisque la multitude est une surprise avérée, puisque l'unicité de la masse ne réside pas dans le compte de son unique unité. Nous ne sommes pas seul, et aussi infernal que cela puisse paraître, il faut bien faire avec les autres – même en passant temporairement par le stade hypothétique mais constructif du « sans ».

Il ne s'agira pas d'empêcher le libre-arbitre, ni même le libre-exécuter ; juste de l'exercer, justement, avec la plus adéquate justesse possible !

« Rien à foutre, je vais leur dire.

- Bravo !

- Bravo ?

- Oui, bravo, vas-y ! Dis-leur. Mais sache seulement qui et pourquoi tu vas toucher, et quelle place tu prends, quelle individualité tu nies, lequel de ses choix tu oblitères. Et puis assume, ensuite, de griller l'autre et son état. Regarde bien où tu mets les pieds, en somme, parce-que c'est sur moi que tu t'apprêtes à marcher.

- Tu cherches donc à m'en dissuader...

- Non, pas du tout. Je cherche à compléter ta vision des choses : ce n'est pas pour rien, que je décide d'attendre, ni que je te demande de faire de même. C'est un petit jeu au sein duquel, malgré toute l'affection que je te porte, tu n'as rien à faire ; parce-que ton inscription n'est pas là.

- Bien sûr ! Disons dans ce cas que j'attends, que je te laisse la main. Mais jusque quand ? »

A ce stade, sans conteste, devant l'abrupte délivré de cette conversation, vous direz que l'on s'égare en un semblant de hors-sujet. Et peut-être avec raison, certainement même, en considération des perceptions, si l'on s'abstient de vous dire qu'enfanter n'est rien en rapport de la filiation – comme d'exister, du reste. On pourra donc noter la dangerosité de l'excès d'œillères, les dérives de l'état de poursuite aveugle en avant, s'il s'éternise et perd de vue son point de départ, s'il sombre en un improductif abandon à la nonchalance de la fuite, s'il se complaît au lieu de s'affronter, s'il se produit sans l'œil du spectateur ! Sans aller jusqu'à dire, malgré tout, que ce qui s'y passe ou s'y dit doive se considérer parfaitement inintéressant ou complètement déplacé...

Alors voilà, revenons à nos moutons, à nos quelques échelles d'efficience, puisqu'on pourra tout aussi bien les noter, si l'on consent à s'abstenir de la version précédente de l'hypothèse, un peu facile au demeurant ;

si l'on consent à glisser des réductions perceptives à celles conditionnelles : l'autre ailleurs, sa dangerosité, ses excès, nos excès ; quoi d'autre ? Ce sera tout, pour l'essentiel : les échelles d'existence, de possible, et rien d'autre. Après tout, d'ailleurs, et jusqu'ici, l'humain n'aura jamais été rien d'autre que cela ! Les échelles et leur confusion, puisqu'à propos de foutre bien, ou mal, mais souvent à son aise, on sait par exemple depuis fort longtemps que les Hommes se grandissent en créant des masses secondaires qui sauront leur survivre *(mais pas par nécessité à l'Homme)*, dont ils confondront encore demain, très précipitamment, le prestige et le sens avec ceux des enfantées primaires primes – et chacun de noter en attendant l'aimable et discrète différenciation qualitative…

Mais pas que : nous ne reviendrons pas plus avant sur les espoirs conditionnels, pas ici, pourtant il sera de bon ton d'entendre que nous ne sommes que des moyens de pouvoir *(individuellement, puisque nous n'explorons pas tout, temporalité oblige ; collectivement, puisque nous n'admettons pas tout, émulation s'oblige)*, et de voir ensuite que le parallèle s'invite, entre les vecteurs communautaire et singulier. En effet – et le point se comprendra sans ergoter – le même vecteur inclusif, la même amplitude de champ, appelé à serpenter entre le gâchis de foutre et le trop plein de réserve, et qui n'existe que là de par sa définition, est aussi celui – structurellement identique – de l'exercice communautaire, où il serpente entre les singularités qui exercent leur masse ; est aussi celui – tout aussi structurel – de nos conditions d'existence, tendres serpentins que nous sommes de ce juste milieu tendu entre les différentes cordes de nos arcs.

Ce qui fera, somme toute, un rien comme le présent essai, avec des traits par-ci par-là, des traits trop loin, pour certains, mais un milieu compréhensif, malgré tout, pour le lecteur accroché…

« Vous dites absolument tout et n'importe quoi !

- Pas du tout.

- Si. Vous en êtes passé par le récit complet d'une myriade de contes, m'avez exposé nombre de vos fanfaronnades, dont certaines brillamment délirantes mais à la limite de l'improductivité, avez insisté sur quelques points auxquels vous sembliez fermement tenir, mais tout ceci sans jamais clairement étancher ma soif initiale de savoir où vous vouliez en venir. Vous dites donc tout et n'importe quoi, dans votre grand tableau chaotique, dont vous achevez le final en grossissant trop de traits pour qu'il reste lisible !

- Peut-être. Soit. Mais vous êtes toujours là, à m'écouter, à me prêter attention. Et vous avez parfaitement compris de quoi je voulais vous parler ; ou bien vous le pouvez… Tout cela grâce à une seule chose, qui tant qu'elle persistera vous permettra de passer à travers tous les bordels du monde sans pourtant vous y perdre, de conserver intact l'esprit du dessin en toutes ses menues circonstances.

- Et c'est ?

- Votre volonté.

- Ma volonté ?

- Exact. Votre volonté. Sans elle, vous seriez parti sur un détail ou un autre, vous vous seriez perdu. Mais non, votre être est resté là, patient, attentif, qui voulait tout savoir, qui devinait à chaque fois que j'omettais, qui se savait présent, qui se savait malgré lui faire le lien ténu dont vous vous offusquez maintenant de l'absence... »

Idem pour l'autre ailleurs, dont le mouvement, de fait, ne sera pas si dangereux tant qu'il ne délitera point la zone existentielle, tant qu'il n'écartera pas trop les ensembles au point de perdre l'inclusion, annihilant alors le possible du vecteur de cohérence, distanciant l'être au lieu de lui offrir aisance. Tant qu'on n'oubliera pas, en somme, de revenir au présent. Voilà : on tire dans tous les sens, comme des spermatozoïdes dans un nuage de foutre ; avec, quand même, finalement, parfois, le souci dernier du ciel dans lequel gazouille l'informe pagaille. Et la traînée de ses augures...

Chapitre vingt-six : Et quelques promenades

Aussi loin qu'il s'en souvienne, Mike n'avait jamais aimé les balades. Enfin, les balades pour la balade, appelée telle et exécutée pour l'exemple. Là, pourtant, étonnamment, peut-être parce-que ce n'était pas vendu comme tel, il se promenait tranquillement, sans nullement se soucier de la façon qu'on pourrait bien avoir de nommer la chose. Il flottait un peu, c'est-à-dire qu'il se laissait porter par l'affaire, tout en ne manquant pas de la savourer pleinement. Ce devait être qu'il s'y trouvait bien. Cela valait d'autant mieux qu'il n'avait pas encore fini de se balader.

A peine leurs bagages déposés en le bordélique appartement de sa compagne, lequel leur ferait maintenant office de maisonnée, leur première promenade fut pour le cinéma. Tels deux amoureux adolescents, épris d'une passion toute fraîche pas encore bien comprise, ils s'y rendirent bras dessus bras dessous, leurs illusions dans les yeux et leur bonheur au fond du cœur, avec l'insouciance de ceux qui n'ont pas plus à s'inquiéter du contenu de leurs poches que de celui de leur tête, et posent alors sur le monde un regard aussi joyeux que partiel. Le film n'était pas trop mauvais, ce qui pour l'époque relevait du prodige. Il s'occupa sans aucun mépris de la main qu'il tenait, se plaisant à alterner en son sein d'improbables figures à l'approximative géométrie : ronds, carrés, triangles, diagonales, points fugaces, dessin brouillon, murmure d'un toucher quasiment continu, que générique brisa, en même temps que l'élan de ses pensées moins droites. On sortit donc, en échangeant avis et commentaires au milieu d'une foule aussi prompte à donner les siens à son voisin qu'elle avait dû s'abstenir de parler pendant toute la durée de la projection.

Puis il y eut le déménagement. Rien à lui, pourtant, pas encore, mais il fallait vider un énorme bazar, histoire de faire de la place à tout le monde. Aussi eut-il été plus juste de parler de réaménagement. Et bien sûr, puisqu'il était un homme, il lui revenait de porter tous les énormes cartons au fil des allers et des retours dans les escaliers, puisque le vilain concierge peu avenant veillait au respect de la formelle interdiction d'emprunter l'ascenseur à cet usage, et que Maïa ne tenait pas, vraiment pas, à payer un professionnel pour transporter sa précieuse moitié de garde-robe, devant déjà – à contrecœur – s'en séparer pour les besoins du petit. Petit à petit, ses pieds et son dos commencèrent de concert à se faire une idée très précise du douloureux poids de l'amour. Il n'en signifia trop rien, puisque quand on aime on ne dit pas tout, et puisqu'il devait aussi garder son souffle pour ses pauses cigarette. Le tout enfin chargé dans le camion, l'étape suivante fut le domicile parental, dont il était convenu qu'ils reviendraient à pieds, et dont la visite servirait d'introduction auprès de ceux-ci – un rien tardive, ce n'était rien de le dire.

Et puis, fatalement, petit pas par petit pas, tout s'accéléra, aussi sûrement que le ruisseau traverse le fleuve pour finir à la mer. Chez Monsieur et Madame, il but un peu la tasse mais ne trépassa pas, trottina un moment dans le jardin en compagnie du patriarche qui ne manqua pas, sage mâle, de le questionner plus avant sur sa vie comme sur ses ambitions, sourit aimablement aux quelques piques maternelles innocemment lancées, et prit soin de ne point trop boire, investi du souci de rester présentable, poli, et surtout pas léger ; solidaire, aussi, de leur pauvre sobre fille qui refusait les verres sans qu'on consente à dire pourquoi.

Ensuite, il s'était agi de recentrer le couple sur ses deux composantes premières, de fêter dignement le passage de ce drôle d'examen tenant du rituel social, en la dissolution de toute divergence résiduelle dans un excès de félicité, en se félicitant aussi en sus de n'avoir eu à gravir qu'un seul versant de la familiale montagne. Alors, il égara négligemment ses doigts, encore, qui firent un doux voyage, soyeux en son entame sur le déshabillé, merveilleux en son exploration des monts et des vallées, prudent aventurier en ses débuts, pour finir par s'enfoncer avec lui tels les grands ethnologues dans quelque région reculée, aux mœurs délicieusement étranges, savamment sauvages et éternellement palpitantes pour le frêle et curieux étranger, venu soigner là sa soif d'humaine nature.

Vint le tour régulier des médecines et de ses austères fondés de pouvoir, avec son lot d'interminables attentes, de conseils et d'avis plus ennuyants les uns que les autres, de discussions improbables entre patientes ou conjoints, et de pérégrinations citadines à allure réduite mais marche forcée. Le ballet des rendez-vous ne lui fut pas la chose la plus agréable, mais au moins n'étaient-ce pas là des obligations quotidiennes. Au moins passait-il la plupart de son temps avec elle.

Passé un certain stade, il lui fallut se résoudre à sortir faire les courses tout seul. Il s'imposa aussi le ménage régulier de l'appartement. Non qu'ils n'aient pas eu les moyens, mais faire entrer du personnel dans leur vie eût été un crime de lèse-majesté, un attentat au cocooning, le sien comme le leur, en regard de son adoration toute personnelle pour les derniers instants de tranquillité dont ils pouvaient alors jouir avant de longues années de labeur à venir, en regard de sa volonté de préserver la fragile exclusivité dont il se trouvait gré ! Oui, il escomptait raisonnablement profiter d'elle, d'elle seule, jusqu'à la dernière minute possible ;

et cela valait très exactement toutes les promenades du monde, très agréablement toutes les peines qu'il allait devoir se donner !

La plus pénible des épreuves, fort heureusement, ne lui était pas destinée – et comme la nature est bien faite, dis-donc ! Le braillard, puisque ce fut un braillard, était absolument tout joli, même si les infirmières devaient, à force d'extatique émerveillement face-nourrisson, user jusque les fonds de tiroir des réserves de diplomaties entendues et de compliments prémâchés. Ce séjour à la maternité fut lui aussi l'occasion de nombreux trajets, ne fut-ce qu'entre le hall et la chambre.

La seconde plus pénible, en revanche, l'attendait sitôt de retour chez eux, lorsque pendant de longs mois, bébé décida de ne pas faire ses nuits. Là, la promenade du chien, Mike l'aurait certes très volontiers souhaitée ; mais le couple, insouciant à l'autre heure, n'avait point préalablement prévu cette sauvegarde-ci ! Comme la nature est mal-faite, dites-donc, et comme elle force le repentant, impuissant à soulager la douleur génitrice dont ses gènes le préservent, à tenter de décharger au moins la première partie des éducatives souffrances…

Fort heureusement, la plus agréable des périodes s'annonça sans tarder : la découverte du parc, des arbres, des badauds, des fleurs, des jeunes amoureux sur la pelouse et des gendarmes aux sermons éventés, des pigeons et du vent, en compagnie de cette frêle boule d'humain, de cette frêle boule d'eux deux, endormie au milieu du landau, qui fut bien incapable de profiter du printemps naissant, mais offrit là son silence magistral et merveilleux, sans aucun doute bercée par le léger tremblement des roues de l'appareil au contact du fin gravier des lieux. Et, chaque jour suivant, la découverte se répéta, jusqu'à ce que, doucement, lentement, le bout de chou s'effeuille et considère le monde…

Sitôt qu'on abandonna la régularité des visites aux jardins, les premières formalités scolaires annoncèrent la fastidieuse lourdeur administrative qui devait dorénavant incomber pendant de longues années aux deux volontaires, d'office assignés à l'office ; Mike se serait cru revenu au temps des rendez-vous médicaux et de ses trottes interminables de cabinet en cabinet, d'attente en attente, de contrariétés passagères en contrariété permanente, de fatigues structurelles en vaines et fugaces engueulades très surfaites !

A ce point, il décida unilatéralement que le cocon était, sinon sur l'heure brisé, du moins suffisamment en danger pour permettre l'introduction de personnel en son sein, qu'entre deux maux il choisissait le moindre. Il engagea donc une nounou, bonne pâte à la charge de qui fut confié l'involontaire semeur de zizanie, au minimum deux soirs par semaine, soirées pendant lesquelles il fut convenu de consacrer du temps au couple, de la salive aux paroles, des oreilles aux écoutes, des attentions à l'autre ; et tout ceci fonctionna parfaitement, et tout se remit à marcher comme il faut, comme il l'avait tant souhaité et comme il ne demandait finalement rien de plus que le bonheur, très simple, de jouir paisiblement d'une chaleureuse et quotidienne présence aimante. Ils purent ensuite poursuivre plus sereinement, ensemble aussi, véritablement ensemble, pour la première fois depuis qu'il était né et qu'il avait tout chamboulé, l'intensive culture de leur petite pousse blonde.

L'école ne se situait pas loin, aussi l'accompagnaient-ils à pieds chaque matin, le récupéraient-ils chaque fin de matinée, l'emmenaient-ils manger chaque midi, le déposaient-ils à nouveau après deux petites heures, puis le délivraient-ils au final du bruyant milieu des marmots en chaque fin de journée ; et ce cinq jours par semaine et presque toujours l'un et l'autre.

Un soir suivant, un de ces fameux soirs de liberté, ils se rendirent chez un vieil ami de Maïa, que Mike n'appréciait pas particulièrement et qui n'avait pas attendu aussi longtemps qu'eux pour procréer, ni pour divorcer, d'ailleurs ; le rustre fut horrifié d'apprendre qu'ils se permettaient occasionnellement l'abandon de leur rejeton au titre d'une aisance amoureuse, lui qui couvait les siens – dont il avait gagné la garde exclusive à force d'argent bien employé et de menaces sourdement distribuées – comme s'ils n'étaient promis qu'à lui succéder dans la vie, à ne devenir rien d'autre que des clones de lui-même dans une histoire dont on aurait par chance remis au moins les compteurs à zéro ! Comme il le leur expliqua, on transmet dans tous les cas une certaine forme de charge, de passif, à des têtes brûlées qui ne manquent pas de faire tout et n'importe quoi si l'on ne leur tient pas la bride suffisamment serrée, qui tentent dans tous les cas de le faire, et qui ont besoin qu'on leur montre le chemin. Lui ne voyait donc aucun obstacle au fait de diriger leur vie, dans ses moindres détails, pas plus qu'à les former tel qu'il l'avait été lui-même. Tant qu'ils étaient jeunes, il convenait qu'ils écoutent attentivement tous les conseils qu'il pouvait leur prodiguer ; et très certainement l'en remercieraient-ils plus tard ! Maïa, ne voulant pas fâcher, refusa que l'on relève la stupidité du bonhomme ou que l'on défende sa progéniture de sa bêtise. Aussi la soirée ne s'éternisa-t-elle pas des masses, afin d'éviter tout affrontement, afin de permettre la décevante tenue des navrantes promesses de triste neutralité.

Après cela, ils choisirent plus précautionneusement leurs hôtes, voire restreignirent le nombre de leurs courtoisies, sans pour autant abandonner les escapades hors le giron de pourtant feu le braillard, qui laissait peu à peu place à un intéressant mais lourd questionneur pathologique de l'immédiat environnement, après s'en être tant émerveillé en drolatiques onomatopées ; car Maïa s'irritait tôt, de ces exubérances...

Par moments, malgré tout, quelques journées parfaites pointaient le bout de leur nez, ne l'évanouissaient pas dans un brouillard ou un autre, et restaient très parfaitement parfaites en tout leur déroulé, même si obligation se trouvait faite de promener et – par la force des choses de compagnie – de se promener soi. Des journées comme la dernière, qui débuta par la géniale absence de toute contrainte calendaire, fin de semaine oblige, où il put observer son fils, son merveilleux fils, s'ébrouer gaiement au milieu des jeux de bac à sable et de ses jeunes et inopinés camarades de parc, vivre l'insouciante vie de son vert âge, se satisfaire d'être là sans savoir son bonheur.

Suspendu à quelques centimètres du sol, porté par la grâce parentale autant qu'il transportait, ce qui était à dire qu'un des bras de chacun le soulevait de terre par l'empoigne d'une main, il souriait, d'un grand sourire banane défigurant sa bouille, à en gober des moustiques ou des mouches s'il y en avait eu, à la manière d'une calandre automobile en pleine bourre estivale, et riait même parfois tandis qu'on l'envolait plus haut, en l'éclat d'une joie très exactement naturelle et gratuite, qu'il interrompait à peine pour crier l'aiguë et perpétuelle réclamation d'une réitération supplémentaire de ce super tour de manège. Alors, encore, et encore, et toujours plus encore, il égaya ses parents et son monde en irradiant son plaisir.

Puis, très certainement saisi d'une soudaine et juvénile velléité d'indépendance, il demanda qu'on le pose et se prit à courir, droit devant lui et loin devant ses deux piliers, aussi maladroitement que le lui permettait son jeune corps. Il finit par trébucher, alors que la distance le séparant des adultes se fit trop grande pour lui offrir encore une quelconque assurance, et tomba sans manières. Pourtant, comme il découvrait l'étrange aigreur de la chute juste après sa première fermeté, et contre toute attente, il se releva sans pleurer, tremblotant tout de même, fixa ses douloureux genoux, ses mains égratignées sur lesquelles il souffla, les deux géants horrifiés qui se précipitaient vers lui leur inquiet amour en avant, sourit comme il s'amusait du tableau, pour finir par reprendre sa course et son bonhomme de chemin !

Chapitre vingt-sept : La poésie des vierges d'âme

A tout regard extérieur, il apparaît certainement comme un imbécile heureux, un doux ravi rêveur : il fait tout ce que Maïa lui demande, quand elle le lui demande, et presque comme elle le demande. Un gosse muet, qui s'émerveille devant son nouveau jouet, qui n'a encore aucune idée de la manière dont il pourrait éventuellement se casser. Tant que ça peut durer, la jeune femme compte bien en profiter, et fait voir son lot dans tous les coins de vie qui se présentent, quand bien même de mauvaises langues en parlent comme de son chiot en laisse.

Dans la salle obscure, pour commencer, pour apprécier encore pour elle seule la délicatesse du sieur et de leur duveteux cocon ; pour ne pas déjà rompre la magie d'un instant proprement personnel, singulièrement dual. Durant toute la séance, ses doigts masculins parcourent avec une insoupçonnée tendresse la paume de sa propre main droite, dans un léger frisson, évanescent à la caresse mais ferme à la chatouille, sifflant un air discret dont la réception lui fait un prometteur ersatz de sensation, alternant semble-t-il les digitales extrémités en une mystérieuse courbe aux infinis replis. Ou presque, puisque le film s'achève et que les lumières reviennent, et que tous deux partent en suivant le murmure critique des autres zombies bavards.

D'une nature correctement constituée, il est aussi d'une efficacité redoutable pour dégager le grand chantier consécutif à la remise en ordre de leur nouveau chez eux. Maïa sent qu'il râlerait bien, pourtant il ne dit rien et descend un à un les paquets renfermant les démodés vestiges de cette vieille vie qu'aujourd'hui elle plie consciencieusement, avant de les enfermer chez ses parents, auxquels elle le présente par la même occasion. A ce propos, Mike ne laisse pas le moins du monde paraître son stress ; peut-être n'a-t-il aucune inquiétude, alors qu'il doit les voir pour la première fois. C'est un garçon un peu bizarre, un peu trop délicat, qui s'approche du danger comme un colibri aveugle et sourd devant un nid de rapaces affamés, bientôt noyés de leur eau à la bouche. Tant pis, il ne lui reste qu'à croiser les phalanges pour qu'il ne se fasse pas dévorer tout cru, car elle ne peut faire tomber sa candeur ni lui inculquer la prudence en un simple claquement de doigts.

Apparemment, tout va bien. Papa le balade avec un grand sourire intérieur, que son visage dissimule à grand peine à qui sait l'observer, et maman ne trouve pas trop de sucre à casser sur son dos pour lui faire siffler les oreilles, malgré leur détour de la journée, entre deux destinations reposantes, pour rencontrer l'intrus. Des circonstances vaguement similaires se rappellent encore combien cette source est vive ! Enfin, sur le fond, personne ne s'en plaint, et voilà l'essentiel. Raison, du reste, pour laquelle la craintive enfant se garde pour le moment tout à fait prudemment de lever le voile sur ce ventre pas suffisamment rond pour savoir trahir l'omission...

Mike part à la pêche aux sens, aborde le balcon et son monde avec la timidité exploratoire de celui qui ne sait pas si le moment est bon ni si l'accueil l'attend, alors l'intrigante amazone le rassure rapidement, se couche, autorise ; et ils baisent, s'animent d'une animalité vorace et frénétique, qui dévore à l'envi l'une de ces dernières fois avant la mise bas, avant la mise en terre toute proche de leur ère coïtale au nom d'une temporaire indisponibilité locative des lieux – ou de l'étage immédiatement supérieur, ce qui dans son esprit revient au même blocage. Lui n'y pense à coup sûr pas encore en ces termes, en matière de terme justement, mais partage malgré tout une certaine ardeur, pas plus dénuée de rudesse que, dans le fond, de sincère et aimante tendresse.

Le docteur est en retard, déontologie générale oblige. Aucun de ses confrères ne fait mieux, du reste, pas même les spécialistes, alors autant rester le plus longtemps possible avec lui, qu'elle connaît bien et auprès de qui elle obtient facilement ses rendez-vous. Manque de chance, les échographies se font à l'hôpital, puisque le matériel fait ailleurs défaut ; et là-bas, comme tout un chacun, il leur faut bien attendre. Heureusement, le mâle prend le sien en patience et l'accompagne partout sans broncher. Il se révèle même tout à fait prévenant, lorsque surviennent sautes d'humeur ou baisses de moral, fatigues excessives ou douleurs inhabituelles, répétitions surfaites et exercices préparatoires, ou séances de massage.

Tout aussi prévenant lorsque, prenant enfin du poids, elle se fatigue encore plus vite qu'à l'habitude et se complaît à user le sofa, le fauteuil ou le lit, mais absolument pas la semelle de ses chaussures hors les cas de nécessité médicale. Ce Mike est décidément une vraie perle !

A l'heure – tant attendue que redoutée – de l'accouchement, il s'agit d'expulser un truc un peu plus gros que la petite boule nacrée. C'est même beaucoup plus énorme à sentir passer que le machin tout mignon de la dernière échographie, que pourtant la sage-femme sait toujours vendre avec force de gracieux sourires et de nombreux encouragements ! Saloperie de nature humaine, qui se réjouit à votre place du garçon qui crie déjà pour saluer par avance chacune des nuits qu'il vous promet de pourrir !

Il s'écoule d'ailleurs beaucoup, beaucoup, et encore beaucoup plus de temps, avant qu'il ne sache tenir sa gorge et taire la souffrance de sa propre naissance, ce minuscule bout d'homme, au demeurant si tendrement mignon lorsqu'il consent trop subrepticement à dormir ! Maïa use alors de sa mauvaise foi pour obliger Mike à se lever et s'occuper de l'enfant. Après tout, il faut qu'il aime son père, ce petit chou ! Elle, fatiguée de ses efforts passés, se retourne avec lassitude – un peu feinte – sur le second versant de son oreiller, mime la plénitude du sommeil, puis le trouve, tandis que le galérien, de service, veille à ne pas réveiller l'indomptable impétuosité des irascibles flots infantiles. Le stratagème ne fonctionne pas en journée, où il faut bien se résoudre à présenter en couple le nourrisson à sa ville de naissance, à en supporter le père qui s'extasie devant rien, à aimer, tout de même, l'éphémère et délicat silence du bambin que l'on pousse, voire peut-être, en de brefs moments qui manquent encore d'une globale cohérence temporelle, allez savoir pourquoi, le tableau général de la paisible famille qui croît et qui paît.

Le silence, bien sûr, prend un jour ou un autre la même poudre d'escampette que l'innocence avant lui, et vous laisse sur les bras la gêne d'un enfant grandissant qui découvre, en sus de son environnement, la naturelle propension de l'espèce à nommer tout objet de son regard, de ses joies, de ses peines, voire, pour commencer aussi simplement que son géniteur, d'exactement rien du tout. En la circonstance, le mignon que l'on adore à votre place avec un œil aussi extérieur qu'étranger aux circonstances, tient pour vous de l'ogre infâme, dévoreur d'attention, destructeur de tranquillité, empêcheur de flâner en rond, perturbateur même de la bancale quiétude nécessaire au renseignement des formulaires d'admission en crèche, instigateur enfin d'un désordre du plus mauvais effet devant les différents responsables des établissements candidats à son accueil ! Son père, lui, quand il en ose la voluptueuse demande, conserve la décence d'une timide politesse ! Ce doit être qu'on n'éduque pas complètement par l'exemple, que l'on ne rend pas sage en étant doux et faible. Pourtant, à ce sujet comme à tant d'autres, l'heureux imbécile en question ne sait entendre raison lorsque Maïa lui expose les motifs de sa juste colère...

Du coup, en sage innocent tout empli d'une ignoble candeur, il essaie de leur offrir du temps, du temps loin – mais pas trop – du petit con, du temps pour eux, qu'il promet n'être que pour eux deux, du temps pour des concerts, des restaurants, des cinémas, des errances, des spectacles, des retrouvailles ; du temps pour s'aimer à nouveau. Apparemment, il semble croire que cela peut suffire ! Et, mine de rien, contre toute attente, du temps passe, qui fait du bien par où il passe, qui recolle des morceaux dont on se moque totalement, dorénavant, de savoir ce qui peut bien, en d'autres étranges instants, les déchirer pour rien, puisque ce n'est visiblement pas pour de bon.

Alors voilà. Un matin, avant l'aube, elle le réveille en lui mordillant délicatement le lobe de l'oreille, en lui susurrant des mots d'une ancienne douceur, et c'est là le signe courtois et bon enfant d'une entente qu'on retrouve, qu'on retrouve pleinement, d'un partage qu'on remet sur le métier, d'un cœur avec lequel on se surprend au génial ouvrage des jours, d'un outil qu'on reprend en main, puisque l'on sait maintenant qu'il n'y a au fond que de mauvais ouvriers pour produire un mauvais travail !

Dès lors, les diverses activités, même lorsqu'elles obéissent à la nécessité éducative, n'ont plus rien de rébarbatif et prennent même un tour plaisant, confortable train-train d'habitudes structurées, entre lesquelles le temps ne manque pas pour partager ensemble quelques adultes occupations.

Lorsque celles-ci ne suffisent pas, ou que le délai s'en fait trop court, il reste encore les amis et leurs petites familles. Maïa aime bien ses amis, et les revoir aussi, ainsi que revoir ou découvrir leurs familles, même si d'indélicates surprises se dévoilent par endroits, d'un jour alors par trop mauvais, comme par exemple quand ils rendent visite à Anthony, qui aime depuis toujours mener la vie des autres à la baguette en plus de mener la sienne à la braguette, quitte à se défaire des encombrants, quitte à traumatiser ses enfants et à obturer leur avenir en les conformant à sa propre vision des choses. Mais enfin, ils ne sont là que pour quelques heures, qui plus est principalement pour manger, non pour corriger les errements de leurs proches, et l'impossible reste ténu, et le mal éduquer reste la chose au monde la mieux répandue, et la logique veut donc que ses amis succombent aussi ; et ce, même si le preux Mike rêve de contredire Anthony sur l'instant, pulsion dont il ne se défend qu'à l'injonction de sa belle, puisque voici son seul commandement – discrètement murmuré – de la soirée et qu'ils n'ont pas besoin d'une énième dispute, à propos qui plus est d'un sujet très fort peu à leur propos, puisque le critique point de vue sur le fond de l'affaire se trouve leur offrir une étonnante concorde en regard d'une première divergence sur la forme d'action – ou d'inaction, c'est ainsi selon.

Quand le conjoint vous lâche enfin, parfois par simple concours accidentel de circonstances, c'est le bambin qui s'y met : après le terme « non », le petit découvre le « pourquoi » des choses et ses nombreuses circonvolutions un tantinet plus construites ! Comme dame nature sait être généreuse, inqualifiable catin qui déverse les innombrables fruits de ses vastes amours en chaque pauvre gardienne d'une entrée de son temple ! Et l'autre coquin sort, cet impotent vieillard à corriger sa garce, doit se fendre d'un franc rire à chaque coup du destin où providence, farceuse indélicate, s'oublie ! Maïa, elle, jaune, fait avec tout ce qui tombe, mue d'un gré qui n'est lui que s'il n'affronte pas force…

Par bonheur, il ne tombe pas que des tuiles. Il y a des instants où le fils paraît beau, où même il semble parfait – car, alors, aucun souci de second ordre ne vient troubler la pure contemplation de l'œuvre devenue Un, ni la quiétude des sources ; car alors, peut-être, on cesse de l'observer à la recherche du bien ou du mal aller, comme en perpétuelle attente de catastrophe qui justifie le doute. Des instants où la chair de la chair ne produit plus de nerfs à vifs, même à son corps défendant. Aujourd'hui en est un, sur la pelouse et les chemins d'un parc, à travers ses allées et sous l'ombre de ses arbres, où ne transpirent que joie, partage, et autres merveilleuses douceurs de vivre que l'extérieur lit mièvres – mais qu'il peut donc bien lire, indiscret inquisiteur putassier, on n'en a rien à foutre !

L'enfant est heureux, cela se voit, cela se sait, cela se transmet, cela se donne par une sorte de gentille contagion, à tous les réceptifs autour. Le voilà qui gambade, qui fait l'avion, qui vole comme Superman avec la cape en moins, puisqu'il n'est pas question ni de représentation ni de spectacle, qui veut déjà battre un record de vitesse avant même de savoir ce que c'est qu'un chronomètre, qui manque son virage dans la minute et qui goûte tôt la misère de l'atterrissage d'urgence…

Maïa, surprise, s'inquiète de son état et s'empresse de le rejoindre, dans une course effrénée bercée d'une inconsciente concurrence avec Mike, comme s'il était une prime auquel des deux secours arrive le premier, tandis que le petit, qu'on n'atteint pas encore, parfaitement silencieux, se redresse rapidement et les fuit sans attendre, reprenant le cours de son rire comme il retrouve son trot. Pourtant ils le rejoignent effectivement, sans trop que l'ordre importe, et l'examinent de près en lui bloquant la route en sus du bras qu'on tient, en lui palpant les os par la pression des muscles, en lui fouillant la tête et les cheveux du crâne, en embrassant son front comme son état rassure, en lui cherchant des larmes comme on n'en trouve pas plus que de profondes blessures, car non, il ne pleure pas, se dégage des étreintes et veut encore courir ! Et tandis qu'il repart de plus belle vers son action du jour, à l'aventure de sa course, avec une témérité qui ressemble au courage, avec une joie simple qu'il défendrait contre tous, Maïa regarde gambader son fils et ne peut s'empêcher de sourire.

Oui, comme il est magnifique, leur petit Théophile !

Autre ailleurs

Table des matières

A – L'autre d'ailleurs

B – D'autres tailleurs

C – Vautre l'ailleurs

www.ingramcontent.com/pod-product-compliance
Lightning Source LLC
Chambersburg PA
CBHW031100260626
47172CB00001B/155

* 9 7 8 2 9 5 5 7 0 1 9 0 4 *